이 땅 농촌에 의술의 불을 밝힌

쌍천 이영춘

빛 가운데로 걸어가다

이 땅 농촌에 의술의 불을 밝힌

쌍천 이영춘

빛 가운데로
걸어가다

강 창 민

푸른사상

차례

제1부 부친 이종현의 생애

  1. 아기 이영춘 __ 11

  2. 서북인의 기질, 홍경래의 고향 __ 16

  3. 이시현의 어린 시절 __ 20

  4. 동학과 이시현 __ 23

  5. 이시현과 보은 집회 __ 33

  6. 용강의 민란 __ 41

  7. 삶의 전환 __ 48

제2부 이영춘의 어린 시절

  1. 이종현의 삶 __ 57

  2. 피의 맹세 __ 62

  3. 이상한 아이 __ 66

  4. '무영스님'의 예언 __ 69

  5. 눈썰미가 뛰어난 아이 __ 79

6. 아버지 이종현의 결단 __ 87

7. 무쇠팔 __ 99

8. 아는 힘, 모르는 힘 __ 106

9. 공립보통학교 시절 __ 117

10. 그 동생에 그 형 __ 123

11. 눈물겨운 결단 __ 129

제3부 더 넓은 배움의 세계로

1. 평양고등보통학교 시절 __ 137

2. 와타나베 선생과의 인연 __ 142

3. 첫 부임지, 별창보통학교의 환대 __ 154

4. 수창공립보통학교 훈도 생활 __ 160

5. 습성늑막염, 그리고 좌절 __ 166

6. 절망과 좌절 이후 __ 170

7. 인생의 전환, 세브란스의학전문학교 입학 __ 175

8. 세브란스의전 시절, 그리고 결혼 __ 181

차례

9. 졸업과 연구실 조교 생활 __ 187

10. 벽촌 평산에서 보낸 공의 삼 년 __ 200

11. 의사 5계명 __ 208

12. 돌아온 병리학교실 __ 214

제4부 농촌에서 펼친 뜻

1. 와타나베 선생의 초대 __ 221

2. 구마모토 리헤이와의 만남 __ 234

3. 자혜진료소의 젊은 의사 __ 246

4. 기쁜 일, 슬픈 일! __ 254

5. 자바, 동양농촌위생회의 __ 262

6. 민족을 망치는 3가지 독한 병 __ 269

7. 농촌위생연구소 __ 279

8. 해방된 조국에서 __ 286

■ 글쓴이의 말 __ 299

제1부

부친 이종현의 생애

서예에 몰두하는 쌍천

1 아기 이영춘

"으앙, 앙!"

안채에서 막 태어난 아기의 건강한 울음소리가 들렸다.

이윽고 건너채로 급히 건너오는 발걸음 소리가 들렸다.

"아버지, 어머니가 남동생을 보았어요!"

장지문 밖에서 딸의 목소리가 들렸다.

"어머니는?"

방문을 와락 여는 맏딸에게 이시현(李時鉉 : 이종현)이 물었다.

"네, 남포댁이 어머니두 애두 건강하다고 말씀드리랬어요."

이 책의 주인공인 이영춘이 태어났다.

평안남도 용강군 귀성면 대령리 84번지.

그때가 바로 1903년 음력 10월 16일 저녁 7시 무렵.

아기 영춘이 태어난 그 날, 음력 시월.

겨울이 유난히 빨리 찾아오는 평안남도의 시월인데도, 며칠 전부터 날씨가 좀 풀렸다.

그 날은 달빛조차 너무 화사하여 가을날인 듯한 착각을 일으킬 정도였다.

아기 영춘이 태어난 그 시각 달빛이 유난히 더 밝았다.

달빛이 푸르고 맑아서 미묘한 향내가 집 전체를 감도는 듯했다.

물을 덥히고 미역국을 끓이느라 아궁이에 지핀 장작불의 연기가 굴뚝에서 나와 집 주위를 감싸고 있었는데 그 모습이 신비롭기까지 했다. 낮에 눈 대신 비가 스치고 지나가 그런지 철에 맞지 않게 달문이 환히 열리고, 달무리가 아름다웠다.

바람도 그리 맵지 않았다.

이제 이 아기가 성장하면서, 여느 사람들이 그러하듯이, 수많은 우여곡절을 겪게 될 것이다. 그 우여곡절들을 통해 성장하고, 그 성장을 통해 이 땅에 태어난 자신의 몫을 다 하게 될 것이다.

이 아기는 많은 사람들의 병을 치료하고, 농민들의 삶을 질병으로부터 보호하는 훌륭한 의사로서 평생을 보내게 된다.

그러나 그 때 그 누가 그 사실을 알았으랴!

물론 그 사실을 미리 알지 못했다고 해도 모든 일의 조짐은 언제나 미리 드러나 있고, 그때부터 시작되기 마련이다.

영춘의 아버지인 이시현의 삶이, 또 그가 지니고 있었던 뜻이, 자식에 대한 간절한 기원이, 나라에 대한 사랑이 이미 그 조짐들이었다.

그뿐만이 아니라 영춘의 자질과 품성이 이미 그러한 삶을 예약하고 있었다.

사람이 태어나고 죽는 것은 하늘의 뜻이다. 물론 생사의 그 깊은 뜻은 "콩 심은 데 콩 나고, 팥 심은 데 팥 난다"는 인과의 법칙에 따라 귀결된다. 생사에 관련된 복잡하게 얽힌 인연의 고리나 그 숨은 뜻을 범인이 어찌 짐작할 수 있으랴!

그러나 씨앗은 어느 곳에 떨어지느냐에 따라 그 운명적 출발이 달라진다. 비옥한 땅에 떨어졌다면 쑥쑥 잘 자랄 것이고, 척박한 땅에 떨어지거나 자갈밭에 떨어진다면 그러지 못할 것이다. 그러므로 그 태어난 조건에 따라 삶의 여정도 크게 달라진다.

모든 사람이 태어날 때 이미 지니고 있는 필연적인 이유도 여건이 얼마나 잘 뒷받침하고, 그 자신이 얼마나 진지하게 노력하느냐에 따라 달라질 것이다.

"영춘이라!"

이시현은 이 아기를 위해 지은 '영춘(永春)'이라는 이름을 소리 내어 불러보았다.

그가 태어난 날씨가 봄날같이 푸근해서 그런 것만이 아니라, 이 아기의 삶이 봄날처럼 오래 평온하기를, 갈수록 암담해지는 이 나라의 장래에도 봄날이 왔으면 하는 간절한 소망을 그 이름에 담았다.

이시현이 전날 밤 '태몽(胎夢)'을 꾸었다.

밭일을 하고 있는데 밭 가운데서 샘이 두 개나 펑 뚫렸다.

샘에서는 맑은 샘물이 펑펑 솟아났다. 아주 많은 사람들이 줄을 길게 늘어서서 그 샘물을 마시는 것이었다. 흰옷을 정갈하게 입은 사람들이 아주 밝은 표정을 하고 줄을 서서 기다렸다가 그 샘물을 달게 마셨다.

그 광경이 참으로 아름다웠다.

영춘은 아버지의 그 태몽을 잊지 않았다.

한참 뒤의 일이기는 하지만, 1953년 11월 농지관리국의 지원으로 개정에 목조 2층 건물을 지었을 적에 그는 그 건물의 이름을 "쌍천관(双泉館)"이라고 붙였다.

2층은 연구소 대강당으로, 주일에는 교회당으로도 사용했고, 아래층은 연구실과 시험검사실로 사용했다. 그 이후 자신의 호를 '쌍천(双泉)'으로 삼았다. 그는 '쌍천'을 건전한 정신과 튼튼한 육체의 마를 줄 모르는 샘의 의미로 삼았다.

어린 시절부터, 영춘은 맑은 샘을 보거나 맛 좋은 샘물을 마실 때면 아버지의 그 꿈 이야기를 기억하곤 했다.

태몽은 '개인적 출생신화'이다. 그러니까 샘을 보거나 샘물을 마실 때마다 자신의 삶이 샘처럼, 샘물처럼 맑고 시원하게 되기를 기원한 셈이었다.

본시 용강군은 면 전체로 샘물의 맛이 좋고 가뭄에도 쉬 마르지 않을 정도로 물이 풍부했다.

해운면 온정리의 용강온천이 아주 유명했다.

용강온천의 온도는 섭씨 53도에서 41도까지 되고, 4계절 큰 변화가 없고 알카리토염화물 농식염의 농도가 높았다. 피부병, 위장병, 신경통 치료에 효능이 있다고 알려져 평양이나 진남포뿐만 아니라 더 먼 곳에서도 사람들이 몰려왔다. 또 수박, 사과, 면화 등으

로도 유명한 지운면 진지리에 있는 '참못(眞池)'도 물이 좋기로 유명
했다. 이곳은 시생대의 퇴적암 지역으로 변질 수성암층으로 이루어
져 수질이 아주 좋았는데, 그 물로 우리나라의 이름난 소주인 '진로
(眞露)'가 처음에 이곳에서 주조되었다.

그러므로 수질이 좋고 샘물이 풍부한 고장에서 자란 영춘의 어린
시절을 통해 그는 물의 상징이 그러하듯이 자신을 정화시키고, 그
의 삶의 목표를 다져갔다.

2 서북인의 기질, 홍경래의 고향

아기 영춘이 태어난 곳은 우리나라 서북땅!

이 아기가 자라 어떤 삶을 살아갈까?

어떠한 큰 뜻을 품고 얼마나 많은 노력을 통해 어떤 삶을 살았을까?

이런 의문에 대한 답을 알려면 그가 태어나고 자란 그 '고향 땅'과 아버지 이시현의 이야기부터 시작할 필요가 있다. 사과의 품질을 잘 알려면 그 사과가 열린 나무와 그 나무가 자란 땅의 사정을 잘 알 필요가 있다.

이 서북땅은 고려시대부터 조선시대에 이르기까지 줄곧 따돌림을 받은 곳이었다.

'관서지방!'

조선시대 후반기에 이 지방은 정치적 소외지대였다.

과거에 급제해도 벼슬에 등용되지 못하고 초야에 묻혀 살아야 할 정도로 철저하게 따돌림을 당했다. 재주가 아무리 뛰어나도 벼슬길로 제대로 나아가기 어려웠다.

나라에서 이곳 사람들을 멀리 하게 된 데에는 여러 이유가 있었다.

고려시대에 김부식이 자신의 정적이었던 묘청과 정지상을 없앤 뒤, 의도적으로 이 지방 사람들을 '서북인'이라 부르며 벼슬길에서 소외시키기 시작했다.

어쨌건 이 모든 것이 당쟁과 당파로 이어진 정치권의 패권 싸움의 결과였다. 그러나 더 그럴 듯한 이유로 이 지방 사람들의 '기질'을 든다. 활달하고 거침없는 성격, 행동적이고 뜻을 세우면 굽히지 않는 강하고 끈질긴 기질 때문이라는 것이다.

그 기질이 "수풀 속에 웅크리고 있는 용맹스런 호랑이(林中猛虎)와 같다는 평안도 사람! 그들은 고구려의 후예들이다.

아니, 더 먼 옛날로 거슬러 올라가면 이곳 사람들은 '황룡국(黃龍國)'의 백성들이었다. 황룡국은 기자의 후손인 선우량이 이곳에 나라를 세워 8세대 400여 년 동안 그 후손이 다스렸다. 그러나 결국 고구려의 침입을 받고 무너지고 만다. 그러므로 그들의 의식 깊은 곳에는 패망한 나라의 백성이라는 한이 스며 있을지도 모른다.

그 뒤로 이곳은 황룡성 또는 군악이라고 불리다가 용강현이 되었다.

이곳에 한 나라가 세워져 400년 동안 기세를 떨칠 정도로 그 땅의 기운이 탁월하고, 자연적 조건도 잘 구비되어 있었다.

땅은 그 품안에서 태어난 모든 생명들에게 자신의 기운을 나누어 준다. 그 땅에 태어난 생명들은 그 기운을 고스란히 받아들여 한 평생 그 기운을 부려쓰면서 살게 된다. 그러므로 이 지방 사람들의 그런 기질은 땅이 지닌 본래적 기운이기도 했다.

그런 기질의 대표적인 존재로 '홍경래'를 들 수 있다.

"홍경래처럼!"

이곳의 젊은이들은 자라면서 모두 홍경래 닮기를 꿈꾸며 자랐다. 그들은 홍경래의 이야기를 어린 시절부터 들으며 자랐다.

홍경래와 끝까지 운명을 함께 하며 많은 지혜를 주었고, 홍경래보다 여섯 살이 위인 '우군측(禹君則)'도 있었다. 뜻은 컸으나 서자로 자라 그 웅지를 펼 수 없었던 그의 서러운 이야기도 들었다.

가산 지방의 큰 부자였으며, 일찍이 무과에도 급제했던 '이희저(李禧著)'의 이야기도 듣고 또 들었다. 혁명군의 대본영이 된 가산의 다복동은 이희저의 거소였다.

또 문장이 뛰어나고 시 재능이 널리 알려진 곽산의 '김창시(金昌始)', 힘이 황우 같은 '홍총각(洪總角)' 같은 이들의 이야기도 들었다.

김창시가 쓴 격문을 들을 때는 자신들이 마치 그 격문을 읽고 있는 듯한 감동에 휩싸이기도 했다.

1811년 12월에 난을 일으켜 이듬해 4월 19일까지 넉 달 동안 부패한 왕권과 벌인 피어린 항쟁은 그들의 삶에 생생하게 스며들어 있었다. 그러한 혁명적 기운이 그들의 의식 밑바닥에 똬리를 틀고 자리 잡고 있었다.

그래서 더러는 뜻이 통하는 친구들끼리 홍경래가 무술을 닦은 곳에서, 홍경래가 은거하며 글공부와 병법을 연마한 곳에서 그들의 솟구치는 열정을 갈고 닦으며 의기를 규합하기도 하였다.

그 땅에서 태어난 젊은이들은 이처럼 홍경래의 이야기를 들으면서 자랐고, 그 이야기를 통해 홍경래와 만나고, 홍경래와 이야기를 나누고, 홍경래 닮기를 연습했다. 뜻으로, 행동으로 홍경래를 받아들여 뼈대가 굵어지고, 포부가 커졌다.

홍경래의 난은 비록 실패했지만 홍경래의 정신이나 기질은 그가 태어나고 자라고 죽은 그 땅의 기운으로, 젊은이들의 가슴을 덥히고 피를 끓게 하는 기운으로 전해졌다.

이시현도 마찬가지였다.

3 이시현의 어린 시절

이시현은 1860년 음력 9월 19일 삼화면 내교리 평창 이씨 집성촌에서 태어났다.

그가 태어난 마을은 '집성촌'이란 접두사가 그러하듯이 일가붙이들만으로 이루어졌다. 그러므로 앞집에 당숙이 살고, 뒷집은 육촌형이 사는 식이었다. 온 마을이 다 일가였기 때문에 그럭저럭 산다면 그 속에서 한평생 무던하게 지낼 수도 있었을 것이다.

그러나 시시각각 변하는 나라 사정이, 이시현의 혈기와 기백이 그를 그렇게 살지 못하게 했다.

어린 시절에 그는 마을 서당에서 글을 배우고, 농사도 거들었다.

본시 이시현이었던 이름을 '이종현'으로 바꾸었는데, 이는 뒤에 다시 이야기하겠지만, 동학농민혁명과의 관련 때문이었다. 그가 태어난 해 7월에 최재우가 동학을 창시했는데, 동학과의 보이지 않은 인연이, 그의 삶에 깊이 관여하게 되었다.

그가 태어난 그 시기는 나라 전체가 장작불 위의 가마솥 속처럼 절절 끓고 있었다. 물론 우리나라만이 그런 것이 아니었다.

이 지구상의 많은 나라가 전쟁에 휩쓸리기 시작했다. 이를테면 미국에서는 링컨이 대통령에 당선되자 남부가 연방에서 탈퇴하고 그 이듬해인 1861년에 남북전쟁이 시작되어 1865년에 끝이 났다.

많은 강대국들이 다윈의 진화론을 정치논리로 적용하여 적자생존이나 약육강식의 논리에 따라 무역을 확대하고 기회를 보아 약한 나라를 식민지화하던 그런 시대였다. 욕망과 욕망이 서로 부딪치며 투쟁과 살육과 분쟁이 끊이지 않았다.

우리나라도 그런 대상 국가 중의 하나일 수밖에 없었다.

1832년 순조 32년에 영국 상선 로오드 암허스트가 통상을 요구한 이래 여러 나라의 상선이 무력으로 위협하며 통상을 요구해왔다. 1861년에도 러시아 함대가 원산에 와서 통상을 요구했지만 그때마다 그 요구를 거절했다. 그러나 대원군과 민비와의 권력 투쟁으로 나라의 힘이 점점 약화되고 있었다.

드디어 1866년 제너럴 셔먼호 사건이 터졌다.

그해 7월 7일에 제너럴 셔먼호가 용강군 서남부 대동강 하류를 거쳐 13일 평양의 대동강변에 다다랐다. 그들은 통상을 요구하는 한편, 그해 1월에 천주교도와 프랑스 신부 등 9명을 처형한 것을 따졌다.

"천주교나 야소교는 다 같이 나라에서 금하는데 그들이 그것을 어겼기 때문이다. 또 교역도 함부로 허가할 수 없으니 빨리 물러나라!"

관리들은 강경하게 말했다.

그들은 관리들의 말을 듣지 않고, 그때 비가 많이 와 불어난 대동 강을 거슬러 올라왔다.

7월 21일 그들의 침략을 더 이상 묵과할 수 없다고 판단한 관군들이 화공을 시작하였다. 그들도 화포를 쏘며 저항했으나 중과부적이라!

드디어 견디지 못한 그들이 항복했지만 관군들과 이에 합세한 백성들은 극도로 흥분된 상태였다. 격분한 군중들이 그들을 결박하여 끌어내렸고, 누가 말릴 틈도 없이 이들을 때려죽였다.

그 배에 탔던 24명 모두 총살 당하거나 맞아 죽었다.

이것이 병인양요의 시작이었다.

이 소문이 순식간에 용강군으로, 전국으로 퍼져나갔다.

관리들의 폭정으로 전국 곳곳에서 일기 시작한 민란과 백성과 관청 사이를 교묘하게 이간질한 일본 밀정의 책동 등이 겹쳐 나라 인심은 흉흉하기 그지없었던 그 시절!

마을이 술렁거리고 나라가 출렁거렸다.

삼화면 내교리 평창 이씨 집성촌에도 그런 소문으로 뒤숭숭했다.

일곱 살이었던 이시현은 서당에서 천자문을 공부하고 있었다.

어수선한 그 시절 아이들은 전쟁놀이로 뒷산을 누볐다.

이시현이 성장하는 동안 나라의 운세는 점점 가파르게 기울어져 갔다.

4 동학과 이시현

이시현은 그 시대의 여느 청년들보다는 좀 늦은 스물네 살인 1883년 4월에 혼인했다.

난세일수록 일찌감치 혼인을 시켜 젊은 혈기로 세상에 나서는 것을 막고, 대를 이을 후손도 미리 보아두자는 것이 집안 어른들의 생각이었다. 그러나 시현은 혼인을 미루다 부모님의 간곡한 말씀에 더 미루지 못하고 혼례를 치루었다.

이시현은 어린 시절부터 남다른 구석이 있었다.

아기 적부터 잘 울지도 않고 때로는 어두운 방 안에서 혼자 오도카니 앉아 있기도 했다. 자라면서 뭔가 쉬이 범할 수 없는 기품 같은 것이 엿보였다. 그래서 그런지 또래 아이들뿐만이 아니라 몇 살 위인 아이들도 시현을 대하는 태도가 남달랐다.

머리가 영특하여 마을 서당에서 늘 훈장의 칭찬을 들었지만 쉬

뽐내거나 가벼이 즐거워하지도 않았다.

시현의 어린 시절은 나라 안팎이 늘 어수선했다.

12살 나던 해에 미해군이 광성보를 점령하여 군민이 격퇴한 신미양요도 있었고, 14살 무렵에는 대원군을 탄핵한 최익현이 제주도로 유배가기도 했다. 16살 때에는 강화도 초지진에 접근한 일본 군함 운양호를 포격한 '운양호 사건'이 벌어지고 이를 빌미로 일본 군대가 부산에서 무력시위를 벌이기도 했다.

시현은 열 살 무렵까지 아이들과 동네 뒷산을 무대로 전쟁놀이에 열중했다. 이웃 마을과 전쟁을 하면 그의 출중한 지략 덕분에 늘 승리하곤 했다. 대담하고 예측할 수 없는 작전에 상대편은 쉽게 허물어졌다.

시현의 곁에는 그보다 한 살 아래인 육촌동생 이시구(李時九)가 있었다. 나이는 시현보다 한 살 어려도 덩치가 크고 그보다 키가 한 뼘 정도 컸다.

시구는 시현의 대담함이나 영특함에 승복하여 장년이 될 때까지 그의 곁에 머물렀다.

나라는 외국군대의 패권 싸움으로, 민씨 일파와 대원군 일파와의 싸움으로 나날이 더 술렁거렸다.

17살 나던 해 정월에도 일본 군함이 운양호 사건을 빌미로 무력 시위를 벌였다. 그러한 일본군의 횡포에 조정이 굴복하여 조일회담을 시작하지 않을 수 없었다. 그 결과 2월에는 굴욕적으로 조약을 맺을 수 밖에 없었던, '병자수호늑약'이 체결되었다.

나라를 걱정하는 뜻있는 사람들은 울분을 풀어낼 길이 없어 가슴을 쳤다.

그해 6월 황해도 일대에 폭우가 쏟아져 많은 농지가 침수되고 농가 8백여 호가 유실되었다. 경기와 삼남에 가뭄이 들어 엎친 데 덮친 격으로 민심은 흉흉했다.

용강 지방도 마찬가지였다. 집과 담벼락이 무너지고 밭에 심어놓은 작물들이 빗물에 휩쓸려 떠내려갔다. 수해에 이어 오는 것은 굶주림과 돌림병이었다. 백성들은 한시도 마음 편하게 살지 못했다.

이듬해인 1877년 경기도와 강원도에 도적 떼가 출몰하고, 이어 전국적으로 부잣집과 시장을 약탈하는 도적 떼들이 극성을 부렸다.

험한 고개에는 산도적들이 길목을 지키고 있었고, 이따금 청나라에서 몰려온 마적 떼들마저 출몰해 마을을 휩쓸었다.

시현은 나들이가 점점 잦아졌다.

청년 시절 집안 형편이 넉넉지 않았으나 무엇보다도 나라정세가 궁금해 지긋하게 눌러있지 못했다.

무엇인가 해야 한다는 생각!

그러나 무엇을 해야 할지 딱히 모르는, 지향점이 없는 답답함 때문에 주먹밥에 괴나리봇짐을 메고 집을 떠나 평양으로, 한양으로 먼 길을 떠나기도 했다. 나라 형편이 그를 농사나 짓고 무던하게 향리에 머물러 있게 놓아두지 않았다. 그런 나들이를 통해 새로운 문물도 접하고 시시각각 변하는 정세도 온몸으로 익혔다.

그러던 차에 그는 '동학'을 받아들였다.

시현이 접한 동학의 교리는 눈이 번쩍 뜨일 정도로 놀라운 것이었다.

그는 마음의 눈을 떴다. 그 교리를 통해 사람에 대한, 백성과 나라에 대한 생각을 크게 바꾸었다.

최제우가 1860년 4월 5일 '만고에 없는 무극대도'인 큰 깨달음을 얻고 이를 널리 전파하기 시작했다. 처음에는 병을 고치는 '영부'와 '주문암송'의 수도법으로 신자를 모았지만 점차 영부·강령의 주술적 요소에만 매달리지 않았다.

사람은 누구나 '성·경·신(誠·敬·信)' 3자 덕목을 잘 지키면 '군자(君子)'가 될 수 있음을 가르쳤다. 양반계층에게만 가능했던 장기간의 학습과정을 거치지 않고도, 입도한 그날부터 군자의 성품을 지니게 된다고 가르쳤다. 그 당시 주자학이 아니면 '사문난적(斯文亂賊)'으로 몰리던 왕조시대에 획기적인 사상이었다.

최제우 시대에 동학은 그 기본이 '천주를 내 안에 모신' '시천주(侍天主) 신앙'이다. 그러니까 누구든지 '시천주'라고 읊는 순간 천주를 내 안에 모시게 된다. 그러므로 그 순간부터 나는 범상치 않은 존재, 지존한 인격체가 된다. 다시 말하면 내가 '한울님'을 불러 내 속에 모신 순간 바로 나는 그러한 인격체로 변한다. 그러니까 내 뜻에 따라 나는 범부에서 한울님으로 전환될 수 있다. 그러므로 동학은 사람에게 가장 중요한 것이 바로 '뜻 세우기'라는 것이었다.

물론 이 중심사상이, 1864년 최제우가 대역죄인으로 참형을 당하고 2대 교주인 해월 최시형에 와서, "사람을 섬기되 한울같이 하라(事人如天)"는 것으로 바뀐다. 인간의 존엄성을 더 강조하고, 나아가, "만물까지도 한울처럼 대하라(物物天 事事天)"는 것으로 바뀐다. 그리고 1905년 3대 교주인 의암 손병희에 와서, "사람이 곧 한울이다"라는 '인내천(人乃天) 사상'으로 이어진다.

양반과 상민의 구별이 뚜렷하고 사·농·공·상의 차별이 뚜렷한 시대에 누구든지 '시천주'로 지존한 인격체가 된다는 것은 놀라운 일이었다. 모든 사람은 다 평등하며 차별이 없고, 부귀와 빈천을 갈라놓는 것은 '하늘의 뜻'이 아니라는 말씀이었다. 사람들에 의해 인위적으로 만들어진 것이므로 그것을 하늘의 뜻으로 믿고 신봉해야 한다는 관념은 철폐되어야 한다는 말씀이었다. 모든 사람이 자신 속에 '한울'을 지닐 수 있고, 자신이 바로 한울이라는 깨우침을 통해 '후천개벽된 세계'에 살 수 있다는 것은 아주 놀라운 것이다.
자신이 바로 세계의 중심 존재가 될 수 있다는 이 놀라운 말씀!
자신의 인생에 자신이 주인이라는 이 놀라운 말씀!
시현에게 동학은 새로운 사회관, 인간관, 세계관을 심어준 큰 계기가 되었다.
동학이 초기에 주로 경상도와 전라도를 중심으로 포덕(포교) 활동을 벌였기 때문에 그가 쉽게 입문하지는 못했지만 그 교리만은 일찌감치 접할 수 있었다.

동학운동 발생 초기에 동학교도가 놀라운 속도로 불어났다. 이에 최제우는 동학조직을 확대했다. 지방마다 접주를 두어 접주가 그 지방의 교도들을 통솔하게 했다. 그러나 교도들이 전국적으로 급속하게 늘어나자 제2대 교주인 최시형은 접주제를 확대하여 새로운 동학조직체계로 '포제도와 육임제도'를 도입했다.

지방 단위를 '포'로 하고 그 통솔자를 '접주'로 하며 접주 위에는 '도접주'를 두어 한 지역 안에 있는 여러 포를 관할하게 했다. 그리고 그 위에 '도주'를 두어 모든 포들을 통솔하게 했다. 그리고 '육임제도'는 각 포의 접주 아래에 '교장', '교수', '도장', '집강', '대정', '중정'의 여섯 소임을 두어 교도를 효과적으로 관리해 나갔다. 또 교도들의 집회기관으로 중앙에는 '법소'를, 지방에 '도소'를 설치했다.

그러니까 조직을 체계적으로 정비하여 교도관리를 합리적으로 했기 때문에 당시의 시대적 불안이나 새로운 시대에 대한 기대 등으로 교세가 급격히 확장되었다.

1880년대 말에는 경상도, 전라도, 충청도, 황해도, 평안도, 강원도, 경기도 지역으로 세력이 확장되어 교도들이 수십만 명에 이르렀다.

시현은 스물다섯 살 되던 1884년에 동학에 정식으로 입문했다.

입문을 했다고 해서 어떤 정식 절차를 밟은 것이 아니었다. 그 몇 해 전에 최시형이 최제우의 용담유사 8편을 간행했는데 그 필사본을 평양에서 어렵게 구한 것을 기점으로 그 스스로 동학의 교도가 되었다.

접주에 의해 포덕된 것이 아니기는 했어도 그는 수도의 절차와 형식을 따랐다. 그는 아침저녁마다 맑은 물을 떠놓는 '청수봉전'을 하고, 13자로 된 주문, "위천주 고아정 영세불망 만사의(爲天主 顧我 情 永世不忘 萬事宜)"를 읊으며 기도에 정진했다.

그 결과 시현은 자주 마음이 대낮처럼 화안하게 밝아지고 몸이 공중으로 가볍게 떠다니는 듯한 신비로운 체험을 하기도 했다. 그는 날이 갈수록 더욱 더 깊게 수행에 몰두했다. 점차 몸의 불순한 기운이 다 소멸되고 새로 태어난 듯한 희열을 느끼기도 했다. 그리고 세상의 얽히고 설킨 일들의 얼개와 그 매듭이 화안히 보이는 듯했다.

물론 가까이 교당이 없어 시일에 설교를 듣거나 교리를 연구할 수 없었다.

그러나 그는 스스로 교리를 공부하고 교리대로의 삶을 살려고 노력했다. 고향에서 이주하기 전까지는 빠짐없이 아침 저녁 음식을 지을 때마다 식구 한 사람마다 한 숟가락씩 곡식을 떠서 '성미(誠米)'를 모았다.

동학은 사람을 '신령'과 '육체'와 '염'으로 보았으며, 이것을 '내유신령(內有神靈)', '외유기화(外有氣化)', '각지불이(各知不移)'로 설명했다.

내유신령(內有神靈)'은 사람의 마음이 곧 하늘의 마음이며, '외유기화(外有氣化)'는 사람은 홀로 살아갈 수 없고 다른 모든 것과 어울려(기화되어) 살아야 하며, '각지불이(各知不移)'는 사람은 자기 마음이 곧 하늘이라는 것을 깨달아야 한다는 것이었다.

그러니까 앞에서 잠깐 언급했듯이, 동학은 사람을 한울의 지위로 올렸으며, 사람을 가장 영특한 존재로 보는 인간중심의 사상을 지녔다.

시현은 그 교리에 크게 공감했을 뿐만 아니라 주위의 동무들에게도 그 사상을 전파했다. 그리하여 그들이 새로운 시대에 적응하고 자신을 발견하고 현실을 슬기롭게 살기를 바랐다.

그는 자주 자신이 깨쳐 안 교리를 쉽게 풀어서 주위 사람들에게 이야기하곤 했다.

시현이 크게 찬동한 동학의 계율은 대체로 이런 것들이었다.

"번복지심(이리저리 뒤집는 마음)을 두지 말라. 이것은 역리자(사리에 어긋남)이니라."

"물욕지심을 두지 말라. 이것은 비루한 것이다."

"허언(거짓말)을 하지 말라. 이것은 세상을 미혹하는 것이다."

"안으로 불량하고 밖으로 꾸미지 말라. 이것은 사천하는(하늘을 속이는) 것이다."

이런 계율들을 통해서 동학이 정의와 진리를 사랑하고 사악함과 허위를 증오하며 권력이나 재물보다는 도덕과 양심을 더 귀중한 것으로 여긴다는 것을 알 수 있었다. 이는 우리 민족의 가치관과 잘 부합되기 때문에 생소한 것이 아니었다.

이뿐만 아니라 일반적인 생활 규범도 강조했다.

"충효를 지켜라."

"사람을 한울같이 대하라."

"의관을 정제하라."

"음식을 공경히 먹으라."

"청결을 중히 하라."

"매사에 성경신(誠敬信)을 다하라."

"입을 병과 같이 다물라."

시현도 이 계율을 지켜나가며, 주위의 사람들에게도 적극 권장했다.

그가 향리의 청년들의 우두머리 역할을 할 수 있었던 것도 타고난 영특함이나 잦은 나들이를 통한 해박한 대세관뿐만 아니라 이런 동학의 가르침을 통한 가치관의 재정립 때문이라고 볼 수 있다.

물론 그는 자식들에게도 이러한 교리를 풀어서 자주 심어주었다. 특히 자신이 '한울'이라는 것, 자신이 지존한 인격체가 되고, 자신의 발견을 통한 크나큰 깨달음을 얻을 수 있다는 믿음을 기회가 있을 때마다 가르치고 또 가르쳤다. 그러므로 그가 가정교육을 통해 자식들에게 가르친 것도 동학의 교리에 바탕을 두었다.

동학에 귀의한 뒤로 그는 주로 평양에 나가 포의 교당에 가 머물며 며칠 수도를 하며 나라 안팎의 정세를 살피고 돌아오곤 했다.

물론 그는 그를 따르는 인근의 젊은이들에게 자신이 듣고 본 것을, 그리고 자신의 생각을 이야기해주었다. 그러므로 그의 주변에는 나라를 걱정하는 젊은이들이, 비록 시골 농사꾼이지만 뜻을 벼루며 사는 젊은이들이 모여들었다.

혈기가 넘치는 동무들이 더러는 인근에서 벌어지는 민란에 나서자고 해도 그는 경거망동하지 말고 때를 기다려야 한다고 설득했다.

혈기왕성한 젊은이들이 죽창과 쇠스랑을 들고 횃불을 밝혀들고 몰려와 그에게 앞장을 서 달라고 한 적도 여러 번 있었다.

그때도 그는 민란의 본뜻이 탐학에 대한 반항이기는 해도, 결국 폭도로 변해 도적의 무리와 다를 바가 없어지고, 마침내 관군에 사로잡혀 비참한 최후를 맞는다고 설득했다. 더군다나 지역에서 하는 그런 발버둥이 나라의 운세를 이끌지 못하며, 장기판의 부분 전투가 외통수로 이어지지 않는다면 참고 다시 참아야 한다고 그들을 설득했다.

그렇다고 행동력이 없었던 것은 아니었다.

스무 살 나던 해인 1879년, 여름 전국에 폭우가 쏟아져 홍수가 나고, 곧이어 호열자(콜레라)가 만연하여 사람들이 죽어 나자빠지는 그 때 그는 청년계를 조직하여 인근부락의 역병퇴치에 앞장서기도 했다. 그러나 그는 결코 마음이 흉포하고 제 이익만 차리려 드는 편협한 무리들과는 어울리지 않았다.

그가 마을에 머물 적에는 그의 방 호롱불이 오랫동안 꺼지지 않았다.

그는 아주까리 등잔을 밝히고 어렵게 구한 『동경대전』의 필사본을 읽고 쉽게 잠들지 않고 오래 오래 명상에 잠겼다.

그렇지 않으면 그를 찾아온 동지들과 세상물정을, 세상의 이치를 이야기하곤 했다. 물론 손님들이 묻고 주로 그가 이야기를 하는 방식이었다.

그는 육촌동생 시구나 또래 젊은이들이 나라 정세를 물을 때면 그가 답하는 가치의 근간은 동학의 이치였다. 그리하여 주변의 사람들도 사람의 본질이 무엇이며, 어떻게 살아야 바른 것인지에 대해 차츰 눈을 뜨기 시작했다.

5 이시현과 보은 집회

"형님 계시우?"

육촌동생 이시구가 아침상을 물린 이른 시각에 사립문을 열고 들어왔다.

인근에서 장사로 소문이 난 이시구의 장대한 몸집 때문에 마당이 좁아 보일 정도였다. 마당에는 간밤에 내린 눈을 아직 치우지 않아 그의 발자국이 뚜렷하다.

그는 서너 살 손위라도 좀처럼 고분고분하지 않았지만 어린 시절부터 시현만은 지극 정성으로 섬겼다. 시현을 흠모하기 때문이었다.

"어서 오게! 그래 전갈은?"

"성님이 말씀한 대로 기별은 다 했수. 부은사(父恩寺)에 10시경에 모이기로 했수."

"그럼 날래 가야겠구먼."

학당리에 있는 자그마한 절인 부은사는 삼화면 안에서 가장 높은 산인 우산의 끝자락에 위치해 있다.

빨리 걸어도 두어 시간은 족히 걸린다.

시현은 두루마기를 걸치고 대문을 나섰다.

2월 여드레라 길도 미끄럽고 간밤에 잠깐 내린 눈으로 가는 시간이 더 걸릴 것이었다.

시구는 시현의 두 걸음쯤 뒤에서 따라오고 있었다.

시현의 나이 벌써 서른세 살.

청년기를 벗어났어도 그의 발걸음은 잽싸고 몸은 가벼웠다.

그는 아무 말도 하지 않고 골똘하게 생각에 잠긴 채 걷고 있었다. 그 낌새를 시구도 알아차리고 말없이 따라왔다. 그 큰 체구에도 불구하고 시구의 몸놀림도 아주 날렵했다.

오늘 시현은 그를 통해 동학에 입문한 인근의 젊은 청년들을 부은사에 모이도록 전갈을 보냈다.

용강군의 동학 교도들의 분포는 아주 묘했다.

용강군은 관서지방이 그러하듯이 서양의 문물을 어느 곳보다 빨리 접한 곳이었다. 그리고 천주교 선교사들의 활동도 적극적이어서 1885년 황해도 장연에 우리나라 최초의 교회인 소래교회가 창립되었다. 그러므로 서양의 문물에 대한 배타적인 기운이 어느 곳보다 먼저 누그러진 곳이기도 했다.

시현도 용강 사람들의 경향과 다를 바가 없었다.

동학의 교리에도 천주교에 대해서는 배타적이 아니었다.

최제우가 득도하고 난 뒤 상제와의 문답에, "이 법으로 사람들을 가르치라는 분부는 서도로 사람들을 가르치라는 말씀입니까?" 하고 반문하는 대목이 있다. 그리고 그는 서도(천주교)와 동학의 차이점에 대해 두 종교가 시운을 탄 것과 도에서는 같고 이치만이 다르다고 덧붙이고 있다. 그러므로 천주교 또는 기독교에 대해 본질적으로 적대감을 갖지 않았다.

시현도 동학의 이러한 태도를 받아들였다. 그의 이러한 생각은 자식들의 종교관과도 밀접한 관계가 있었다. 뒤에 다섯째 아들 영춘이 기독교에 귀의하여 독실한 기독교인으로 평생을 보내게 되는 것도 이와 무관하지 않았다.

시현은 스스로의 견문을 통해 서양의 문물에 대한 무조건적인 배척이 옳지 않다고 생각했다. 평양 나들이나 한양 나들이를 통해 서양의 문물을 통해 그들이 얼마나 강대한 힘을 지니고 있는지 실감했다. 또한 닫힌 마음으로는 시시각각 변해가는 세상에 제대로 대처할 수 없다는 것을 인정하지 않을 수 없었다.

언젠가 한양에서 황실 군악대의 행진을 잠시 본 적이 있는데 그 행렬의 장엄함에 기가 질렸다. 그리고 일본과 러시아 군대의 행진이나 신식 무기와 그들의 잘 훈련된 기세에도 마찬가지였다. 한양에서 외국 상선의 장대한 규모나 엄청난 대포와 무기들의 위력에 대한 이야기도 들었다.

그는 그것들에 대해 깊이 생각해 보곤 했다.

'척왜척양!'

이 모든 것을 그들의 침략적 의도와 폭력적 강압에 대한 것이지 문물 전부에 대한 것이 아니라는 것을 이해했다. 그것에 대해서는 피가 끓었지만 그것과 문물에 대한 것을 구별했다. 그러니까 그들의 내정간섭과 무력적 억지에 대해서는 분노를 금할 수 없었지만 그들의 문명마저 미워할 필요가 없다고 생각했다. 그 문물마저 적대시하고 배척한다면 점점 국권은 왜소화되고 결국은 그들의 말발굽 아래 짓밟히고 말 것이라는 생각이 들었다.

그는 지금 동지 교도들에게 '삼례집회' 이후 한양에 모인 동학도의 지원을 권하려고 부은사에 가는 길이었다.

그러나 그의 마음은 편치 않았다.

구태여 외진 부은사로 집회의 장소로 택한 것은 관군과 일본 밀정들 때문이었다.

부쩍 수상한 사람들의 발길이 읍내를 스치고 지나갔다. 그들의 몸놀림이 범상치 않고 눈초리도 아주 매서웠다. 인근부락의 작은 동요에도 그런 민감한 반응이 일어났다. 수상한 일물로 점찍혀 관군들에게 사로잡히면 형틀에 묶여 초죽음이 되도록 갖은 고초를 당했다.

전라도와 충청도뿐만이 아니라 평안도와 함경도에서도 동학교도에 대한 탄압이 날로 심했다. 재산이 좀 있는 경우 동학교도가 아니더라도 동학교도로 몰아 반병신을 만들기 일쑤였다. 그러므로 관군에게 빌미가 잡혀 관가로 끌려가게 되면 집안은 거덜이 나고 그 삼족까지 무사하지 못했다.

"끙!"

그의 입에서 절로 신음소리가 나왔다.

잠시 서서 주변 경관을 둘러보았다.

눈앞에 우산의 산자락이 펼쳐져 있었다.

'이 아름다운 산하가 왜놈과 서양되놈들에게 짓밟히고 있다니!'

그는 속으로 탄식을 하며 발길을 멈추고 눈에 익은 그 풍경을 둘러보았다.

"내 말을 들으시오!"

시현은 댓돌 위에 나섰다. 각 마을에서 온 장정 스무 명쯤이 댓돌 앞으로 모였다. 그들의 표정이 굳어 있었다. 차림새가 저마다 달랐다. 사람들의 눈을 피하고 혹 있을지 모르는 관군의 취재를 피할 요량들이었다.

"여러분, 사태가 점점 급박해지고 있소. ⋯⋯ 삼례 대집회 이후 달라진 것이 하나도 없소! 아직도 나라 곳곳에서는 동학교도 탄압을 그치지 않고 교주의 신원을 들어주지 않고 있소!"

최시형은 도접주들에게 '교조신원' 운동과 동학에 대한 탄압을 거둘 것을 청원하기 위해 1892년 11월 1일까지 전라도 삼례역에 모이라고 영을 내렸다. 도접주들은 포안의 교도들에게 삼례지방으로 모이게 했는데 모두 수천 명이 모였다. 그들이 청원한 내용은 교조신원과 동학도인들에 대한 탄압과 수탈을 막아달라는 것이었다. 청원서의 내용은 다음과 같았다.

"우리들이 잡은 바 떳떳하고 정당한 도리는 선사의 원통함을 풀

고자 함이며 선사의 학문은 오직 유교, 불교, 도교의 '도'를 합하여 충군효친하며 지극한 정성으로 임금을 섬기는 데 있거늘 이러한 자가 이단이라면 이와 반대되는 자가 오히려 옳은 학문이 될는지 우리들은 알 수 없다. ……"

충청감사는 교조신원은 자신의 마음대로 할 수 없으나 동학탄압을 중지하는 공문을 각 고을에 보내 즉각 중지하겠다는 약속을 했다. 이에 교조 최시형은 해산 명령을 내렸다. 그러나 그것은 일시적으로 동학교도를 속이는 기만술책이었다.

"이제 나서야 하오! 우리는 더 이상 그들의 기만술책에 넘어갈 수 없소. 한양에 가서 직접 상감마마께 상소를 올려야 하오!

여러분 쟁기를 놓고 한양으로 갑시다! ……

갈 수 있는 사람들은 모두 가서 억울하게 돌아가신 교조의 한을 풀어드립시다. 저, 왜놈의 농간에 놀아나는 매국노들에게 우리의 분노를 보여줍시다. 왜놈들의 가슴에 죽창을 꽂지는 못할망정 그들의 간담을 서늘하게 해야 합니다. 간신들이 상감마마의 눈을 가리고, 충신들의 입을 더 이상 틀어막지 못하도록 우리의 이 한 목숨 기꺼이 내 놓읍시다! ……"

시현은 잠시 숨을 돌려 사람들의 기색을 살펴보았다.
그들은 미동도 하지 않았으나 얼굴은 횃불처럼 달아올라 있었다.

"어린 자식과 노부모님들이 계신 분들은 고향을 지키고 그렇지 않은 사람들은 내일 행장을 꾸려 한양으로 갑시다!

여러분들이 보셨어야 했습니다. 우리들의 힘이 얼마나 강한지, 삼례집회에서 보셨다면 절대로 망설이지 않았을 겁니다. 구름처럼 모인 교도들의 그 외침이 지금도 내 몸 속에 웅웅거리고 있소이다!

우리 자식들에게 물려줄 이 산하를 우리가 나서서 바로잡읍시다.

자, 이제 우리가 나설 때입니다!

마을로 돌아가 함께 갈 동지들을 규합해서 내일과 모레 사이에 떠납시다!

부디 동지들의 몸을 보존하시오. 포졸들의 기찰에 잘 대비하고 밀정들의 눈도 요령껏 피하시오!

절대 병장기는 몸에 지니지 마시오.

부디 밀정으로 의심되는 사람들을 조심하시오. 우리 자신과 동지들과 가족들의 목숨이 걸려 있습니다."

시현의 목소리는 비장했다.

"이제 우리가 나서지 않으면 점차 조여와 언제 우리들도 까마귀의 밥이 될지도 모르오.

이제 우리가 나설 때란 말입니다!"

"……"

부은사에 모인 스무 명쯤 되는 장정들의 표정은 그때 막 내리기 시작한 굵은 눈발 때문인지 한결 더 굳어졌고 엄숙했다.

머리에 어깨에 눈이 쌓여도 그들은 미동도 하지 않았다.

그들은 지금 자신들이 무엇을 하는지 너무나 잘 알기 때문이었다. 그 자신의 목숨은 말할 것도 없고 가족이나 일가붙이의 목숨도 담보하는 행동이라는 것을 잘 알고 있었다.

살이 푸들푸들 떨리고 숨이 가빠지는 사안이었다.

그러나 그들은 묵묵히 시현의 말을 듣고 결의를 다지고 있었다.

관자놀이에 심줄이 불끈 치솟고 굳게 쥔 주먹이 부르르 떨렸다.

시현은 시구와 함께 교조신원 복합상소에 참가하기 위해 한양으로 향했다.

이웃동네의 장정 대여섯이 그들과 합류했다. 그들의 얼굴에는 긴장감이 감돌았다.

6 용강의 민란

"형님, 이대로 두고 볼 수 없수다! 우리도 나서야 합니다."

아랫동네에 사는 이길수가 관자놀이에 퍼렇게 심줄이 돋은 얼굴로 어깨를 들썩이며 말했다.

그는 이십대 중반까지 평양감영에서 장교로 있다가 민씨 계열의 민병석이 평안도 감사로 부임하고 난 뒤 자리에서 물러났다. 스스로 물러난 것이 아니라 밀려났다고 하는 것이 더 정확한 표현일 것이었다. 그 뒤 부친상을 당해 낙향했다가 황달로 주저앉아 몇 년째 요양을 하고 있었다. 워낙 성질이 급하고 불의를 참지 못하는 성미인지라 말을 할 때마다 눈알이 쏟아질 듯했다.

1893년 음력 4월 20일, 오후 6시.

저녁 무렵이면 아직도 날씨가 쌀쌀하지만 마을은 열기로 가득 차 있었다.

마을 정자에 이시현이 윗자리에 앉아 있었고, 이시구와 이길수, 그리고 청장년 세 명이 머리를 맞대고 모여 앉아 있었다. 정자 아래에 있는 타작마당에 마을 청년과 인근 마을에서 몰려온 서른 명쯤이 횃불을 들고 대낮처럼 환히 밝히고 모여 웅성거렸다.

이따금 그들은 목청을 돋우어 소리쳤다.

"우리도 나서야 하오!"

"옳소! 나서야 합니다!"

모두 죽창이나 쇠스랑을 들고, 머리에 붉은 수건으로 질끈 동여매고 있었다.

홍경래란에 가담했던 혁명군들이 붉은 천으로 머리를 동여맨 것처럼 그들도 그렇게 했다.

"형님이 한 말씀 하시우. …… 이달효 총사도 전갈을 보내왔소."

이시구가 장대한 몸을 비틀며 이시현에게 고개를 숙이며 낮은 소리로 말했다.

이시현이 천천히 감고 있던 눈을 떴다.

"여러분, 들으시오!"

그가 무겁게 입을 열자 정자 안은 잠시 긴장감이 흘렀다.

"지난 2월에는 내가 나서서 모두 한양에 가서 교조신원 복합상소에 참가하자고 권했소. 그러나 우리가 도착하기 전에 상감마마의 성지가 전달되어 우리가 중도에서 발걸음을 돌렸지요."

광화문 앞에서 상소단이 1893년 2월 11일 교조신원을 청원하는 상소를 올리자 임금이, "각자 집으로 돌아가 본업에 종사하면 소원대로 하여 주겠다"는 교지를 내렸다. 상소단은 사흘 만에 해산하고 말았다. 시현 일행이 임진강에 이른 것이 2월 12일이었다.

그 소식을 들은 그들은 더 나아갈 것인가 귀향할 것인가를 두고 고심하다가 폭설이 며칠 계속해서 내리자 보은 집회에는 합류하지 못하고 사람들을 귀향하게 했다. 그러나 시현과 시구만이 보은으로 향했다.

3월 10일 보은 집회가 선포되었다.

"비록 많은 동지들이 보은 집회까지는 참석하지 못하고 내려왔지만 그때 우리들의 거사는 떳떳했소. 그러나 지금은 아니요!

우리가 지금 여기 힘을 쏟을 때가 아니오. 지금 탐관오리들의 가렴주구가 날로 더 심해지고, 수탈이 도를 지나치지만 지금은 탐관오리 몇을 처단하는 데에다 힘을 낭비할 때가 아니란 말이오. ……

그런 더러운 벼슬아치 몇 처단한다고 나라의 기강이 잡히고, 헐벗은 백성들이 주린 배를 채울 수 있는 것도 아니잖소? 더 근원적인 문제에 힘을 기우려야 하오! ……"

"그러면 언제가 나설 때란 말입니까? ……

용강군수도 처단해서 본때를 보여야 하오! …… 이보다 더 근원적인 것이 어딨소?"

이길수가 언성을 높이자, 이시구가 어깨를 쫘악 펴며 이길수를 노려보며 말했다.

"자네, 언성을 낮추게! 지금 형님께서 말씀하고 계시잖나!"

"······"

"전에도 말했듯이 지금 나라의 운명은 왜놈과 뙤놈과 로스께들의 손에 난도질을 당할 참이라오. 게다가 탐관오리들이 나라의 기강이 물러진 틈을 타고 매관매직에 제 뱃속을 채우고 있으니, 어찌 여러 분들이 통분치 않을 수가 있겠소!

여러 지방에서 일어난 거사들이 다 실패하고 아까운 목숨만 까마 귀의 밥이 되지 않았나요! 힘을 비축하고 인재를 아껴 더 큰 거사를 준비해야 하오. 나라 전체가 움직일 때 움직여야 한단 말이오. ······

여러분들도 아시다시피 내가 고향으로 돌아온 게 사흘도 채 되지 않잖은가!

4월 3일 해산하고 밤낮으로 돌아와 여독도 채 풀리지 않았소.

작년 11월 동학의 삼례집회와 올 2월의 한양 교조신원 복합상소 와 척양척왜를 외치면서 지난 3월부터 시작되고 있는 보은 집회는 이삼만 명이 더 모였소. 명분이 바른 집회에는 나랏님도 귀를 기울 인다오. ······ 그러므로 우리는 더 큰 눈으로 더 먼 미래를 보고, 이 나라와 백성의 장래를 보고 거사를 해야 하오!"

"형님 말씀은 잘 알겠지만 탐관오리들의 횡포는 어쩌란 말입니 까? 백성들의 발등에 떨어진 불은 누가 끄고, 백성들의 목줄을 끊 으려고 드는 이 창날은 누가 막습니까?

우리가 나서야 합니다. 작년 함경도에서 일어난 항쟁이나 저 강 계와 성천에서 일어난 항쟁은 다 뭐겠습니까?

내가 말리고 형님이 말려도 백성들이 들고 일어날 것입니다.

그러니 그들이 관군과 맞싸워 오합지졸이 되어 무참히 도륙당하는 것보다는 이 한 몸이라도 나서서 죽창이라도 제대로 찌르고 칼이라도 제대로 잡게 이끌어주고 전술이라도 펼치는 것이 자비를 베풀어주는 겁니다. 그것이 우리가 농민군과 보조를 맞추는 것이기도 합니다.

형님, 나가게 해주시우!

어차피 이래 죽으나 저래 죽으나 매 일반이니, 용강군수 윤가 놈과 평양관찰사 민가 놈이나 도륙내고 죽겠소!"

"형님, 허락해주시우!"

이길수의 말에 다른 장정들도 머리를 조아리며 이구동성으로 말했다.

"자네들의 뜻이 그렇다면, 내 어찌 더 말릴 수 있겠소. …… 이것 하나만 약속해주오!

먼저 가족들을 다른 곳으로 피신시키시오. 그러나 길수 자네는 노모를 어디로 피신시킨단 말인가? 그리고 이 거사는 성공해도 살아남기 힘드니 마을 젊은이 반은 남겨두게!

이제 나도 이 마을에서 떠나야 할 때가 온 것 같군!"

"형님, 송구스럽습니다.

거사에 성공하든 실패하든 남은 동지들을 이끌고 보은이든 충청도든 가겠습니다. 그리고 농민군이 되겠습니다. …… 꼭 그러겠습니다. 그리고 나이 순서로 절반을 잘라 남기겠습니다. 모든 마을에 그러도록 하겠습니다. …… 또 가족들은 각자 어디로든 피신시키도록 하지요."

이길수의 눈에 눈물이 비쳤다.

젊은이들 중에 주먹으로 눈물을 훔치는 자들도 더러 있었다.

이시현은 다시 눈을 지그시 감았다. 그의 마음이 찢기는 듯 아려왔다.

그 당시 평안도 관찰사였던 민병석의 가렴주구가 날이 갈수록 심했다. 생활에 여유가 있는 사람은 동학이라는 죄를 씌우거나 아무 이유도 없이 감옥에 가두어 재산을 빼앗았다. 이에 뒤질세라 용강 군수도 착취를 일삼았다. 용강군 대대면, 금곡면, 신녕면, 해운면, 서화면 일대에서 잡히는 꽃게를 가가호호 터무니없이 무리한 양을 공출하게 해서 한양으로 보내기도 했다.

결국 그들은 5월 1일 격문을 도처에 보내 500여 명의 군사로 봉기하였다. 총사가 이달효였고 이길수는 시위대장으로 참가했다.

그날 자정 무렵 이길수가 이끄는 시위대 50명이 옥도리에 있는 군수관영을 쳐 군수 내외를 잡아 그의 목을 베었다. 다음날 시위대는 천 명을 넘어섰다. 의기충천한 그들은 평양을 향했으나 강서군 대성과 기양 사이에서 관군 500명과 만나 접전을 벌였다. 그러나 그들은 훈련된 관군을 만나 대패하고 말았다. 총사 이달효도 사로잡히고 시위 이길수는 전투 중에 사망한 것으로 알려졌다. 그의 시신은 형체를 알아볼 수 없을 정도로 훼손되었다는 소문도 났다.

이 소식을 들은 이시현은 오래 눈을 감고 앉아 있었다.

이달효는 압송당하는 과정에서 잔류병의 도움으로 탈출에 성공하여 평생을 오석산과 신덕사를 오가며 숨어지냈다.

물론 이달효의 일가 삼족은 멸족을 당했다.

삼호면 용문리 이문동에 거주하던 광주이씨 40여 호는 불태워졌다. 나머지 거사에 가담한 사람들과 그 가족들이 모두 비참하게 죽었다. 미리 피신한 가족들은 다행이도 화를 면했다. 이런 난국이 아니었다면 가족들이 피신을 했다고 해도 관군의 추격을 피하기 힘들었을 것이었다. 그러나 천만다행으로 단속은 곧 흐지부지 되고 말았다.

이길수는 이시현과의 약속도 지키지 못하고 만 셈이었다.

그의 노모는 어디로 피신을 시켰는지 소식이 없다가 몇 년 뒤, 귀성면 대령리에 살 적에 소식을 보내왔다.

놀랍게도 이길수는 살아 있었다. 기양 전투에서 심하게 부상을 입고 수하의 도움으로 인가에 피해 있다가 노모의 고향으로 돌아가 숨어 지냈다고 했다.

이시현과 이시구는 4월 25일 무렵 가솔들은 두고 삼화면 내교리 고향 마을에서 자취를 감추었다.

특히 시현은 삼화와 보은의 집회에 참석했고, 용강 봉기를 뒤에서 조종했다는 혐의를 받을 것이 뻔했다. 시현은 평소에 눈여겨보아 두었던 처가 쪽 친척들이 사는 귀성면 대령리로 몸을 피했다.

이곳이 동학농민혁명 뒤부터 그가 가솔들을 이끌고 숨어산 제2의 고향이 되었다.

7 삶의 전환
— 시현에서 종현으로

　보은지방에 모인 동학교도들과 여러 계층의 군중들은 큰 대오를 이루어 '척양척왜', '보국안민'의 구호를 외쳤다.
　통문에는 이렇게 쓰여 있었다.

　"지금 왜놈과 서양놈들이 나라 안으로 깊이 들어와 큰 난리를 일으키고 있는데 오늘의 한양 형편을 보면 마치 오랑캐의 소굴이라! 가만히 생각컨대 임진란과 병인란의 수치를 어찌 참을 수 있으며 어찌 잊을 수 있을까? 지금 우리 동방 삼천리 강토는 다 짐승의 발자취로 뒤덮이고 500년 종사가 드디어 망할 징조를 보이니 인의예지와 효제충신이 지금 어디에 있는가? 우리들은 비록 궁벽한 시골의 어리석은 백성이나 …… 우리 수만 명이 힘을 합쳐 죽음을 맹세하고 왜놈과 서양오랑캐를 쓸어버리려 한다. …… "

보은 집회 참가자들은 '척왜양창의(斥倭洋倡義)'라고 쓰인 깃발을 휘두르며 투쟁의 대상과 목적을 뚜렷이 밝혔다.

이시현도 이 대열 속에 있었다. 그러나 그는 보은 집회의 방향에 대해 일말의 불안감을 지니고 있었다. 집회가 점점 강경하게 선회하고 있었기 때문이었다.

한양의 광화문 상소 때에도 그러했고 보은 집회가 계속될수록 교조인 해월의 뜻과 달리 나아간다는 소문도 있었다.

4월 1일.

어윤중이 청주영장 백남석과 보은군수 이중익 등과 함께 군사 백여 명을 이끌고 집회장소에 와 국왕의 집회해산령을 전달하자 결국 해산하고 말았다. 그러나 불씨가 완전히 꺼진 것이 아니었다.

이시현은 보은집회에서 돌아온 뒤에 깊은 시름에 잠겼다.

난세에 자신의 위치와 나라의 운명에 대한 것이었다. 특히 그가 밤잠을 설치며 깊은 사색에 빠진 것은 종교와 사회운동에 대한 문제였다.

1885년부터 1893년 사이에 나라 곳곳 35개 지역에서 백성들의 무력봉기가 있었다. 그처럼 혼란스럽고 나라의 기강이 무너져 있었다. 봉기가 일어났다는 소식이 있을 때마다 이시현은 가슴이 덜컥 내려앉곤 했다. 오죽 했으면 쇠스랑을 들고 도끼를 들었겠느냐만 그런 폭력으로 문제를 해결할 수 없다는 생각은 변치 않았다.

"이 일을 어찌 할꼬! 어찌 할꼬!"

뾰족한 수를 찾을 수 없었고, 해결의 지혜를 어디에서도 얻을 수 없었다.

　그럴수록 시현은 종교적 수행에 매달렸다. 자신을 변화시키고 나아가 그 힘을 통해 이웃과 나라를 구할 수밖에 없다고 판단했다.

　그가 삼례와 보은 집회에서 얻은 결론은 그 집회도 점차로 폭력적 대결을 내세우고 있다는 점이었다. 그래서 보은집회의 해산이 선포되자 얼른 고향으로 돌아왔다.

　그런데 돌아오자마자 이달효가 주동이 된 거사가 그를 기다리고 있었던 것이었다. 말려도 듣지 않는, 결말이 뻔한 그 거사를 보며 그는 속으로 통곡했다.

　소매 깃을 잡고 말려도 듣지 않는 그들을 보낸 그날 밤 시현은 어둔 방에 잠들지 못하고 혼자 앉아 있었다.

　"어찌 할 것인가! 저 젊은이들과 죄 없는 처자식들의 목숨을!"

　이달효의 거사가 실패로 돌아가고 줄줄이 나졸들에게 끌려가 갖은 고초를 다 겪고 처형되거나 불구가 되었다는 소식을 듣고는 가슴을 쳤다. 이달효의 일가 삼족이 멸족 당했다는 소식에는 며칠 식음을 전폐했다. 그는 일찌감치 피신을 해서 관군들의 기찰이나 취재로부터 벗어날 수 있었지만 생각할수록 가슴이 덜컹 내려앉는 일이었다.

　1893년 11월 고부접주 전봉준 등에 의해 거사가 도모되었다는 소식을 그는 피신처에서 들었다. 그는 깊은 생각에 잠겨들었다.

　어떻게 처신을 하는 것이 가장 합당하며 그것이 자신과 가족과 나라를 위한 바른 길인지를 되묻고 또 물었다. 그러다가 그 거사가 다음해 1월 고부관아를 점령하고 그 세력이 점점 커진다는 소식을 듣고 결단을 내렸다.

그 이전 보은 집회 이후 곳곳에서 관군들이 동학교도들을 닥치는 대로 체포하고 색출하기에 혈안이 되었다. 아직 평안도에서는 동학교도들에 대한 취재가 시작되기 전이었으므로 어떤 행동을 취해야만 했다.

동학군이 그해 4월 27일에 전주성을 함락시켰다.

이어 5월 7일에 관군과 전주화약(全州和約)을 맺고 삼남 53개의 군현에 집강소를 두었다. 이것은 동학 혁명지대에 설치된 과도적 지방혁명군정의 성격을 띠었다.

동학군의 대승리로 기세등등할 즈음에 시현은 고향을 떠나기로 작정한 것이었다.

갑오농민군을 막는다는 명분으로 5월 5일에 청나라 군사 2,100명이 아산만에 상륙하고, 이에 질세라 5월 9일에 일본 군사가 인천에 도착하였다. 이런 외국 군대의 상륙으로 나라의 운명이 문풍지처럼 떨리고 있었다.

청나라와 일본 간의 군사행동은 첨예한 세력 다툼 때문이었다.

일본이 명치유신 이후 조선을 정복하려는 계획을 세우고 치밀하게 준비를 했다. 그러나 청나라는 조선에 대한 종주권을 주장했다. 1876년 일본이 강화도 조약으로 조선이 자주국임을 명시하고 노골적으로 조선을 침략하자 청나라와 대립되지 않을 수 없었다.

"전쟁이 일어난다지!"

"난리가 난다지!"

사람들은 불안감에 휩싸여 전전긍긍했다.

그런 와중에 시현은 은밀하게 준비하였던 계획을 실행하였다.

뒷일을 이시구에게 부탁하고 5월 말경에 한밤중 솔가하여 마을을 떠났다. 한 집안이 마을에서 갑자기 사라진 것이 충격적이긴 했으나 하도 세상이 어수선할 때여서 얼마 가지 않아 쉬 잊혀졌다. 흉년과 질병이 겹쳐 그 전에도 간도로 이주해가는 집안이 더러 있었다.

얼마 지나지 않아 시현의 결단이 참으로 현명한 처사로 드러났다.

6월 21일에 일본 자객들이 경복궁에 침입하여 반일적인 민씨 정권을 무너뜨리고 대원군 정권을 수립하였다. 이를 빌미로 6월 23일 청일 양군이 풍도에서 충돌하였고, 결과는 청나라 군대가 훈련이 잘 되어 있고 신식무기로 무장된 일본군한테 크게 패하고 말았다.

이것이 청일전쟁의 서전이었다.

6월 27일에 성환역에서 또 충돌하였으나 청나라 군사가 패주하고 말았다.

일본은 한반도에서 지배권을 확보하기 위해 친일파가 중추세력인 갑오경장을 시작하여 관제를 개혁하였다. 그리고 일본에 망명하였던 박영효도 귀국하였다.

일본군이 인천에 상륙하였을 적에 빌미를 주지 않기 위해 농민군이 해산했다. 농민군의 위협이 사라졌으므로 일본군한테 본국으로 돌아갈 것을 요청했으나 일본 오토리 공사는 이를 거부하고 오히려 본색을 드러냈다.

이 소식을 들은 동학농민군은 9월에 일본군을 내쫓기 위해 재봉기했다.

10월 초에 전라도 농민군이 북상하여 논산에 집결했다. 이어 10월 22일부터 11월 12일까지 스무날에 걸친 공주접전에서 동학농민군은 일본군에 크게 패하고 말았다.

그 이후 전라, 충청, 경상, 황해, 강원도 등 전국 곳곳에서 동학농민군은 일본군과 관군에 의해 궤멸되었다.

농민군을 철저하게 색출했는데 이는 일본의 요구에 의한 것이었다.

수많은 농민혁명 가담자와 그 가족들이 색출되어 참살되거나 혹독한 징벌을 받았다.

시현은 동학이 종교에서 정치사회운동으로 전환한 동학농민군의 종말을 비교적 정확히 읽었다. 그리고 일찌감치 동학과는 상관없는 이주인 것처럼 소리 소문 없이 솔가한 것이었다.

그렇다!
때를 기다리자!
평범한 농민으로 돌아가 때를 기다리자!

시현은 스스로 나설 수도 없을 뿐만 아니라 나서는 순간 체포되거나 평생 쫓길 운명이었다.

그는 대령리에 정착하여 그의 본디 이름인 이시현을 버리고 '이종현(李宗鉉)'으로 거듭 태어난 것이었다.

그곳에서 자식들을 위해 아주 평범한 농사꾼으로서의 삶을 시작

부친 이종환의 삶애

• • •

53

하게 되었다. 이름을 이종현으로 바꾸고 고향 마을을 떠난 그 절박한 이주에는 이 시대사의 아픔이 깃들여 있었다. 그가 그곳을 택한 것에는 처가 쪽 친척들이 산다는 인연도 있었지만 묻혀 숨어살기에 적당한 그만한 이유가 있었다.

그곳에는 우리나라에서 가장 큰 '귀성염전'이 있었고, 일본도 염전 사업에 눈독을 들여 은연중에 그 규모를 확장시키도록 했다. 일손이 부족하여 전국 곳곳에서 일자리를 찾아오는 사람이 늘어났다.

타관사람들이 점점 불어나 신분을 노출시키지 않을 수 있었다. 또한 호구문제 또한 쉽게 해결할 수 있었다. 그 당시 이미 든든한 장정 노릇을 하는 큰아들과 힘을 합치면 살아가는 데에는 큰 어려움이 없었다.

그뿐만 아니었다.

용강군 바로 위쪽에 있는 '삼화부'라 불린 작은 어촌이 청일전쟁 당시 일본군의 병참기지가 되었다. 물론 1894년 갑자기 병참기지가 된 것이 아니라 일본이 북진정책을 준비하며 이미 그 이전부터 주도면밀하게 계획된 것이었다. 그 이후 이곳은 진남포로 불렸고, 1897년 개항에 이어 철도가 놓여져 급속히 발전하였다.

그러므로 용강군은 어느 곳에 견주어도 뒤지지 않을 정도로 개화기의 물살을 일찍 탔고, 발전 속도도 빨랐다.

이제 동학교도 이시현은 사라지고, 마을 젊은이들의 정신적인 지도자였던 이시현은 사라졌다. 그럴 수만 있다면 평범한 농사꾼의 눈빛으로 바꿀 필요가 있었다. 이제 이종현으로 거듭 태어났다.

물론 겉으로는 그러하지만 그는 어떤 방법으로든지 동학의 교리를 몸소 실천하고 자식들을 가르치는 지혜의 원천으로 삼았다.

제2부

이영춘의 어린 시절

쌍천관 앞에서

쌍천 추모비

1 이종현의 삶

이종현은 아주까리 등잔불빛이 희미한 방 안에서 정좌를 하고 오래 앉아 있었다.

그의 마음속에는 갖가지 심회가 회오리쳤다.

이제 그의 나이 마흔넷. 달포 전 여섯 번째 자식을 보았다.

그는 눈을 감고 앉아 그의 지난 생을 반추해 보았다. 그리 평탄한 삶이 아니었다. 그 나이가 되도록 이룬 것도 없이 한 세상 그냥 보낸 듯했다.

'수신제가 치국평천하(修身齊家 治國平天下)'라고 했는데, 수신도 제가도 못했다는 생각이 가슴을 친다.

물론 그도 난세를 살며 가업을 일으키고 자신을 닦으려고 노력했다. 물론 나라를 위해서도 무엇인가를 하기 위해 애썼다.

그러나 그 모든 것이 덧없었다.

청년 시절의 잦은 평양 나들이나 한양 나들이가 무슨 소용이 되었던가!

보은의 집회에 참석해서 횃불을 들고 목청껏 외쳤던 그 함성이 기울어져가는 이 나라의 운명에 무슨 힘이 되었던가!

살아온 생애의 많은 사연들이 참으로 부질없이 느껴졌다.

그는 마음의 눈이 밝았다.

동학농민혁명이 한창 무르익고 있을 적에 그는 돌연 고향에서 자취를 감추었고, 은밀히 솔가하여 이름을 바꾸고 새 삶을 시작한 것이 바로 그 증표였다.

벌써 8년 전의 일이었다.

그는 이곳으로 온 이후 철저하게 자신을 숨겼다. 어떤 일에도 나서지 않고 무지렁이 농사꾼이 되어 자신을 가장 범상한 백성으로 탈바꿈했다. 은둔하여 바깥출입을 삼가고 농사짓기에 골몰했고, 가까운 염전으로 가서 다른 사람들처럼 일거리를 찾아 기웃거렸다. 일을 할 적에도 시키면 시키는 대로 일했고, 쉬는 시간이면 말없이 한쪽 구석에 앉아 곰방대에 담배를 다져 피워 물었다. 누군가 말을 붙여도 간단한 대답으로 일관했고, 자기들 패거리에 들이려, 친밀해지려 다가와도 묵묵히 반응을 보이지 않았다.

그래서 그 마을이나 염전에서는 말수가 적은 사람으로 통했다.

그러나 아무리 숨기려 들어도 어딘가 모르게 풍기는 기품은 어쩔 수가 없었다. 뭔가 쉬 범접할 수 없게 만드는 구석이 있었다. 사람들은 그가 말없이 제 할 일을 하고 '병처럼' 입을 다물고 있어도 어느 틈에 어른으로 대접하기 시작했다.

그의 세상읽기는 탁월했다.

그가 고향에서 자취를 감춘 이후 세상이 달라졌다.

동학군이 패퇴하고 1895년 전봉준이 처형되자, 나라 곳곳에서 동학도인들을 잡아들이고 그들을 역모로 잡아 족쳐 그들이 지르는 신음소리가 강산을 뒤덮었다. 그들의 피가 개울을 이루어 땅속 깊이 스며 이 땅의 한이 되지 않았던가!

그는 새 삶의 터인 내령리에서 눈을 가리고 귀를 막고 엎드려 세월을 보냈다.

그 사이 일도, 난리도 많았다.

일본의 군인들이 경복궁에 난입하여 민비를 시해하고, 단발령이 내려 나라 방방곡곡이 불난 집처럼 어수선했다. 친일정권의 득세와 몰락이 거듭되고, 독립협회가 결성되었다는 소문이나 고종황제의 즉위식에 가슴을 설레기도 했다. 그러나 날이 갈수록 국운이 기울고 삼남지방에 화적들이 들끓고 가뭄과 기근이며, 전염병이 나라를 휩쓸 적에는 그 절망의 검은 기운이 삼천리를 뒤덮기도 했다.

1900년 새 세대에 접어 한강철교가 준공되고 경인철도가 개통되었으며 경인 간에 시외전화가 개통이 되는 등의 새로운 시대가 열려도 나라의 장래는 암담하기만 했다.

점점 풍문에 들려오는 소문은 더 흉흉해지고 인심은 각박해져 갔다.

그래도 종현은 몸을 웅크리고 숨을 죽였다.

그러면서도 그런 자신이 때때로 수치스러워지기도 했다. 웅크려 장래를 도모하고, 내일을 기약하자는 것이 비겁자의 변명에 불과한 것처럼 여겨질 때도 있었다.

영춘이 태어나기 바로 전 해인 1902년 12월에 하와이 이민자 121명이 떠났다.

낯선 타국으로 떠나는 이민을 모집한다는 소문을 듣고 종현도 지원을 하고 싶은 생각도 있었다. 그러나 그럴 수는 없었다. 그 당시 종현에게 무엇보다도 급한 것은 자신을 숨기는 것이었지만 그의 삶에서 늘 떠나지 않는 화두는 자식을 제대로 가르치는 것이었다.

고향에서 자취를 감춘 지 5년 만인 1900년에 고향 아우들이 찾아왔다. 어떻게 수소문을 했는지 한밤중에 은밀하게 찾아와 예전처럼 자신들을 이끌어달라는 것이었다.

그 시대는 어두운 밤길과 같아서 찬찬히 시대를 읽을 수 있는 눈이 없으면 천지가 암흑인 밤중에 낯선 길을 떠나는 것과 같았다. 어디가 웅덩이이고 어디가 벼랑인 줄 알 수 없었다. 그래서 세상을 읽고 시대를 읽는 누군가가 등불이 되어 혈기가 끓는 젊은이들을 이끌어주어야만 했다.

종현은 그들과의 인연 맺기를 거절했다.

그것은 그가 시대를 읽고 내린 결론이었다. 혹 찾아오는 동무가 있으면 은인자중하며 스스로를 닦고 기다리라는 충고를 잊지 않았다. 어쩔 수가 없었다. 그런 시대에는 자신을 성찰하고 가족을 보살피는 수밖에 없었다. 어쩔 수 없는 노릇이었다.

물론 일체 나서는 일이 없었다.

사람들을 나서서 이끌거나 그들을 멀리서나마 이끄는 일도 하지 않았다. 영판 평범한 농사꾼이었다.

그러나 아주 은밀히 몇몇 동무들이 인편으로 소식을 전해왔다.

그에게 연줄을 대고 있었던 것은 동생 이시구와 용강 민란에 시위대장으로 참여했다가 사라졌던 이길수 같은 이들이었다. 이들과는 어쩔 수 없이 은밀하게 기별을 주고 받았다. 시구는 곧이어 의병에 참여했고, 의병대를 이끌며 혁혁한 전공을 세웠다는 소문만 들었지 소식은 끊겼다.

곳곳에서 민란이 봉기하고, 의병이 일어났을 적에 그는 그들의 뒷일을 사려 깊게 훈수한 적이 아주 드물게 있었다.

물론 겉으로 평범한 농사꾼으로, 또는 광양만 염전의 일꾼으로 살았다.

2 피의 맹세

"아저씨, 저도 떠나고 싶소!"

몸집이 건장한 이십대 장정의 우렁우렁 굵은 목소리가 방 안의 침묵을 깨뜨렸다.

1904년 11월.

봉창 너머로 들판을 휩쓸고 지나는 초겨울 바람소리가 들렸다.

아주까리 등잔불이 켜 있었으나 방 안은 어두웠다.

방 한쪽에는 올해 추수한 나락 가마니가 쌓여 있었다.

황토 흙벽이 드러나 있지만 방 안은 아늑했다.

사내 넷이 머리를 맞대듯 앉아 있었다.

다시 침묵이 흘렀다.

바깥에서 사나운 초겨울 바람이 들판을 휩쓰는 소리가 들렸다.

"자넨 고향으로 돌아가 양친을 모셔야지."

허리를 꼿꼿하게 펴고 앉은 종현이 감은 눈을 뜨며 말했다.

그의 눈매는 어둠 속에서도 날카롭게 빛났다.

몸집은 작으나 다부지게 생긴, 지운면 진지리에 사는 김관신이 입을 열었다.

"나야 딸린 식구가 없으니 간도로 가든, 죽창을 휘두르다 왜놈의 조총에 맞아 까마귀밥이 되든 여한이 없지만, 자넨 그렇지 않잖은가!"

그의 무릎 앞에는 괴나리봇짐이 놓여 있었다.

먼 길을 떠날 행장이었다.

아랫목에 앉은 종현이 방 안의 사람들의 얼굴을 찬찬히 둘러보며 입을 열었다.

"…… 다시 한 번 말하지만, 사람은 언제나 지금 자신에게 주어진 처지에 충실해야 한다네. 우리에게 오늘만 있는 게 아니라 언제나 과거와 오늘과 앞날이 함께 있다네. 내 한 몸뚱아리가 오늘이라면 어버이나 선조들은 우리의 과거이고, 우리의 자식들은 앞날이 되겠지. …… 관신 아우는 딸린 식구가 없고 포부가 활달하니 오늘을 더 충실히 살기 위해 의병장 이시구 아우를 찾아나서겠다는 게고, 억수 자넨 연로하신 부모님께서 아직 생존해 계시니 아직은 자네의 과거를 잘 봉양해야 할 책무가 남아 있잖은가? 그 책무를 다하고 나서도 나라를 위해 몸을 바칠 기회가 많으니 경거망동하지 말고 때를 기다리게. 또 여기 성조와 나는 딸린 자식이 많으니 이 아이들이 우리의 앞날이 아닌가? ……

이곳에서 각자가 아이들을 잘 교육시켜 우리의 앞날을 기약해야 되겠지.

우리가 그동안 얼마나 많은 일을 겪었나? 이달효 거사 때에도 얼마나 많은 동지들이 우리를 떠났나? 억수 자넨 이야기만 들었겠지만 삼례·보은 집회라든지 수많은 거사들이 다 실패로 돌아가지 않았나! …

우리와 함께 뜻을 같이 하던 동지들과 그 가족들도 이제 다 우리곁을 떠났지 않은가!

이제는 기다릴 때라네. ……

대장부는 시운도 읽을 줄 알아야 한다네. 우리는 각자 거북이처럼 앉아 스스로를 닦고 자식들을 가르치고 후사를 도모할 기회를 노려야 한다네.

그렇지만 예서도 지사들을 도울 일이 있을 게야.

시구 아우가 승승장구 왜놈들을 때려잡지만 그것은 그 아우의 몫일세! 자, 오늘 장도에 오르는 아우를 잘 배웅하며 우리의 뜻을 다시 다져보세. 동학에서도 충효를 지키고, 매사 성경신을 다하라고 하지 않았나. 사람은 무엇보다도 나라에 충성을 다하고 어버이를 공경하는 것이 가장 먼저라네!

오늘 일은 입을 병 같이 다물어 관신 아우의 장도를 빌어주고 각기 집으로 돌아가 자신의 길을 묵묵히 가세!"

"……"

올해 마흔둘인 성조가 문간에 있는 술 보시기를 들어 가운데 놓으며 입을 열었다.

"자, 이별주로 목을 축이세!"

괴나리봇짐을 뒷전으로 밀치며 관신이 입을 열었다.

"기울어가는 나라를 위해 시구 형님을 도와 이 한 목숨 기꺼이 바치겠소!"

관신은 품속에서 날이 시푸른 단도를 꺼내 약지를 그어 뚝뚝 흐르는 피를 술잔에 담았다.

종현도, 성조도, 억수도 비장한 몸짓으로 손가락을 베어 피를 술잔에 담았다.

"이 술잔에 우리의 피를 담아 각기 나누어 마셔 나라를 위해 한 목숨을 기꺼이 바치기로 맹세하세. 한울님이 우리를 굽어 살펴 우리의 앞길을 잘 인도해주시고, 이제 길 떠나는 아우의 무운을 빌어주세!"

종현의 음성은 떨리고 눈은 더욱 빛났다. 종현이 마신 그 잔을 성조가 들었다.

"우리가 성님의 가르침을 받으며 내 한 몸만 아는 무지렁이에서 벗어나 밝은 눈을 가질 수 있게 된 것도 천만 다행이오. 이제 우리들이 비록 헤어진다고 해도 우리의 뜻은 변치 않을 것이야!"

"이놈 억수도 언젠가 관신 아저씨의 뒤를 따르리라"

이제 마지막으로 관신이 그 술잔을 들었다.

"내가 어느 곳에 있더라도 마음은 언제나 두 성님과 억수, 그리고 고향의 동무들과 함께 하겠소."

그 순간 아주까리 등잔불이 화악 밝게 타올랐다.

3 이상한 아이

영춘이 태어난 지도 이 년이 지났다.

그가 태어난 1903년 음력 10월 16일 저녁 7시 무렵,

그때 달이 휘영청 밝았다.

그러나 그의 삶은 그 달밤처럼 밝지 않았다.

몸이 허약한 편이었다. 어머니와 아버지의 나이가 이미 마흔이
지났기 때문인지 태어나자마자 병을 달고 살았다. 이웃들은 실하지
않은 아이의 장래를 불운하게 점치기도 했다. 그러나 그의 어머니
김아옥은 달랐다. 이 아이에 대한 정성이 지극했다.

이웃들이 너무 부실해 곧 여읠지도 모르는 아이라고 수근대는 것
을 알면서도 어머니 아옥은 지성으로 돌보았다.

"이 아기가 자라 남 보란 듯 훌륭한 일을 해서 자신과 가족과 나
라를 지키게 해주세요."

아옥은 한울님께 새벽마다 장독대에 정안수를 떠놓고 빌고 또 빌

었다.

그는 비록 배운 것이 없지만 남편 이종현의 덕분에 동학에도 입문했고 점차 사람의 도리가 무엇인지 어렴풋이 알기 시작했다. 부모가 자식을 낳아 기르기만 하면 되는 것이 아니라 그 아이를 위해 한울님께 기도하고 정성을 다 해 길러야 한다는 것을 새삼스럽게 깨달았다. 자신이 바로 한울님이라는 사실은 믿기지 않았지만 한울님께 지성으로 빌면 소원을 이룰 수 있다는 것을 믿었다.

그는 이미 4남 1녀를 낳아 길렀으면서도 이 막내한테 갖는 애틋함은 막을 수가 없었다.

'늦둥이라서 그런가?'

스스로 물어보기도 했다. 그러나 반드시 그런 것만이 아니었다.

남정네들이 하는 일에 전혀 신경을 쓰지 않고 오로지 살림을 거두며 자식을 거두고 남편이 하는 일을 마음으로 자랑스럽게 여기며 살아왔을 뿐이었다.

이 아기, 영춘은 다른 애들과 다른 점이 많았다.

우선 잘 울지 않았다.

밭일을 하거나 부엌일을 하다가 방 안에 눕혀둔 아기 생각이 나 덜컥 놀라 방으로 들어오면 아기는 머리 위쪽을 보며 열심히 손짓발짓을 하며 혼자 놀고 있었다. 칭얼대거나 울어야 할 상황인데도 울지 않았다.

아주 조용한 아기!

그러나 늘 무엇인가 생각하거나 찾고 있는 것처럼 보이는 아기였다.

그래서 이 아기 영춘의 눈을 들여다보면 한없이 맑았다. 그 눈은 비록 크지 않지만 깊이를 모를 맑은 우물 같았다.

사람을 성가시게 하지 않는 아기!

물론 건강하지 않아 자주 펄펄 열이 나고 배탈이 났다. 그래도 아기에게서 풍기는 기운이 조용하고 맑았다. 그래서 이 세상 아기 같지 않다고 느꼈는지도 몰랐다.

어머니 아옥은 이 아기에 대해 무엇인가 여느 아기와는 다른 경건함을 느꼈다. 물론 그것은 어머니만 그런 것이 아니었다. 모든 식구가 이 아기에 대해서는 아주 진지하게 대했다.

아버지가 꾼 태몽 때문이었던가?

4 '무영스님'의 예언

"흐음, 그놈 많은 중생들을 살리겠구먼!
이름이 영춘이라! …… 잘 키우시오! 애가 커서 보살의 길을 걷
겠구먼!"

종현은 1906년 어느 날 장터에서 기이한 일을 목격했다.
읍 장날이어서 새벽부터 서둘러 한 지게 가득 지고 장에 갔다.
내다팔 것은 팔고 또 아내가 부탁한 것들을 대충 사고 요기나 하
려고 국밥집 쪽을 향했다.
그런데 차일을 치고 장국과 사발 막걸리를 파는 국밥집 앞이 시
끌벅적 하고 구경꾼들이 삥 둘러서 있었다. 파장 무렵이면 으레 막
걸리 몇 사발에 취한 사람들끼리 악다구니를 벌이거나 시장판을 기
웃거리는 건달들이 자릿세 때문에 시비를 벌이는 경우가 흔했다.
남의 싸움판에 끼어드는 것을 꺼리는 종현에게는 강 건너 불구경과

같았다.

그런데 그날은 좀 달랐다.

악을 쓰고 욕을 해대면 상대방도 이에 질세라 대거리를 해서 떠들썩하곤 했는데, 한쪽만 허공에다 악을 쓰듯, 한쪽의 노기등등한 목소리만 들렸다. 또 살벌한 싸움판에는 구경꾼들도 긴장되기 마련인데 그날은 구경꾼들 사이에서 왁자지껄한 웃음소리도 간간이 들렸다. 그 싸움판에 호기심이 동했다.

종현이 사람들을 헤치고 들어가 보니 과연 기이한 광경이 펼쳐져 있었다.

국밥집 주인이 팔을 걷어붙이고 부지깽이로 행색이 초라한 웬 노인을 닦달하고 있었고, 그 곁에는 안주인인 듯한 아낙이 악을 바락바락 쓰고 있었다.

"세상 사람들아, 이 말 좀 들어보소! 웬 늙은 것이 주책도 없이 국밥에 막걸리까지 댓 사발 걸치고는 돈이 없다니! 없으면 처 먹지 말거나 처 먹었으면 돈을 내야지! 꼴에 아녀자의 젖가슴까지 만지려 들었다잖소!"

기이한 것은 그 사연이 아니었다. 부지깽이로 간간이 얻어맞고 있는 그 수염투성이 초라한 사람의 대거리 때문이었다.

그는 허허 웃고만 있었다.

아무 일도 없는 듯이, 마치 시원한 안마를 받는 듯이 어깻죽지로, 등판으로 떨어지는 매질을 아무렇지도 않게 맞는 것이었다. 그러면서 간간이, "어, 시원하다!" 하곤 태연스레 매를 맞았다.

구경꾼들이 그 소리가 들릴 적마다 폭소를 터트렸다.

"미친놈일세 그랴!"

종현이 그 노인을 자세히 살펴보니 비록 나이가 들고 행색이 초라했으나 무엇인가 범상치 않은 기운이 엿보였다. 땅바닥에 주저앉아 있었지만 기골 또한 장대했다.

국밥집 주인이 풀어헤친 듯, 그 노인의 괴나리봇짐은 흐트러져 있었다. 그 속의 내용물들이 쏟아져 나와 있었는데, 헌 옷가지 한 벌과 밥그릇과 염주와 낡은 목탁이 있었다.

종현은 눈이 번쩍 뜨였다. 얼른 들어가 국밥집 사내의 팔뚝을 잡았다.

"이젠 그만 하시구려!"

"댁이 뉘신데 참견이요? 이런 놈은 본때를 보여야지!"

"사람 잡겠수. 밥값이 얼만데 그러시우?"

"왜 댁이 물어줄라오? 그러지 않으면 관두시오!"

주막주인이 다시 매질을 하려고 종현을 뿌리쳤지만 주막주인의 팔뚝은 꿈쩍도 하지 않았다.

"얼마냐니깐?"

종현의 목소리가 낮게 깔렸다.

"육십 전이오! …… 이거 못 놓겠소?"

주막주인이 종현의 완력에 질린 듯 버둥거렸다.

"내가 물어드리지요."

종현이 쌈지에서 돈을 꺼내 지불하자 주인은 겸연쩍은 듯, 침을 퉤퉤 뱉고 돌아갔다. 구경꾼들도 잠시 술렁거리다 맥이 풀린 듯 흩어졌다.

종현이 쓰러진 노인을 일으켜 세우고 괴나리봇짐을 추스렸다.

그때였다.

그 노인이 일어나 앉으며 또랑또랑한 음성으로 호통을 쳤다.

"아니, 웬 놈이 끼어들어 남의 판을 망쳐! …… 제 갈 길이나 가지!"

마치 갑오라도 잡은 노름판을 파토라도 낸 듯했다.

'아니, 이 영감이 구해주어 고맙다는 말은커녕 이런!'

불끈 화가 치밀었으나 종현은 얼른 마음을 바꾸었다.

"미안하게 되었소. 내가 그 꼴을 못 보겠어 그랬소!"

"내가 못 보겠어 그랬다? 으하하하! 그래 그렇지, 내 이야기를 해야지, 그래야 끼어든 게 아니지, 맞아 맞아!"

그 노인이 무슨 신나는 일이라도 있는 듯이 손뼉을 칠 듯이 기뻐하며 웃었다.

"갈 곳이 없으시면 …… 제 집이 누추하나 묵고 가시지요."

노인이 몸을 추스르고 일어나자 종현보다 키가 반 뼘 이상 더 컸다.

그 날 그 노인과 함께 걸으며 많은 이야기를 나누었다.

몇십 리 길을 걷는 동안 금방 십년지기라도 된 듯이 가까워졌다. 종현은 그 노인이 범상한 인물이 아님을 금세 알아차렸고, 그 노인도 종현의 몸가짐이나 심지 깊은 말씨를 통해 사람됨을 알아보았다.

그 노인은 장터에서 매찜질을 받았던 사람 같지 않게 말 한마디 한마디가 엄숙하고 지혜로웠다. 그는 자신의 이름은 밝히지 않고 그냥 지나가는 나그네라고 했다. 종현이 스님이라는 것을 알고 굳이 법명이라도 알고 싶다고 했다.

"그림자조차 남기고 싶지 않은데 이름을 남겨 무슨 소용이 있겠소?"

"허허, 그러면 무영(無影)스님으로 부를까요?"

"하하, 좋도록 하시오!"

그 호칭을 그도 마다지 않았다.

"스님, 아까 웬 놈이 끼어들어 남의 판을 망친다고 호통을 치셨는데 그 뜻이 무언가요?"

"정녕 그걸 알고 싶소?"

"네."

"저는 잘 모르는 것과 만나면 그 이치를 꼭 알고 싶어집니다."

"처사님이 훌륭한 점이 무언지 아시오?"

"훌륭하다니요?"

"처사님이 언제나 자기 이야기를 자기가 한다는 게요."

" ...... ?"

"흔히 사람들은 자기 이야기를 하는 게 아니라, 남을 걸고 이야기를 하지요."

"예?"

"아까 처사님이 '내가 그 꼴을 못 보겠어서' 그랬다고 했지요?"

"네."

"그때도 처사님 이야기를 한 것이지요. 노인네가 딱해서, 불쌍해서 어쩌구 그랬다면 지금 함께 걷지도 않았겠지요."

"아, 그런가요? ...... 그 이치도 알 수 있을까요?"

"아주 좋소, 내가 업을 지어 내가 그걸 몸으로 때우고 있는데 남이 끼어들면 내 업은 그대로 남고 끼어든 사람은 내 업을 나누니 업은 커져 눈덩이처럼 커질 게 아니겠소? 그런데 처사님이 나를 걷지 않고 처사님 길을 갔단 말이요. 그러니까 내 업은 내 업대로 소멸하고 처사님은 복을 지은 거지요."

"내 삶은 내가 주인이 되어야 한다는 말씀인가요?"

"으하하하! 말귀를 제대로 알아듣구나!"

그 노인은 아이처럼 즐거워했다.

"그게 그렇게 중요한 것인가요?"

"암, 중요하구 말구! 이 세상 천지에 내가 홀로 우뚝 서 있는 것을 아는 거지. 이 천지의 주인이 바로 나이고 천지가 바로 나인 것을 알게 되는 거지!"

"지게작대기로 맞으시면서 '어, 시원하다!' 고 하신 이유도 그 주인됨을 확인하셨기 때문인가요?"

"금세 깨우치겠구나!"

그 노인은 덩실덩실 춤추듯 어깻짓을 했다.

종현의 마음이 화안하게 밝아졌다.

'내가 세상의 주인, 내 삶의 주인이라는 말이지?'

그 알 듯 말 듯한 말을 깊이 생각하며 걸었다.

이 말이, 이때의 깨달음이 아주 중요한 화두가 되었다. 그리고 그 뒤 삶의 주인이 바로 자신이라는 것을 자식들에게도 전해주려고 애썼다.

집에 도착하여 방 안에서 보니, 그 노인의 태도나 얼굴빛과 달리 그 무지막지한 매질에 몸은 상처투성이었다.

그 '무영스님' 은 종현의 집에서 이틀 동안 머물렀다.

그 이틀 동안 종현은 아주 많은 법문을 들었다. 그 법문은 종현이 그동안 고민하며 답을 찾으려 했던 것들이었다. 귀가 뚫리고 눈이 트이는 것 같았다.

그 '무영 스님'은 고기도 들고 종현이 대접하는 막걸리도 아주 맛나게 들었다. 너무나도 맛나게 술을 마셨기 때문에 이틀 동안 계속 대접했다.

그 스님의 설법 내용은 사람의 가슴 속 깊이 적시는 묘한 힘이 있었다.

농사에서만 그런 것이 아니라 우리 삶에서도 반드시 심은 대로 거둔다는 '인과법'이나, 우리 삶의 여러 인연의 본질을 밝히는 '12 연기법'에 대해 간결하면서도 명확하게 설명했다.

심은 대로 거두는 것을 알기만 하면 이미 고통에서 벗어날 수 있는데도, 해마다 씨를 뿌리고 곡식이나 채소를 거두면서도 그것을 깨닫지 못하는 것이 바로 중생이 어리석기 때문이라는 것을!

이 어리석음 때문에 애착하고 애쓰고 애달파하고 병들고 늙고 죽는다는 것을!

또 사람이 지금 처해 있는 모든 상황은 자신이 원한 것이라는 것을!

그 현실은 자신을 깨우치기 위해서라는 것을!

그것을 이루지 못하면 그러한 상황이 반복된다는 것을!

그것이 바로 '윤회'라는 것을!

또 이 세계가 다섯 가지 티끌(五蘊)로 이루어졌으며, 사람은 그 속에서 괴로워하고 즐거워하며 갇혀 산다는 것, 그것을 벗어나기 위해서는 '참 나'를 발견해야 하는데 그것이 바로 '불성(佛性)'이라는 것 들이었다.

종현이 동학교도라는 사실을 알고는 동학의 '한울'이 바로 불성과 통하는 것이라고 했다. 그러므로 종교는 그것이 무엇이든지 간에 형식에 불과하고 그 내용은 끊임없이 자신을 찾아 나아가는 것이라고 했다.

또 우리 속에 '아는 나'와 '모르는 나'가 있는데 우리는 '아는 나'만을 나로 알고 살아가기 때문에 인생이 내 뜻대로 살아지지 않는다고 했다. 종교적 수행은 이 '모르는 나'와 만나고 그것을 닦아 나가는 것이라고 했다. 그리하여 궁극에는 이 '아는 나'와 '모르는 나'가 모두 실체가 아닌 허상이고 불성이나 한울이 '참 나'임을 깨우치는 것이라 했다.

사상(四相)을 여의면 '참 나'인 진면목을 깨닫게 된다고 했다.

아주 많은 불교의 이치를 그냥 건너 산에 있는 나무 이야기 하듯 쉽게 말했다. 종현은 말없이 그 법문을 들었다.

종현의 머리는 그 이틀 동안 가을하늘처럼 맑고 화안해졌다.

"처사님, 이틀 동안 잘 쉬었다 가오! ……

이제 얼마지 않아 나라는 어둠 속에 잠길 것이지만 처사님은 깨어서 자신과 가족과 이웃을 돌보게 될 것이오! 그러나 분명한 것은 처사님이 깨달아 알았듯이 내가 주인이 되어 내 인생을 내가 사시오. 처사님은 지금처럼 은둔하여 중생의 길을 이끌어주고, 관솔불이 되어야 하오! ……

처사님이 한울이고 다른 사람도 다 한울이니, 내가 한울이라고 깨우친 만큼 다른 사람들의 등불이 될 게요! ……

숨어서 심어도 싹이 나고 나서서 심어도 싹이 나니, 조용히 내가 하는 일을 나도 모르듯 그렇게 하시오. ……

그 씨앗 심기는 힘드나 그 열매는 반드시 거두게 될 게요. 꼭 나서지 말고 은둔하여 일을 도모하시오. ……"

그는 싸리문을 나서다 말고 배웅하는 종현의 뒤에 서 있던 어린 영춘을 지긋한 눈으로 바라보았다.

"흐음, 그놈 많은 중생들을 살리겠구먼!

이름이 영춘이라! …… 잘 키우시오! 얘가 커서 보살의 길을 걷겠구먼! …… 보살은 모든 중생들이 다 깨우친 뒤에 성불하겠다고 서원했듯이 나보다 먼저 남을 구원하겠다는 숭고한 뜻을 잃지 않은 존재라오. ……

잊지 마시오!

여생을 자식들 뒷바라지 잘 하고 큰 일을 하는 사람들 뒷바라지 하는 게 처사님의 갈 길이라오! ……

자식들이, 특히 저 애 영춘이 톡톡히 그 보답을 하리다!"

그 이상한 '무영스님'은 묘한 말을 툭 던져놓고 합장을 하고는 뒤도 돌아보지 않고 떠났다. 만류하는 손길을 가볍게 잡아주고는 바람에 둥둥 떠가 듯 떠났다.

이 만남이 종현의 인생 행로에서 아주 중요한 구실을 했다.

종현은 자식들의 뒷바라지나 다른 사람들의 뒷바라지를 하면서 힘에 부칠 때마다 이 스님의 말씀을 생각했다. 그 스님이 해준 인생의 본질에 관한 설법이 인생의 기로에 설 때마다 이정표 구실을 해주었다.

그리고 그 뒤로 종현은 이따금 영춘을 무릎에 앉히고 머리를 쓸어주며 자주 이렇게 말했다.

"오째야, 넌 평생 많은 사람들을 도우며, 살리며, 네가 네 삶의 주인이 되어 살 거란다. 태몽처럼 넌 맑고 시원한 샘물이 되어 많은 사람들의 갈증을 풀어줄 거란다."

5 눈썰미가 뛰어난 아이

1907년,

영춘의 나이 다섯 살이 되었다.

영춘은 잔병치레를 자주 하면서도 큰 탈 없이 자랐다.

부모님들만 아니라 형과 누나가 모두 그를 정성껏 보살폈다.

그러나 그 시대의 삶은 아주 단순하면서도 고달팠다. 나라의 운명이 바람 앞의 등잔과 같아서 그런지 날씨도 괴이쩍기 그지없었고 민심도 흉흉했다.

식구들이 일을 하러 나가거나 바깥으로 놀러 나가고 난 뒤 영춘은 혼자서 놀았다.

영춘의 놀이는 아주 단순했다.

봄이 와 날이 풀리고 새싹이 돋아나고 꽃이 피면 그것으로 하루 종일 마당에 나가 있었다. 어머니가 밭일을 하거나 설거지를 하거나 채마밭을 일구는 것을 쪼그리고 앉아 바라보기도 했다. 물론 혼자 있을 적이면 개미들이 먹이를 나르거나 무엇인가를 찾아 마당을 쏘다니는 것을 보았다. 때로는 벌들이 잉잉거리며 꽃에 와 꿀을 따는 것도 보았다.

아침이면 해가 뜨고 때로는 안개가 앞산을 뒤덮고 해가 뜨면 스러지는 것도 보았다. 저녁이면 노을이 서쪽 하늘에서부터 번져나고, 비가 오면 처마에 낙숫물이 떨어지는 것을 가만히 쳐다보기도 했다.

영춘은 그 또래의 여느 애들과 달리 집안 물건들을 만져 부수거나 망가뜨리지도 않았다. 또 마당이나 들에 나가 마구 설쳐대지도 않았다. 집에서 좀 떨어져 있는 신작로 근처에 있는 타작마당에 언제나 애들이 놀고 있었지만 그는 그 애들과 어울리는 것에는 관심이 없는 듯했다.

그는 하루 종일 그냥 그런 것들을 물끄러미, 때로는 유심히 바라보고 있을 뿐이었다. 나비나 잠자리를 잡아달라고 형들한테 칭얼거리는 일도 없었다.

걸음마를 하고 말을 배운 뒤로는 한두 해 동안은 무엇이든지 물어 식구들을 성가시게 했다.

'개나리꽃이 왜 노랗지요?'

'나비는 어떻게 날아요? 검둥개는 왜 날개가 없어요?'

'비는 왜 와요?'

'밤은 왜 어둡고 아침은 왜 밝아요?'

'해는 누가 솟게 해요?'

'물은 왜 흘러요?'

'아버지는 왜 키가 커요?'

식구 중에 아버지를 빼고는 영춘의 질문이 연이어 세 번만 이어 져도 말문이 막혔다.

식구들이 슬슬 영춘의 질문을 피하려 들 무렵에 영춘도 질문을 더 계속하지 않았다. 그의 궁금증을 풀어줄 사람은 아버지를 빼고 는 아무도 없다는 것을 스스로 깨달은 듯했다.

그러나 아버지는 대체로 일찍 집을 나가 영춘이 잠든 뒤에나 귀가 했다. 혹 집에 있을 때도 무엇인가를 골똘히 생각해서 궁금한 것을 묻 기가 어려웠다. 그러지 않으면 늘 손님과 있거나 책을 읽고 계셨다.

그 이후로 그는 말수가 적어졌다. 모든 것을 혼자 생각하고 궁금 증의 해답을 찾으려는 듯했다. 집 안에서는 있는 듯, 없는 듯 조용했 고. 어떤 날은 한나절 동안 가만히 냇가에 쪼그리고 앉아 있기도 했다.

"오쩨야, 뭐하니?"

때로 어머니가 일을 하다가 아들을 찾아 물으면 영춘은 말없이 손가락으로 가리키기만 했다.

그가 가리키는 것은 예쁜 들꽃이거나 올챙이 무리일 때도 있다.

때로는 개구리를 잡아먹고 똬리를 틀고 있는 뱀이거나 죽어 있는 들짐승의 시체일 때도 있어 어머니가 기겁을 하곤 했다.

"세상에, 얘는 무섭지도 않나봐! …… 아니, 얘가 겁이 없는 건지! …… 오쩨야 저건 만지면 안 돼! 큰일 나!"

그럴 때마다 영춘은 맑은 눈으로 어머니를 바라보기만 했다. 그 러면 어머니는 자신의 호들갑이 겸연쩍어지곤 했다.

"참, 얘두!"

식구들은 그런 영춘이를 참 딱하게 여겼다.

몸이 약해 기운이 없어 그러는 것으로 여겼다. 그래서 큰형은 읍내를 다녀오면 무엇인가 영춘이를 위해 먹거리를 장만해주려고 애썼다.

다른 세 형들도 영춘을 위해서 무엇인가를 해주려고 들었다.

그런 집안의 분위기 때문에 초등학교 시절까지 온 가족이 영춘을 위해 기꺼이 무엇인가를 해 주려들었다.

형들은 겨울에는 팽이를 깎아주거나 썰매를 만들어주었다. 봄이면 칡이라도 캐주고 때맞추어 오디를 따주었다. 또 여름이면 망둥이 낚싯대를 만들어주거나 가는 나뭇가지로 둥글게 만들어 거미줄을 잔뜩 입힌 잠자리채도 만들어주었다. 가을에는 대추나 산밤을 따주거나 옻이나 나무나 흙으로 만든 장난감도 만들어주었다.

아주 조용하고 기운이 없어 보이는 아이!

그러나 그게 아니었다. 영춘은 찬찬히 계절의 변화나 자연의 형상을 아주 끈질기게 관찰하고 있었다.

꽃은 언제 어떻게 피는지? 새는 어떻게 날아와 어떤 소리를 내는지? 개미는 어떻게 먹이를 찾아 끌고 가는지? 올챙이는 어떻게 개구리로 변신하는지? 뱀이 개구리를 왜 먹는지? 계절의 변화는 어떻게 오는지?

그래서 해가 바뀌면 미리 마당에서 일어날 변화에 대해서도 알고 있었다. 다섯 살이 될 무렵부터 영춘은 봄이 되면 작년에 꽃이 피었던 곳에 다시 새싹이 나기를 기다리는 것 같았다. 봉숭아가 피었던 담장 밑에는 또 봉숭아가, 옥잠화가 피었던 우물곁에는 또 옥잠화가, 참취가 났던 뒤꼍 바위 곁에는 또 참취가 날 것을 미리 알고 있는 듯했다. 그래서 마당 한 쪽에다 예쁜 화단을 만들어 가족들을 놀라게 하기도 했다.

영춘이 조용히 있기만 한 것이 아니라 때로는 무엇인가를 중얼거리기도 했다. 영춘의 소리를 어머니 아옥은 귀 기우려 들었다. 영춘이 노랫가락을 흥얼거리고 있었다. 그날은 민요 '타복네야'를 부르고 있었다.

놀랍게도 긴 민요를 처음부터 끝까지 틀리지 않고 불렀다. 누군가가 부르는 것을 듣고 그것을 다 외운 것이었다.

어떤 때는 '배뱅이굿'을 부르기도 했다.

"타복타복 타복네야/ 너어듸매 울며가늬/ 내어머님 몸든곳에/ 젖먹으러 울며간다// 산놉하서 못간단다/ 물깊허서 못간단다/ 산놉흐면 넘어거고/ 물깊흐면 헤여가지//…… 내어머님 무덤압헤/ 데령참외 열녔고나/ 한개따서 맛을보니/ 우리엄마 젖맛일세"

그 당시 백성들의 삶은 가난에 찌들고 갖은 질병에 신음해야 했다.

봄마다 거르지 않고 찾아오는 보릿고개에 많은 사람들이 풀뿌리와 나무껍질로 허기진 배를 채워 부황이 뜬 누런 얼굴로 힘겹게 근근이 생명을 부지하곤 했다. 여름이면 어김없이 찾아오는 홍수나 가뭄 때문에 일 년 농사는 걸핏하면 거덜이 났다.

그뿐이었던가!

나라의 뒤숭숭한 형편과 흉악한 탐관오리들의 착취!

해마다 거르지 않는 돌림병 때문에 반쯤은 죽은 채로 살아가야

했다. 그런 판에 어른들이 제대로 신경을 써서 아이를 돌보고 놀아
주거나 할 틈이 없었다.

아버지 종현을 위시하여 모든 식구들이 허리가 부러지게 일해도
생활 형편은 좀처럼 나아지지 않았다. 그래도 그 집은 형편이 나은
편이었다. 장정 노릇을 하는 자식들이 있었으니!

부친 종현이 농사꾼으로 변신을 하였고, 스물둘인 큰형 영석과
열다섯인 둘째형인 영상이 이미 제 몫을 톡톡히 하는 일꾼이 되어
있었다. 또 부지런하기로 소문난 어머니 덕분에 비록 넉넉지는 않
아도 굶을 정도는 아니었다.

그렇기는 해도 열 살인 넷째 영기도 그의 놀이 상대는 아니었다.
외향적이고 활발한 영기는 일손이 달리는 농번기가 아니면 아침밥
을 먹자마자 산으로 들로 친구들과 쏘다녔다.

영춘은 날마다 혼자 지냈다.

형을 따라 가겠다고 보채는 법도 없었다. 영기가 어머니의 부탁
으로 영춘을 데리고 나가려 해도 영춘이 오히려 마다했다. 그는 조
용히 그러나 찬찬히 맑은 눈을 뜨고 세상을, 사물을 쳐다보고 있었다.

그런 영춘을 집안 식구들이 새롭게 보기 시작한 것은 우연한 사
건 때문이었다.

그 당시 연장이 아주 귀했다.

지붕을 고치고 마루를 수리하려 해도 연장이 있는 이웃집에 사정
을 해서 빌려와야 했다.

영춘이 다섯 살이던, 1907년 그해 가을 집안 수리를 벌였다.

황토를 이겨 헛간의 벽도 새로 바르고 부서진 문짝도 고치고 내

려앉은 마루도 갈아 끼웠다.

이장한테 며칠 전부터 청을 놓아 대패와 톱을 빌려 가을걷이나 염전 일이 없을 때 틈틈이 부실한 집 구석구석을 손보았다.

그런데 문제가 생겼다.

대패와 톱이 감쪽같이 사라져버린 것이었다.

이장네 막내가 와서, "아저씨 아버지가 내일 연장 달래요!" 하고 간 뒤, 온 집안 식구가 연장을 찾느라 난리를 피웠다. 그러나 그 연장은 찾을 수가 없었다.

그새 왔다간 사람이 없는지? 왔다 갔으면 그 연장을 빌려가지 않았는지? 오간 사람에게 가서 묻기도 하고 집 안을 샅샅이 뒤져도 없었다.

"이런 낭패가! …… 이런 낭패가 있나!"

종현은 난처한 얼굴로 혀를 차고 있었고, 어머니는 안절부절 찾은 곳을 다시 찾으며 허둥댔다. 형들도 방이며 마루며 마당이나 헛간을 뒤졌다. 그러나 한 번 사라진 연장은 나타나지 않았다. 이제 그 연장 값을 톡톡히 쳐서 변상할 수밖에 없는 듯했다.

그때였다.

영춘이 마루 아래로 기어들어가 대패를 들고 나온 것이었다.

아까부터 영춘이 어머니에게 갈아 끼운 마루를 자꾸 가리켰지만, "얘가 왜 이러니!" 하고는 성가셔 했다. 마루를 갈아 끼울 때 그 곁에서 구경을 하고 있던 영춘이 그곳에 대패가 떨어진 것을 보아두었던 것이었다.

집안 식구들은 잠시 어리둥절하다가 사태를 파악하고는 환호성을 질렀다.

"야, 우리 오째 최고다!"

영기가 크게 소리치며 영춘의 어깨를 끌어안으며, 물었다.

"너 톱도 어디 있는지 아니?"

영춘은 고개를 끄덕이며 영기의 손을 잡아끌었다. 그리고 집 뒤에 있는 살구나무 아래로 가서 풀더미를 가리켰다. 누군가 살구나무의 잔가지를 톱으로 키고 무심코 흘린 것을 영춘이 보아둔 모양이었다.

그 이후부터 식구들은 영춘의 모든 행동거지를 따뜻한 눈으로 바라보았다. 그가 혼자 마당에서 가만히 앉아 있거나 개울가 바위 위에 앉아 있어도 식구들은 범상치 않게 보았다.

집안의 기물 등이 눈에 보이지 않으면 영춘에게 물었다. 그럴 적마다 영춘은 그것이 있는 곳을 신기할 정도로 알고 있었다.

그가 그냥 물끄러미 무엇인가를 보는 듯해도 세밀히 보고 정확히 기억하고 있다는 것이 밝혀진 셈이었다.

영춘은 어린 시절부터 사물을 꼼꼼히 그리고 세밀히 살피는 과학자의 눈을 가지고 태어났다. 기억력이 비상해서 한 번 본 것을 결코 잊지 않았다. 그뿐만 아니라 혼자 마당에 앉아, 들길을 걸으며 사물의 이치를 궁구했다.

자연의 변화나 꽃이 피고 새가 울고 계절이 바뀌는 이치를 살폈다. 그의 눈이 맑은 만큼 세상을 잘 비추어보고, 찬찬한 만큼 사려도 깊었다.

아주 작은 것도 섬세하게 보았다. 그리고 그 이치를 알고파 했다.

6 아버지 이종현의 결단

"아니, 이게 누군가? …… 시구!"

"……!"

"……!"

1908년 9월, 청명한 초가을 오후!

두 사람은 잠시 말없이 덥썩 손을 잡고 서로의 얼굴만 쳐다보았다.

한참만에 시구가 떨리는 듯한 목소리로 말했다.

"성님 그동안 별고 없으셨지요?"

이시구는 마루에 올라 그 큰 덩지로 엎드려 종현에게 큰절을 하고, 종현도 반절로 받았다.

얼마 만이었던가!

인편으로 소식을 주고받기도 했지만 대면한 지는 어언 10여 년이 지났다.

30대에 헤어져 이제 40대에 다시 만났다.

그동안 시구는 의병에 가담하여 전장에서 10여 년의 세월을 보냈다. 종현이 고향 마을을 떠난 얼마 뒤에 함경도 지방 의병에 합류하기 위해 고향을 떠나며 종현을 찾은 적이 있었다.

이제 청장년 시절의 건장함 대신 중년의 풍상이 몸 전체에 가득 담겨져 있었다. 머리칼도 희끗희끗해진 종현의 모습을 시구는 애틋한 눈으로 바라보았다.

종현도 시구를 다정한 눈으로 바라보았다. 더 벼루어진 철퇴처럼 단련되어 빈틈이 없어 보이는 시구를 바라보았다. 병장기처럼 예리한 기운이 몸을 감싸고 몸동작 하나하나에 기가 실려 있었다. 얼굴에 난 칼자죽이나 날카로운 눈빛이 그간의 그의 고단하고 험난한 삶을 잘 보여주는 듯했다.

마음 한구석이 뜨거워지며 눈시울이 붉어졌다.

종현과 시구가 개다리소반에 차린 간단한 술상을 마주하고 앉았다.

둘 사이에 침묵이 흘렀다. 그러나 그것은 단순한 침묵이 아니었다. 그동안의 수많은 세월의 벽을 허무는 눈물겨운 해후였다.

시구는 갈증이 나는지 막걸리 사발을 거푸 들이켰다.

한참만에 시구가 먼저 입을 열었다.

"성님, 그동안 세상일이 번개처럼 지나갔소! 참 많이 변했수다!"

그랬다!

종현이 고향 마을을 떠나 온 뒤로, 그들이 서로 떨어져 각자의 삶을 산 그 동안 세상은 빠르게 변했고, 수많은 일을 경험했다. 그것이 두 사람만의 일이 아니었다.

1894년 5월 말에 고향을 떠나 온 뒤 세상은 놀랍게 **빠른** 속도로 변했다.

1895년 11월에 단발령이 내려 유생들의 상소와 선비들의 통분해 하는 한숨이 나라 곳곳을 뒤덮었다.

그때 종현은 큰 고민 없이 상투를 잘랐다.

그가 쉽게 그런 단안을 내린 이유는 다른 것이 아니었다.

1894년 7월부터 1895년 4월까지 벌어졌던 청일전쟁에서 일본이 승리하는 것을 보고 느낀 바가 컸다. 일본은 일찍 개항을 하고 서양의 문물을 받아들여 그 큰 청나라마저 굴복시킨 것이었다.

그 당시는 나라에서뿐만이 아니라 백성들도 청나라에 대해서는 사대적인 외경심을 지니고 있었다.

엄청나게 큰 나라! 세계 최강의 나라!

그런데 그 큰 청나라도 일본한테 힘도 제대로 써 보지 못하고 전투마다 패배하여 항복하고 말았다. 일본에 대한 미움이 크면 클수록 두려움도 컸다.

동학농민군이 일본군에게 졌을 때는 그럴 수 있다고 생각했다. 농민군들은 전투가 본업이 아니라 농사가 본업이었기 때문에 최신식 무기를 지닌, 훈련받은 일본 군인들의 상대가 되지 않을 것은 뻔했다.

그런데 청나라 군대마저도 참혹하게 패배하고 말다니!

전쟁에서 패한 나라의 비참한 꼴도 보았다.

청나라는 구라파 열강들의 힘을 빌려 사태를 수습하려 했으나 일본이 거부했다.

1895년 4월 17일 일본 시모노세키(下關)에서 굴욕적인 '시모노세키조약'을 체결했다. 먼저 휴전조약을 체결하고, 이어 11개조로 된 '청일강화조약'을 체결했다. 그 11개 조약의 내용도 청나라에게는 아주 굴욕적인 것이었다.

①조선이 독립국임을 승인하고, ②요동반도, 팽호도, 대만을 할양하며, ③2억 냥의 배상금을 지불하고, ④청나라의 소주, 항주, 중경, 사시를 개시(開市)하며, 개시 개항지에서 일본인의 상공업활동을 승인하고, ⑤청일통상항해조약을 구미열강과 같은 조건으로 새로 맺는 것 등이었다.

이 조약체결에 조선 독립에 대한 승인은 일본이 독립국 조선과 직접 거래하겠다는 뜻이었다.

그랬다!

청나라도 전쟁에 져 치욕적인 조약을 체결할 수밖에 없지 않았는가! 일본을 극복하려면 일본이 강대국이 된 방법을 빨리 배우는 길밖에 없었다.

종현은 증오와 적개심에 젖어 있기보다는 실력을 쌓는 길을 택하기로 마음먹었다.

그래서 서슴지 않고 상투도 잘랐다.

그해 5월 한국유학생 114명도 일본을 향했다. 종현이 한참 뒤에 그 소식을 들었지만 속으로 박수를 쳤다. "적을 알고 자신을 알면 백번 싸워 백번 다 이긴다(知彼知己 百戰百勝)"는 손자병법을 떠올렸다.

7월 소학교령이 반포되었을 적에 종현은 그 혜택을 자식들이 받을 수 있는 날을 고대했다.

8월 일본의 자객이 경복궁에 난입하여 민비를 시해했다.

온 나라가, 온 백성이 통분해 마지않았다.

또 그해 콜레라가 만연하여 수천 명이 죽었다.

1896년 정월부터 민비 시해에 분개한 백성들이 '을미의병'으로 불리는 의병을 일으켰다. 나라 곳곳에서 무서운 기세로 의병이 일어났다. 의병장 유인석이 이끄는 의병대가 충주를 점령하기도 했다. 일본 상인 18명이 의병들에게 피살되기도 했다.

이시구가 야밤에 종현을 찾아온 것이 그해 봄이었다.

종현이 자숙할 것을 거듭 권했으나 시구의 혈기가 그것을 받아들이지 않았다. 종현은 헤어지면서 대세의 흐름을 늘 생각할 것을 당부했다. 눈앞의 장애물을 제거하고 무력으로 일본군 몇 명을 없애는 것도 중요하지만 부디 살아남아 나라를 위해 더 큰 일을 할 것을 신신당부했다.

7월에는 서재필과 윤치호가 독립협회를 결성하고, 아관파천 이후 조정에서 일본의 세력이 점차 약해진다는 고무적인 소문도 들렸다. 독립협회가 주축이 되어 독립문을 건립했다는 소문도 있었다. 또 관립소학교를 세워 학생들을 모집한다는 반가운 소식도 들려왔다.

1897년, 국운이 일시적으로 흥하는 듯했다.

10월 12일에는 황제의 즉위식을 거행했다. 국호를 대한제국으로 고치고 민비를 황후로, 왕태자를 황태자로 불렀다. 시해된 민비의 시호를 명성황후로 봉하고, 11월에는 장례를 국장으로 거행했다.

이제 독립국 대한제국의 나라꼴이 갖추어진 듯했다.

1898년에도 혼란 속에서도 반가운 소식도 들렸다.

물론 제주도에서는 새해 벽두부터 민란이 일어나기는 했어도, 독립협회가 종로에서 만민공동회를 두 번씩이나 개최하여 '헌의(獻議) 6조'를 결의하여 고종황제께 상주하고 황제는 이것을 윤허하기도 했다.

매일신문이 창간되고, 이어 경성신문, 대한황성신문, 제국신문 등이 발간되었다. 인천에 거주하는 일본인 수백 명이 집단폭행을 당해 사상자가 스무 명이나 되었다.

물론 낙관적인 소식만 있는 것은 아니었다.

보부상들이 일본의 사주를 받아 황국통상회를 결성하였다. 곧이어 황국협회로 이름을 바꾸어 매국행위를 서슴지 않았다. 황국협회의 보부상들이 만민공동회를 습격하는 사태도 벌어졌다.

1899년에는 보수내각이 환원되고, 평안도에 폭우가 쏟아져 물난리로 구백 명 가까운 사람들이 죽는 참사가 일어났다. 나라 안은 곳곳에 의병들이 들고 일어났고, 일본의 은밀하고 음흉한 음모나 모략이 나라 구석구석에 더 깊이 침투하고 있었다.

역시 백성들은 굶주려 있었고, 질병과 홍수나 가뭄에 고통 받고 있었다.

1900년에도 삼남에 화적들이 들끓고 스스로 활빈당이라고 자처하는 도적의 무리들도 곳곳에서 출몰했다. 해가 지날수록 그 세력이 커졌다. 이런 활빈당의 무리는 1906년까지 계속 출몰했다.

또 길주와 북청에서 민란이 일어났다. 그러나 나라의 기강이 문란하고 힘이 무너져 그들을 제압할 수 없었다. 이제 의병대와 화적떼들을 구별하기 힘든 지경이 되었다.

이듬해 나라에서 굶주린 백성들을 구제하기 위해 혜민원을 설치했으나 그것이 굶주린 백성들을 구제하기에는 턱없이 모자랐다.

제주도 대정에서 천주교도들의 횡포에 맞서 민란이 일어났다.

나라를 걱정하는 지사들은 탄식으로 날을 지새었다.

"아아, 나라의 운명이 저무는 해와 같구나!"

1902년 6월에 서북지방에 콜레라가 만연하여 사람들이 죽어나갔다.

백성들에게는 속수무책이었다. 고작 주위를 청결하게하고, 물을 끓여 마시는 것 밖에 별도리가 없었다. 나들이를 삼가고, 쑥을 태워 삿된 기가 퍼지는 것을 막았다.

"나라가 망하려니 삿된 병도 기승을 부리는구나!"

1900년에 한강철교가 준공되고, 경인철도가 개통되었고, 1904년 경부철도가 놓였다. 이 모두가 나라의 경제를 원활히 하기 위한 것이 아니라 일본과 구미열강의 수탈을 위한 수단으로 쓰였다. 1905년에는 일본이 통신권도 박탈하였다.

이승만과 윤병구가 미국의 루즈벨트 대통령을 만나 조선의 독립 청원서를 전달했으나 거절당하고 말았다.

이제 나라의 명운은 곧 끝날 것처럼 보였다.

1905년 11월에 일진회에서 보호늑약을 지지하고 나섰고, 드디어 치욕스러운 '을사보호늑약'이 체결되었다. 11월 20일 황성신문에 장지연이 "시일야 방성대곡"을 써서 지사들의 심금을 울렸다.

동학 3대교주인 손병희는 동학을 '천도교'로 개칭하여 급변하는 정세 속에서 동학의 정신이 계승될 수 있는 길을 모색하였다. 〈만세보〉를 창간하여 이인직의 '혈의루'를 연재하여 장안의 관심을 모았고, 신문을 통해 교리전파에 힘을 기울였다.

이등박문이 1906년 초대 통감으로 취임할 무렵에 다시 삼남에서 의병들이 조직되어 곳곳에서 전투를 벌였다. 경남 김해의 유명한 의병장 신돌석은 1908년까지 혁혁한 전공을 세웠다. 대마도에 유배된 최익현은 기울어가는 나라의 운명을 안타까워하며 단식투쟁을 하다 결국 사망하고 말았다.

어찌 원통한 일이 아니겠는가!

1907년 이완용의 친일내각이 성립되면서 갖가지 통분할 일들이 일어났다.

고종황제의 밀서를 지닌 이준 등이 헤이그에서 열린 만국평화회의에 참석하려 했으나 좌절되는 사건이 일어났다. 이준은 분사했다. 이것을 빌미로 이완용과 송병준 등은 어전회의에서 고종황제를 추궁하여 양위를 주장했다.

한 나라의 신하가 그 나라의 독립을 위한 황제의 노력을 추궁하여 황제에서 물러나라는 말을 황제의 면전에서 하다니! 어찌 이완용을 일본의 신하이고 일본을 이롭게 한 민족의 원수, 매국노라고 부르지 않을 수 있겠는가!

곳곳에서 의병들이 들고 일어났지만 기울어지는 나라의 기둥을 그 누가 떠받들 수 있었을까? 통분해 해도 그 원통함을 풀어낼 길이 없었다.

눈이 트인 지사들도 이런 상태로는 도저히 국운을 돌이킬 수 없다는 것을 깨닫기 시작했다. 일본과 구미열강들의 위선적이고 야만적인 식민정책에 속수무책이었다.

뜻이 깊은 이들은 숙의를 해서 투쟁의 장소를 나라 안이 아니라 간도로, 중국으로, 미국으로 확장시켜나가야 할 필요성을 느꼈다.

시구가 찾아온 것도 이런 맥락에서였다.

시구는 함경도와 평안도를 주름잡으며 의병장 노릇을 하다 한계를 느꼈다. 그러한 활동이 기울어가는 나라의 운명을 바로 잡을 수 없다는 것을 자각했다. 그래서 그 이태 전에 간도로 건너가 조직을 정비하고 다른 단체들과 손을 잡아 독립활동을 벌이고 있었다.

민족의 독립투쟁을 위한 장기적인 포석을 할 필요성을 느꼈다. 우격다짐으로 죽창과 쇠스랑을 들고 무모하게 돌진할 것이 아니라 지혜롭게 대처해야 했다. 조직도 필요하고 그 조직을 뒷받침해줄 수 있는 여건을 마련해야 했다.

국내 지원자들의 독립자금 모집과 그 운반도 문제였다. 일본의 첩자들이 곳곳에서 눈을 번쩍이고 있었기 때문에 번번이 검거되거나 포살되고 말았다.

시구는 평안도 지방의 거점과 그것을 책임있게 관리해줄 만한 인물로 종현을 점찍었다. 비록 위험한 일이지만 종현이 가장 적당하다는 결론을 내렸다. 그래서 위험을 무릅쓰고 국내로 잠입하여 종현을 설득하러 온 것이었다.

그때가 바로 1909년 10월.

시구는 종현에게 그 위험한 일을, 생명을 걸어야 할 그 임무를 부탁하려고 온 것이었다. 지금까지 종현이 그렇게 해 왔던 것처럼 자신을 철저히 위장하고 은둔하여 간도의 독립군들을 돕는 일을 권하려고 온 것이었다.

종현 개인의 목숨만이 아니라 그 가족들의 목숨까지 담보하는 요청인 셈이었다.

시구가 말없이 술만 들이킨 것도 그 때문이었다.

명예를 존중하고 장부로서의 삶을 중요시하는 종현에게, 그런 기백을 누구보다도 더 잘 아는 시구로서는 이중적 삶을 살라는, 때로는 치욕적이기도 한 그런 삶을 살라고 권유하기가 쉽지 않았다. 겉으로는 시세에 부합하고 권력에 빌붙는 듯한 일도 마다지 않아야 할 것이었다.

종현도 시구의 태도에서 뭔가 이상한 낌새를 알아차렸다. 그는 조용히 시구가 먼저 입을 열기를 기다렸다. 십수 년의 세월도 그들 사이의 형제애를 지우지 못했으므로!

시구는 힘들게 그 이야기를 꺼냈다.

마치 술기운을 빈 듯, 술이 취한 듯 말했다. 그러나 종현은 그런 시구의 그런 고충을 넉넉한 마음으로 감싸 안듯 조용히 들었다. 중간에 말을 끊거나 막지 않고 가만히 들었다. 때로는 눈을 감고 돌부처처럼 앉아 있었다.

시구가 천천히 찾아온 목적을 힘들게 말했다.

때때로 말을 멈추고 침통한 표정을 짓기도 하고, 눈을 감고 비장한 표정을 짓기도 했다. 시구가 긴 말을 다 끝내고도 종현은 미동도 하지 않고 한참 그대로 앉아 있었다.

"성님께 …… 이런 부탁을 드릴 수밖에 없을 정도로 사태가 급박하고, 시기를 놓치면 조직도 …… 토막 나 괴사해버릴 형편입니다.

…… 헤아려 주십시오!"

"……"

"위험하기 짝이 없고 …… 형수님이나 조카들의 장래도 …… "

"……"

종현의 마음속에는 갖가지 생각이 회오리쳤다.

'간도에서 나라를 지키고 되찾겠다고 그 거친 들판에서 고생을 하고 있는 사람들과 의병활동을 하는 사람들의 뒷바라지는 누군가가 해야 한다. 그러나 세상의 거친 풍파에서 몸을 빼서 자식들을 제대로 키우고 나를 닦아나가기로 맹세하지 않았던가! 이제 시구의 부탁을 받아들인다면 전쟁터에서 적군과 맞서는 일과 조금도 다름 없는 처지가 되고 만다. 내 한 몸만이 아니라 다섯이나 되는 자식의 장래도 함께 걸어야 한다.

그러나 누군가는 해야 하지 않는가!'

침묵 속에서 몇 순배 술잔만 비웠다.

문득 지난해 만났던 그 이상한 '무영스님' 의 말이 생각났다.

"처사님, 이틀 동안 잘 쉬었다 가오! …… 이제 얼마지 않아 나라는 어둠 속에 잠길 것이지만 …… 처사님은 깨어서 자신과 가족과 이웃을 돌보게 될 것이오! 그러나 분명한 것은 …… 내가 주인이 되어 내 인생을 내가 사시오. …… 처사님은 지금처럼 자신을 내세우지 말고 은둔하여 중생의 길을 이끌어주고, 관솔불이 되어야 하오! …… 숨어서 심어도 싹이 나고 나서서 심어도 싹이 나니, 조용히 내가 하는 일을 나도 모르듯 그렇게 하시오. …… 꼭 나서지 말고 은둔해서 일을 도모하시오."

'이게 내가 갈 길이란 말인가?'
종현이 문득 긴장된 표정을 풀었다.
"알았네! 그렇게 하지!"
종현은 갑자기 얼굴이 밝아졌다.
시구가 종현의 손을 굳게 잡았다.
그날 밤, 시구와 종현은 사랑채에서 밤새 이야기를 나누었다. 그
동안의 밀린 이야기며, 의병과 독립군들의 활동과 포부며, 앞으로
전개될 새로운 삶에 대한 이야기를 날이 샐 때까지 이야기했다.
그리고 먼동이 틀 무렵 시구는 떠났다.
헛간에서 화톳불을 피우며 경계를 서고 있던 수하 세 명과 함께
올 때와 다름없는 날렵한 걸음으로 어둠 속으로 사라졌다.
시구는 떠나기 전에 한 가지 물건을 건넸다.
가슴 속에서 무명 수건으로 감싼 물건을 꺼내 종현에게 건넸다.
그리고 그 물건에 얽힌 이야기를 눈물을 흘리며 이야기했다. 길게 말
하지는 않았지만 그 이야기를 듣는 종현의 표정도 점점 비통해졌다.

7 무쇠팔

시구가 품속에서 고이 간직했다가 종현에게 건네준 것은 무명으로 겹겹이 싼 것이었다. 그것은 오랫 동안 가슴에 품고 있었기 때문인지 때에 절어 있었다.

시구가 떠난 뒤에도 종현은 소반 위에 놓여져 있는 그것을 말없이 바라보고 있었다. 그의 표정이 너무나 굳어져 있었다.

날이 밝아졌을 무렵까지 그렇게 앉아 있다가 결심을 한 듯 천천히 일어나 장 속에서 한지를 꺼내 폈다. 그리고 향을 피웠다. 그는 그 무명 헝겊을 조심스레 풀었다. 그 헝겊 속에 나온 것은 오그라든 검은 빛 고깃덩어리 같기도 했다.

그는 그것을 조심스럽게 한지 위에 놓고 일어나 두 번 큰절을 했다.

시구의 눈물 젖은 목소리가 아직도 귀에 쟁쟁했다.

"형님, 이게 김관신의 손입니다! 2년 전에 관신을 만났지요. 고향에 돌아가면 가족들에게 전해달라며 이 손을 주더군요."

김관신은 1904년 11월에 간도에 가서 시구의 휘하로 들어가겠다고 웅지를 품고 떠났다. 그러나 시구의 부대를 찾을 수가 없었다. 눈에 덮인 그 광활한 산하 어디에서 그를 찾을 수가 있단 말인가?

관신은 정처없이 쏘다녔다.

조선 사람이 사는 마을을 찾아 수소문을 해 보아도 생각처럼 쉽게 찾을 수가 없었다. 때로는 일본군 첩자로 몰려 몰매를 맞을 뻔도 하고, 마적들에 쫓겨 목숨을 잃을 정도로 부상을 당하기도 했다. 다행이 조선 사람들의 도움으로 부상당한 몸을 가까스로 추스르기도 했다. 그러다가 '별동부대'라 불리는 작은 규모의 의병군에 합류하였다. 그러나 이시구 부대를 찾으려는 노력을 포기한 것은 아니었다. 말이 의병대였지 뜻만 굳센 젊은이들의 작은 집단이었다.

관신의 대담한 성격과 힘과 지략으로 얼마 가지 않아 자연스럽게 지휘자의 소임을 맡게 되었다. 더구나 '이 선비'로 불리던 평양출신 대장이 일본군 통신부대를 습격하다가 크게 부상을 당한 뒤로 관신이 자연히 그 소임을 맡게 되었다.

그들은 주로 조선인 부락을 비밀스럽게 떠돌며 정보를 수집하고, 조선인들과 어울려 농군으로 살다가 유사시에 전투요원으로 변신했다. 농번기에는 그들을 도와 농사를 짓고, 일본군의 이동 소식이나 일본군 주재소에 대한 정보를 얻으면 다시 뭉쳐 전투를 벌였다.

어느 날 아주 중요한 정보가 들어왔다.

주재소 인원을 교체한다는 소식이었다. 허드렛일을 해주는 약삭빠른 소사 아이가 얻은 정보였다.

관신은 수하 장정 스물댓 명을 모아 교대하고 돌아가는 일본군을 습격하기로 했다. 은밀히 기별을 하고 병장기들을 수습했다. 병장기라고는 일본군에게 포획한 단발식 화총 두 자루와 칼과 창 같은 것들이었다. 이 병장기들은 기름종이에 싸서 두엄더미에 묻어두거나 외진 곳에 땅을 깊이 파고 묻어둔 것들이었다.

그들 모두에게 긴장감이 감돌았다.

며칠 전부터 정찰병을 보내 일본군의 동태를 멀리서 감시하게 했다.

매복을 하고 습격을 할 오릿고개는 마을에서 오십 리쯤 떨어져 있는 곳이었다. 매복할 장소를 답사하고, 굴려 내릴 바위와 불을 붙일 짚단도 마련했다.

일본군과 화력에서 비교가 되지 않기 때문에 기습적으로 공격하고 육박전으로 단번에 승부를 내야 했다. 상대에게 잠시라도 여유를 주면 우세한 화력과 조직된 행동으로 반격해 오면 승패는 불을 보듯 뻔했다.

언덕 위에서 화공을 할 소임은 주로 나이가 많이 들었거나 어린 대원들이 맡았다. 그들은 백병전은 벌이지 않았지만 그 소임도 만만치 않았다. 그들은 군호에 따라 돌을 굴려 내리고 집단에 불을 붙여 굴려 내리면서 꽹과리를 치고 고함을 질러 적의 기를 꺾어야 했다. 그리고 퇴각할 때는 적에게 퇴각의 방향을 멀찌감치 보이면서 재집결할 장소와는 다른 방향으로 튀어야 했다. 그러므로 그만큼 위험이 따랐다. 몸이 날렵하지 않으면 일본군의 추격에 따라잡히고 말 것이기 때문이었다.

백병전을 벌일 주력 대원들은 길가에 숨어 있다가 적이 당황해서

우왕좌왕할 때 재빨리 습격하여 적의 멱을 따야 했다. 적의 숫자가 적을 때는 끝까지 도륙을 내야 하지만 적의 숫자가 아군의 숫자보다 많을 경우에는 재빨리 습격하여 타격을 입히고 얼른 퇴각을 해야 했다.

그 날 그 전투는 더욱 치열했다.

화포 소리에 놀라고 화공과 석공에 당황한 일본군을 재빨리 습격했다.

그런 전투의 선봉은 늘 관신이 섰다. 관신은 환도로 총을 잡는 일본군의 팔을 내리치고 멱을 땄다. 피가 분수처럼 뿜어졌다. 관신은 그 피를 온몸으로 받았다. 다시 우물쭈물하는 일본군을 발길질로 고꾸라뜨리고 환도로 뒷덜미를 내리쳤다. 그 순간 칼날이 두개골에 부딪치며 그 반탄력 때문에 하마터면 칼을 놓칠 뻔했다. 바로 그때 일본군의 총 개머리판이 관신의 어깨를 강타했다. 관신은 환도를 쨍그랑 놓치고 말았다. 일본군의 얼굴이 바로 눈앞에 있었다. 관신은 얼른 그놈의 목줄기를 잡았다.

관신의 완력은 대단해서 이제 그놈의 목뼈를 으스러뜨릴 것이다.

그 순간이었다.

저 쪽에 있던 일본군 소좌가 일본도를 들어 관신의 팔을 향해 막 내려치려고 했다. 관신이 얼른 손을 놓고 방어를 하면 그 칼날을 피할 수 있었다. 그러나 이제 손끝이 목뼈를 으스러뜨리는 순간이었다. 관신은 칼날을 피하지 않고 목뼈를 으스러뜨렸다. 목뼈가 부러지는 소리가 손끝을 통해 느껴졌다. 그리고 그 순간 일본도가 자신의 손목을 베는 그 섬뜩한 느낌도 거의 동시에 느꼈다.

관신은 팔이 잘리자마자 왼손에 쥐고 있던 단도로 일본군 소좌의 명치 깊숙이 찔렀다. 관신은 버릇처럼 박힌 단도를 비틀었다. 그 소좌는 비명을 지르고 쓰러졌다.

그 모든 상황이 아주 짧은 순간에 이루어졌다.

관신의 오른팔에서도 피가 뿜어져 나왔다.

관신은 얼른 일본군의 목뼈를 으스러뜨린 채 그 목줄기를 잡고 있는, 피가 뚝뚝 떨어지는 자신의 잘린 그 오른손을 떼어내어 가슴에 품었다. 그리고 목에 두르고 있던 베수건으로 잘린 손목을 칭칭 동여매었다.

그날 전투에서 예상을 뛰어넘은 큰 승리를 거두었다.

일본군 열다섯 명 중에 여섯을 죽였고, 넷은 큰 부상을 입혔다.

물론 관신의 별동부대도 타격을 입었다. 둘이 죽고, 셋은 총을 맞았으며, 팔목이 잘린 관신을 포함해서 둘이 중상을 입었다.

관신이 팔목이 잘린 것을 보고 그의 부관격인 판돌이가 얼른 관신을 호위하며 대원들을 철수시켰다.

일본군도 피해가 너무 커서 추격을 하지 않았다.

돌아오는 길에 관신은 피를 너무 쏟아 혼절을 했지만 얼마치 않아 점차 건강을 회복해갔다. 원래 야무진 체력을 지녔기 때문에 서서히 체력을 회복했다. 그러나 오른 손목이 잘려나간 것으로 이만저만 상심하는 것이 아니었다.

이제 칼을 잡을 수도, 총을 쏠 수도 없는 몸이 되어버렸다. 나라를 위해 목숨을 기꺼이 바칠 각오가 되어 있었지만 불구가 되고 보니 심란하기 그지없었다. 그렇다고 농사꾼이 될 수조차 없었고, 그러고 싶지도 않았다.

상처는 다 회복되었지만 대원들의 짐이 되어버린 자신의 처지가 견디기 힘들었다.

'이제 어찌해야 옳단 말인가!'

그는 늘 마음속으로 한탄했다.

원체 체력이 뛰어나기 때문에 손이 하나 없다고 체력이 줄어드는 것은 아니었다. 등짐을 지고, 바위를 굴려 내리고, 땔나무 짐을 지는 것쯤이야 거뜬히 하지만 그것으로 성에 차지 않았다.

그렇게 한철이 지났다. 그러다가 어느 날 대장간 앞을 지나다가 번쩍 생각이 떠올랐다.

그는 대장장이를 불러 무언가를 주문하고 그날부터 며칠 동안 대장간에 붙어살았다. 그리고 열흘쯤 뒤에 관신은 환호성을 질렀다. 손목에 끼면 손 노릇을 하는 '무쇠손' 을 얻은 것이었다!

그 무쇠손은 두 가지였다. 하나는 갈고리가 달린 손이었다. 물건을 나를 때 쓸 수 있었다. 또 다른 하나는 가는 원뿔모양이며 끝이 창처럼 날카로운 손이었다. 이것을 끼면 마치 단창을 쥐고 있는 것과 같았다. 전투에서 훌륭한 병장기로 사용될 수 있었다.

그 이후로 관신은 다시 활기를 얻고 전투에 앞장을 서서 혁혁한 공을 이루었다. 일본군들에게도 공포의 대명사처럼 알려졌다.

사람들은 그를 '무쇠팔' 이라 불렀다. 독립군 사이에도 '무쇠팔' 이 널리 알려졌다.

이시구가 관신을 만난 것이 바로 그 무렵이었다.

"자네가 그 유명한 무쇠팔이었단 말인가?"

시구는 관신을 만나 내뱉은 첫마디가 바로 그랬다.

그날 밤 시구와 관신은 그 간의 이야기로 온 밤을 샜다.

그리고 헤어질 무렵 관신은 갑자기 무릎을 꿇었다.

"형님, 간곡한 부탁이 하나 있소!"

"이 사람 바로 앉게! 무슨 부탁인지 모르나 내가 들어줄 수 있다면 들어줌세."

관신은 품 속에서 그동안 품고 있었던, 무명 헝겊으로 꽁꽁 싸둔 그 잘린 손을 내놓았다.

"나는 이제 고향에 돌아갈 수 없을 것 같소. 형님이라도 고향에 돌아간다면 이 손을 좀 전해주시오."

시구의 마음속에는, '난들 고향에 돌아갈 수 있을까?' 하는 생각도 들었다. 그러나 관신의 행동거지가 너무 엄숙하고 진지해 말없이 그 무명꾸러미를 받아 가슴에 품었다.

그리고 한참 뒤에 풍문으로 그 '무쇠팔'이 장렬히 전사했다는 소문을 들었다. 시구는 그 소식을 듣고 그 무명꾸러미를 내놓고 명복을 빌어주었다.

시구가 말을 끝낼 때까지 종현은 눈물어린 눈으로 지그시 바라보고만 있었다. 종현은 그 꾸러미를 받아 소반 위에 얹어두고 시구의 손을 한참 동안 잡았다가 놓았다.

'이제 언제 시구를 다시 만날 수 있을까? 관신이 말라붙은, 잘린 손으로 돌아왔듯이 아우의 이 따뜻한 손을 언제 또 맞잡을 수 있을까?'

종현은 시구를 그렇게 보냈다.

그리고 오랫동안 그 자리에 앉아 있었다.

그리고 날이 밝자 행장을 차리고 그 무명꾸러미를 가슴에 품고 관신의 고향마을로 떠났다.

8 아는 힘, 모르는 힘

그 후 종현은 딴 사람이 된 듯 달라졌다.

또 가족들의 삶 또한 변했다.

전답을 처분하고 좀더 사람들의 발길이 잦은 신녕리로, 읍내로 이사를 다녔다. 이제 십여 년간 지냈던 농사꾼으로서의 삶을 벗어 던지고 염전의 전문 일꾼으로, 때로는 떠돌이 장사꾼처럼 평양이나 한양 출입을 했다.

집안일은 아내와 큰아들 영석에게 맡겼다. 이태 전에 영석을 장가 보내 며느리도 보았다.

그러므로 영춘이 아버지 종현의 얼굴을 제대로 보기도 힘든 판에 비록 궁금하기 짝이 없기는 해도 물어볼 틈이 제대로 있었겠는가!

1894년 청일전쟁과 1904년 노일전쟁에서 승리한 일본은 점점 더 침략의 야욕을 노골적으로 드러내었다. 을사보호늑약 이후

1906년 통감부를 설치하고 학부대신 아래 일본 사람 차관을 두었다.

1895년의 소학교령과 1898년의 중학교령에 따른 학제를 변경하여 소학교와 고등학교로 이름을 바꾸고 교육과정에 일본어를 정규 교과목으로 넣고 일본인 교사를 꼭 채용하게 했다. 백성들에게 일본말을 배우게 하여 먼저 언어로써 지배하기 위한 책략이었다.

대한제국 말기에 국운이 기울어지자 전국적으로, 그 중에서 비교적 외래문명이 먼저 들어온 서북지방에서는 교육의 필요성을 절실하게 느꼈다. 나라를 살리는 길이 후진들을 교육시키는 길밖에 없다는 사실을 깊이 깨달았다.

한말 교육기관인 서당을 중심으로 한 동리 한 서당 한 훈장제도를 썼다.

용강군은 교육열이 다른 지방보다 더 높아 서당의 수효가 105개나 되었다. 그러니까 한 면에 평균 열 개 정도의 서당이 있었던 셈이었다.

종현은 큰아들 영석으로부터 넷째 영기에 이르기까지 모두 서당에 보냈다. 대령리로 이주했을 무렵 8살이었던 둘째아들 영상은 몇 년 동안 서당에 가지 못했다. 큰아들 영석은 삼화면 내교리 고향 마을에서 몇 년간 서당에서 천자문과 사서삼경을 배웠다.

시골의 서당은 농번기에는 생도가 줄었다가 농한기가 되면 학생 수효가 늘어났다. 대령리에서는 영대와 영기는 잠시 서당에서 글을 배웠다.

한일합방 이듬해인 1911년 일본식민정책의 행정력을 동원하여 각 군의 군청소재지와 문화중심지에 4년제 공립보통학교를 세웠다.

일본은 용강군의 천일염전에 1880년대부터 눈독을 들였다.

1884년 청일전쟁 발발 후 진남포를 병참기지로 만들면서 이미 계획된 것이었다. 염전지대에 일찌감치 일본인들이 자리를 잡아 일본인 촌을 형성했다. 진남포에서 용강까지 철도도 개설하고, 우리나라에서 가장 처음으로 자동차 노선도 개설했다. 한일합방이 되기 전인 1908년부터 정식으로 사업에 들어가 한일합방 이후 조선총독부 직영 제1기 사업후보지로 선정되어 대정 원년에 준공되었다. 물론 그 이전에도 부분적으로 염전 사업을 벌이고 있었다.

이 당시 소금밭에서 소금을 긁어모으고 수차로 바닷물을 대는 노역에 필요한 인부들이 수천 명에 이르렀다. 이 일꾼들이 집단취락지를 이루어 신시가지가 형성되고 소금더미가 쌓여 동산을 이루었다.

종현과 큰아들 영석과 둘째아들 영상과 더불어 염전 노역에 종사했다. 하루 한 사람 노임이 육십 전쯤 되었다. 종현의 행동거지를 주의깊게 보지 않으면 평범한 염전의 노역꾼일 뿐이었다.

그 일을 하며 한일합방도 맞았다.

그러나 종전의 종현이 아니었다. 예전 같으면 울분을 삼키느라고 식음을 폐하거나 잠 못 이루었을 것이었다. 그러나 이제 종현에게는 아주 비밀스럽게 수행해야 할 임무가 있었으므로 겉으로는 그저 평범한 노역꾼으로 조용히 나날을 보냈다.

1911년 3월.

광양만에 4년제 공립보통학교가 설립된다는 소문이 들렸다.

종현은 만사를 밀쳐두고 면에 가서 확인해보았다. 놀랍게도 그 소문은 사실이었다.

물론 당시 백성들의 삶은 가난하기 그지없었고 입에 풀칠을 하기에도 힘겨웠다. 그러나 그 어지러운 세상에서 배워야 살아남는다고 생각하는 사람들도 있었다. 그만큼 학구열이 높았다.

종현은 누구보다도 먼저 원서를 얻어 영대와 영기를 입학시켰다.

새 학기부터 학교에 다녀야 할 영대와 영기도 그러했지만 아버지 종현은 가슴이 설렜다. 이제 자식들을 제대로 교육시켜 자신과 나라를 위해 깨어있는 삶을 살게 할 수 있기 때문이었다.

학교는 일본인들의 집단거주지인 지운면 신촌리에 세워졌다.

얼마 뒤에 종현은 학교와 염전이 가까운 지운면 두륵리로 이사를 했다.

종현이 입학 수속을 하러 갈 때 두 아들만 데리고 가려 했다.

그런데 영춘도 그 먼 길을 따라가겠다고 고집을 부렸다. 평소와는 전혀 달랐다.

학교에 가 가건물과 운동장을 보고 영춘이 환호했다. 입학하는 두 형을 그렇게 부러워할 수가 없었다. 보다 못한 종현이 영춘에게 열 살이 되면 꼭 입학시켜주겠다는 약속을 하자 비로소 얼굴이 밝아졌다.

종현이 염전 사무실을 들를 동안 세 아들은 주막에서 기다리고 있었다.

국밥 한 그릇으로 저녁 요기를 하고 날이 더 어두워지기 전에 서

둘러 집으로 행했다.

네 부자가 두륵리를 향해 들길을 걸었다.

종현은 그날따라 더 말이 없었다. 영춘은 아버지에 손을 잡고 종종 걸음으로 뛰다시피 걸음을 떼었다.

멀리 개 짖는 소리가 컹컹 울릴 뿐 사위는 조용했다.

한참 묵묵히 걷다가 아버지 종현이 셋째아들을 불렀다.

"영대야!"

"예, 아버지?"

뒤따라오던 영대와 영기가 동시에 아버지를 쳐다보았다.

"넌 뭐가 가장 무서우냐?"

아버지의 갑작스러운 물음에 영대는 잠시 침묵했다. 잠시 후에 영대가 또랑또랑한 목소리로 대답했다.

"전 귀신이 제일 무서워요."

"영기는?"

"전 도깨비가 제일 무서워요?"

"영춘인?"

"전 어둠이 무서워요."

"죽는 것은?"

"그것두요."

한동안 침묵이 흘렀다. 바람이 들을 휩쓸고 지나가는 소리, 그들의 발걸음소리가 유난히 크게 들렸다. 작년 가을 추수를 끝낸 뒤로 들은 겨우내 황량하게 버려져 있었다. 들판은 어둠으로 가득 차 있었다.

매서운 북풍과 찬 서리, 그리고 펑펑 쏟아져 들판을 뒤덮고 있었던 눈. 아직도 바람은 쌀쌀하고 매서웠다. 짧은 해가 지고 난 뒤 바람이 더 차가워졌다.

갑작스럽게 엉뚱한 질문을 던져 놓고는 아버지 종현은 좀처럼 말을 잇지 않았다. 아이들이 조바심을 낼 즈음에야 아버지가 다시 질문을 던졌다.

"너희들 귀신이나 도깨비를 본 적 있니?"

"없어요."

"그런데 본 적도 없는 것들을 왜 무서워하는지 생각해보았니?"

"아니요, 생각해본 적이 없어요."

"이상하지 않니? 한 번도 본 적이 없다면서 왜 그런 것을 무서워하는 게냐?"

아들들도 다시 생각에 잠겼다.

딴은 그렇다. 이야기로만 들었을 뿐 귀신이나 도깨비를 한 번도 본 적이 없었다. 그래도 그것이 무서운 까닭이 갑자기 의아하게 느껴졌다.

'그래, 본 적도 없는데 왜 무섭지?'

종현이 다시 물었다.

"죽음은 어떠냐? 너희들 죽음도 본 적이 있느냐?"

영기가 밝은 얼굴로 이야기했다.

"예, 봤어요! 지난달 우등리 장터에서 얼어죽은 사람을 형들과 함께 봤어요."

"우등리에서 너희들이 본 것은 죽은 사람이지 죽음은 아니란다!"

"예?"

"모든 삶들은 평생에 딱 한 번밖에 죽음을 보지 못한단다. 남이 죽는 것을 본다 해도 그것은 죽어가는 사람을 보는 게지 죽음은 아니란다. 사람은 평생 자기가 죽을 때 그때 딱 한 번 죽음을 볼 수 있단다."

아버지의 말씀이 새삼 신기했다.

우등리에서 본 것은 송장일 뿐이었다. 아버지께서 모든 삶들은 꼭 한 번밖에 죽음을 보지 못한다는 말이 머릿속을 환하게 했다.

"무섭다고 말하는 것에는 공통점이 있단다."

"공통점이라니요?"

"귀신, 도깨비, 죽음, 어둠, 이런 것들을 사람들이 다 무서워한단다. 그 공통점은 모두 잘 모른다는 게야!"

"모른다는 게 공통점이라는 말씀인가요?"

영대가 반문했다.

"귀신을 봤다는 사람은 더러 있지만 그 귀신을 잡았다거나 어디서 왔고 어떻게 생겼는지 밝힌 사람은 없단다. 도깨비도 마찬가지지. 그리고 지금 같은 이 어둠을 한 번 생각해봐! 어두워서 보이지 않고, 저 어둔 저 산자락에 무엇이 있을지 모르기 때문에 두려워하는 게야. 죽음도 마찬가지야. 죽은 뒤의 세계를 모르기 때문에 사람들은 죽음을 무서워한단다.

결국 사람이 무서워하는 것은 그게 어떤 것인지 몰라 불안해 하고 걱정하며 두려워하게 되지. 그것을 속속 다 알게 되고, 저 어둔 산자락에 무엇이 있는지 알게 되면 두려워할 필요가 없는 게지.

모르기 때문에 두렵고 깜깜해서 두렵지, 알거나 배워 깨우치면 두려워할 게 없는 게야."

침묵이 흘렀다.

비록 어린 아이들이었지만 아버지의 오늘 그 말씀은 가슴에 유난히 뚜렷하게 남았다. 밤길을 걸을 때마다 왜 무서워했는지가 분명해지면서 마음이 한결 편해지는 그 까닭을 음미하고 있는 듯했다. 그것이 오늘 나들이와 관련이 있는 것이 분명했다.

"그러니까 배워야 해! 낯선 밤길을 눈 감고 걷는다고 생각해봐, 얼마나 두렵겠느냐? 어디에 무엇이 있는지도 모르니 곁에 샘이 있어도 목말라 죽을 수 있겠지? 너희들이 학교에 가서 왜 공부를 해야 하는지 알겠지?

아는 것이 힘이란다!"

세 아이들은 저마다 아버지의 말씀을 가슴에 새겼다.

'그렇구나! 모르면 옆에 금덩어리가 있어도 소용없고, 벼랑이 있어도 모른 채 걸어갈 게 아니냐!'

그날 이후, 영춘은 무엇인가 골똘하게 생각하고 있었다. 식구들은 으레 그러려니 하고 생각했다.

한 달쯤 지난 뒤 어느 날이었다.

아버지 종현이 새끼를 꼬고 있었다.

그 곁에 있던 영춘이 아버지를 불렀다.

"아버지!"

"왜 그러느냐?"

"전에 아버지께서 아는 게 힘이라구 하셨지요?"

"음, 그런데 또 뭔가가 궁금하구나."

영춘이 무엇인가 궁금하면 아주 진지한 태도로 아버지께 물었다.

"알려면 어찌해야 하나요?"

"물어야지. 공부해야지!"

"무얼 물어야 하나요?"

"모르는 걸 물어야지."

"모르는 건 어떻게 아나요?"

아버지는 잠시 말문이 막혔다. 여덟 살 난 아이의 질문에 말문이 잠시 막힌 것이었다. 그 모르는 것을 어떻게 찾아야 하느냐는 질문이었다.

'그 동안 이 아이가 모르는 것과 아는 것에 대해 열심히 생각했구나!'

아버지는 마음속으로 생각했다.

"그래, 아주 좋은 질문이구나! 무엇을 모르는지 알아야 질문을 할 수 있겠지. 어떻게 찾는다? ……

옳지!

그래, 그냥 가만히 있으면 무얼 모르는지 알 수가 없지! 알려고 들어야 모르는 것과 만난단다. 자기한테 자꾸 질문을 시작하면 아는 것은 알고, 이제 모르는 것이 드러나기 시작한단다."

"그러니까 먼저 나한테 물으라는 말씀인가요?"

"그렇다! 무엇을 모르는지 찾으려면 바로 자신한테 묻기 시작해야 된다. 그래야 모르는 것을 알아서 그걸 누구 아는 사람한테 물을 수 있지 않겠느냐?"

"네. 그러면 누구한테 물어야 하나요?"

"아비한테 묻거나 형한테 물어야지. …… 그래서 서당에 가고, 학교에 가고 책을 읽는 거란다. 거기에서 모르는 것의 답을 배운단다."

"그러면 아는 것만 힘이 아니라 모르는 것도 힘이군요."

"으흠, 그게 무슨 말이야?"

"모르니까 모르는 것을 알고, 또 그것을 알려고 묻고, 책을 읽고, 공부하는 게 다 몰라서 …… 그러니까 모르는 것이 바로 힘이 아닌가요?"

"흐음, 모르는 것도 힘이라! 그렇지, 그렇지! 모르는 것이 힘이 되어 아는 힘으로 바뀌는 거지! ……

참, 놀랍구나!"

"아버지, 그런데 모르는 것의 답을 아버지께서만 알면 되지 왜 저한테도 가르쳐 주시려 하나요?"

"으응? …… 그건"

종현은 또 말문이 막혔다.

"그건, …… 네 몸과 마음의 주인이 바로 네 자신이기 때문이란다. 으음, 그러니까 네가 네 몸과 마음의 주인이 되게 도와주려는 거지 …… "

"내 인생의 주인이 나란 말인가요?"

"인생이란 말도 아느냐?"

"그러니까 내가 알고 내가 찾고 내가 해야 된다는 말씀인가요?"

"맞다! 그렇단다, 그래! 네가 네 세상의, 네 인생의 주인이란다! …… 네가 배고플 때 아비가 먹으면 네 배가 부르냐? 네가 먹어야

네 배가 부르겠지?"

"아, 그렇군요! 내가 먹어야 내 배가 부르지요. 그래서 내가 배우고 내가 알아야 하군요."

"하하, 벌써 그 이치를 알았구나! 어머니가 밥을 먹으라고 해서 밥을 먹는 게 아니고 네가 먹어야 한단다. 아비가 공부하래서 하는 게 아니고 네가 해야 한단다. 알겠느냐?"

"그럼 내가 주인이네요?"

"그렇다! 그렇다!"

영춘이 또 생각에 잠기는 것을 보며 아버지 종현은 생각했다.

'이 아이는 참으로 남다른 구석이 있구나!'

'커서도 남다른 삶을 살겠구나!'

'아, 내 자식이지만 참 훌륭하구나!'

9 공립보통학교 시절

1912년 4월.

10살이 된 영춘이 광양만공립보통학교에 입학했다.

영춘은 형 영대와 영기가 학교에 입학한 1911년부터 그렇게 부러워할 수가 없었다. 가방을 메고 학교에 가는 형들을 배웅하며 부러워했고, 하교할 때면 시간을 맞추어 형들을 멀찌감치 마중 나갔다. 날마다 그날 배운 것이 무엇인지 이것저것 물어댔다.

나이 차이가 일곱 살이나 되고 무뚝뚝한 편인 영대보다 다섯 살 위인 영기가 영춘에게 더 자상하게 대했다. 그는 학교에서 배운 것들을 쉽게 영춘에게 설명해 주었다. 넷째 영기 덕분에 영춘은 한글도 이미 깨쳤고, 일본어도 조금씩 배웠다. 입학하기 전에 이미 많은 것을 배웠다.

영춘은 혼자 있는 시간이 늘어날수록 생각도 깊어졌다.

아버지의 말씀대로 모르는 것을 찾고 있었다.

그러나 그 모르는 것을 누구에게 물어 시원한 대답을 얻을 수 있는 것도 아니었다. 드물게 아버지가 집에 한가하게 계시면 그간의 궁금한 것들을 묻고 또 물었다. 그러나 그것도 한계가 있었다.

"왜 병이 나고, 어떻게 낫게 되나요?"
"사람은 왜 늙지요?"
"눈은 왜 내리고 봄은 왜 따뜻한가요?"

아버지도 쉬 대답할 수 없는 질문들도 많았다.

점차 영춘은 질문을 가슴에 담아두고 한가할 때면 그것들을 스스로 다시 질문해보는 버릇이 생겼다.

이제 영춘이 학교에 입학하자마자 선생님께 질문을 퍼부었다.

그러나 그가 하는 질문들은 쉽게 대답할 만한 것들이 아니었다. 자연과학적 상식이 있던 시대가 아니었고 두루 해박한 지식을 갖춘 사람 또한 드물었다.

영춘은 일본인 교사가 해박하다는 말을 듣고는 일본말도 열심히 배웠다.

1908년 보통학교에 일인 교사 채용방침을 채택했기 때문에 모든 보통학교에는 일인 교사가 있었고 일본어를 배우게 했다.

영춘은 그의 지적 호기심을 충족시킬 수 있는 질문을 하기 위해 일본어를 배웠다. 오래지 않아 서툴게나마 일본말로 질문할 수 있었다. 그러나 일본인 선생님도 감당하지 못해 일본에서 전문학교를 나왔다는 우체국장한테까지 질문을 하러 다녔고, 또 책도 빌려 읽었다.

영춘은 입학해 글을 배우고 선생님이 가르쳐주는 지식을 배울수록, 또 책을 읽을수록 마음이 밝아지는 것을 느꼈다. 몰랐던 것을 새롭게 알아가는 것이 너무나 신기했다. 새 글자의 읽는 법을 배우고 그 단어의 뜻을 안다는 것도 신기로웠다. 그 글자가 지니고 있는 소리를, 그 글자가 담고 있는 뜻을 안 만큼 그 글자가 자신에게 말을 건네는 것을 들을 수 있었다.

물론 그 당시의 교육 과정이 체계가 잡혀 있을 턱이 없었고, 준비가 미처 안 된 상태였다. 그래서 일본의 교육체제를 대폭 받아들였다. 그 모두가 일본의 침략적 의도라는 큰 구도 아래 진행된 것이었다.

그러니 교과목의 체계가 어수선했고 교과서도 제대로 없었다. 그뿐만이 아니라 교사들도 속성으로 양성된 경우가 많았다.

그렇기는 했지만 학교는 신세계로 향하는 문이었다.

낱말 하나하나가 열어주는 새로운 세계, 그것이 담고 있는 의미, 또 그것을 통해 줄줄이 엮어지는 새로운 의문들에 영춘은 깊이 매료되었다.

영춘은 하나를 배우면 열 가지 의문이 떠올랐다. 그 열 가지 의문들은 열 가지 답을 마련하고 있었고, 그 하나하나가 다시 열 가지 의문의 문을 열어주었다. 배움은 끝없이 새로운 문이 열리는 놀라운 세계였다.

학년이 올라갈수록 더 새로운 것을 배우며 그 새로운 문을 열고 더 넓은 세계로 나아갔다.

어느 날 '기차'에 대해 배웠다.

선생님은 기차에 대해 상세히 설명했다.

기차는 말이 끄는 마차보다 수천 배 수만 배 힘이 더 세고, 수천 배 많은 사람을 태우고, 수백 배 빨리 오래 달린다. 석탄으로 불을 때고 수증기의 힘으로 바퀴를 굴린다. 우리나라에 1900년에 한강 철교가 준공되고, 경인철도가 개통되었고, 1904년 경부철도가 놓였다.

서북지방 산업발전의 원동력인 평남선은 평양을 기점으로 진지 동과 갈천을 지나 대동강 하구의 남포항에 이르는 55 킬로미터나 되는 철도였다. 이 철도는 일본이 군사 목적으로 임시철도를 가설 하기 위해 1905년 8월에 공사를 착수하였으나 1909년 10월 16일 전체 구간을 개통했고, 1913년 완공하였다.

영춘이 그것을 배우자마자 수많은 의문을 떠올렸다. 언젠가 아버지와 함께 기차를 구경한 적이 있었다. 그때의 놀라움이 되살아나며 기차에 대한 궁금증이 참을 수 없이 솟구쳤다.

기차는 누가 처음 만들었고, 석탄을 얼마나 때며, 수증기는 얼마나 힘이 세고, 얼마나 빨리 달릴 수 있고, 얼마나 많은 사람이 탈 수 있고, 삯은 얼마이고, 그것은 어떻게 받고, 누가 운전하고, 운전사가 되려면 어떻게 해야 하고, 어느 길로 달리고, 그 길은 어떻게 깔고, 우리 마을에는 언제 들어올까?

이 의문에 대한 답 하나하나에 대해 또 새로운 의문을 만들어 내었다.

영춘은 학교에서 새로운 사실을 배우면서도 다시 생긴 새로운 의문 속에서 살았다. 너무나 알고 싶은 것이 많았다.

물어볼 기회만 있으면, 물어볼 사람만 만나면 주저 없이 질문을 했다.

선생님이, "질문 있나?"라고 말하기가 무섭게 질문을 퍼부어댔다. 그러나 그 끝없는 질문에 답할 수 있는 사람은 거의 없었다. 그래서 생님들은 점차로 난처해지기 시작했다. 끊임없이 물어대는 그 질문에 속 시원하게 대답할 수 없었기 때문이었다.

선생님들도 점점 질문의 기회를 줄였다.

영춘은 다른 방법으로 의문을 풀 수밖에 없었다.

그는 주변에서 구할 수 있는 책은 모두 구해 읽고 또 읽었다.

우체국장 고야마(小山)는 그런 영춘을 참으로 기특하게 생각했다. 그래서 집에 있는 책을 빌려주거나 영춘의 질문에 아주 친절하게 대답했다. 일본을 다녀올 기회가 있거나 책을 주문할 때도 영춘을 생각해서 꼭 필요할 듯한 책을 선물하곤 했다.

1914년 영춘이 보통학교 3학년이 되던 해에 맏형 영석이 우편배달부로 취직했다. 우체국장 고야마는 영상이 영춘의 맏형이라는 사실을 알고 두 말 없이 그를 뽑았다. '그 형에 그 동생'이라는 생각 때문이었다.

궁핍한 시대였기는 해도 광양만의 염전 사업은 꽤나 활기를 띠었다.

영춘이 입학한 1912년 4월에 일본 사람 곤도(近藤)가 포드 승용차를 들여와 십 리에 20전씩 운임을 받는 변칙 영업을 시작했다. 1913년과 이듬해 평양과 남포, 진남포와 광양만을 오가는 조선 최초의 버스 노선도 생겼다.

이러한 신식 문물이 영춘의 지적 호기심을 자극하는 좋은 계기가 되었다. 그는 새로운 지식을 배울 때마다, 새로운 문물을 접할 때마다 그는 그 질문과 답을 통해 성장했다.

그러다가 영춘은 문득 의문이 떠올랐다.

'왜 내가 이것을 궁금해 할까?'

영춘은 그 의문을 오래오래 곰씹었다. 그 질문은 왠지 아버지에게도 할 수 없었다. 그러다가 한참 뒤에 그 해답을 스스로 알았다.

안 만큼 그 대상과 친해지고 구분이 사라진다는 것을!

두려움과 경계심이 없어진다는 것을!

알면 안 만큼 환해지고 자유로워진다는 것을!

종현과 둘째가 염전에서 열심히 일해 벌었고, 맏이 우편배달부로 취직했기 때문에 다른 집들보다 생활 형편이 나아야 했다. 그러나 그렇지 못했다.

실제로는 아버지 종현이 자주 집을 비웠고, 며칠씩 외지를 드나들었다. 때로는 초조하게, 더러는 지치고 초췌해져 쫓기듯 돌아왔다.

종현의 관심은 집안 살림에 있지 않았다. 이시구가 다녀간 뒤로 몇 년 사이에 그렇게 변한 것이었다.

그뿐만 아니었다. 1915년 셋째 영대와 넷째 영기가 광양만보통학교를 졸업하고 함께 평양고등보통학교에 입학했다.

두 아들의 뒷바라지를 하기 위해 남은 식구들은 열심히 벌어야 했다. 염전 일꾼의 벌이로는 부족하여 둘째 영상도 광양만보통학교 소사로 취직했다.

10 그 동생에 그 형

1915년 여름.

날씨가 무척 무더웠다.

영춘은 염전의 수로(水路) 가에 서서 망둥이를 낚고 있었다. 잠방이 밖으로 드러난 종아리가 볕에 그을려 새까맣다. 짚신을 벗어버린 맨발에는 개흙이 말라붙어 허연 얼룩이 져 있었다. 그는 낚싯대를 챘다. 못을 꼬부리고 갈아 만든 낚시에 미꾸라지보다 좀 큰 망둥이가 달려 나왔다. 낚시에 고기를 떼어내 능숙하게 다래끼 속에 집어넣었다.

이곳 바닷가 갯골에는 망둥이가 아주 많았다. 아직은 철이 일러 씨알이 굵지 않지만 늦가을 찬바람이 불면 팔뚝만한 것들도 낚였다.

영춘은 수로 가에 나와 낚시질 하는 것을 좋아했다.

망둥이를 잡아 좁쌀을 물에 불려 맷돌에 갈아 죽을 쑬 때 망둥이를 함께 넣어 '보개죽'을 만들어 먹을 수 있기 때문이었다. 그러나 그뿐만이 아니었다. 낚시를 하면 혼자서 많은 생각을 할 수 있었다.

많은 의문을 다시 한 번 생각하고 스스로에게 되묻기도 했다. 그 시간은 사색의 시간이었으므로 다래끼가 꽉 찬 것을 보고 시간이 많이 갔음을 알 정도였다.

"오째야, 오째야!"

영춘이 주위를 둘러보았다. '오째(五次)'라는 애칭으로 그를 부르는 것은 식구밖에 없었다. 들길을 따라 누군가 그를 부르면서 달려오고 있었다. 복장이 낯설었다. 검정양복에 모자를 쓴 것이 영락없이 일본순사 복장이었다.

"오째야, 나야, 형이야!"

순간, 영춘은 낚싯대를 팽개치고 달려 나갔다. 그의 얼굴이 기쁨으로 빛났다.

"형, 영기 형!"

바로 윗 형인 영기는 유달리 영춘을 아꼈다. 영기 또한 하나뿐인 동생이라서 그런지 누구보다도 귀여워했다.

반년 만에 보는 것이라서 더욱더 반가울 수밖에 없었다.

"많이 컸구나! 몸도 건강해진 것 같구나!"

바로 윗 형이긴 해도 영춘과는 다섯 살 차이가 나기 때문에 형은 한결 의젓했다.

"형, 언제 왔어?"

"지금 막 오는 길이야. 진남포까지는 기차루 왔구 거기선 내처 걸어왔지."

"영대 형은?"

"지금 집에 있어. 아버지께서 네가 낚시하러 갔다고 하시길래 곧장 왔지!"

영춘은 평양고등보통학교 교복을 입은 형을 부러운 눈으로 쳐다보았다. 몸도 더 튼튼해지고, 아주 어른스러워진 것 같았다.

"형, 그 학교에는 선생님이 많으셔? 어떤 걸 배워? 학생 수는 많아? 기숙사는 어때?"

"얘두, 숨넘어가겠다. 차근차근 물어! 하하하."

영기는 동생이 무엇을 궁금해 하는지 잘 알고 있었다. 그러면서도 서둘러 묻는 동생이 귀여워 웃음을 터뜨렸다.

영대와 영기는 올 봄에 평양고등보통학교에 입학했다. 기숙사에서 한 학기를 보내고 첫 여름방학을 맞아 고향으로 돌아온 것이었다.

영춘이 낚싯대와 다래끼를 집어들었다. 영기가 다래끼를 받아들며 그 속을 들여다보았다.

"많이 낚았구나! 너 진짜 낚시꾼이 다 되었구나!"

아우가 눈부신 듯한 표정으로 형을 올려다보았다.

"가자!"

그들은 나란히 걸었다. 영기가 영춘의 어깨에 팔을 둘렀다.

광량만 시가지가 멀리 보였다. 영춘은 영기와 함께 걸으며 자랑스러운 표정을 지었다.

평양고등보통학교는 관서지방에서 가장 유명한 조선인 학교였다. 그래서 평양은 말할 것도 없고 도내 각 지역에서 지원자가 몰려들어 경쟁이 매우 심했다. 응시자들이 평양과 진남포와 황해도에서도 구름처럼 몰려들었다. 모두가 각 고장에서 똑똑하다고 으스대는 학생들이었다. 시험을 치르려고 왔다가 더러는 그 많은 응시자에 질려 그냥 돌아가는 경우도 있었다.

그런데 영대, 영기가 그 어려운 입학시험에 거뜬히 들었다. 그뿐만 아니라 놀랍게도 넷째 영기는 수석을, 셋째 영대는 차석을 차지한 것이었다. 이 결과에 본인들만 놀란 것이 아니었다. 그 소식을 듣고 많은 사람들이 감탄했다. 이것은 집안의 경사만이 아니라 용강군의 자랑이었다.

이제 영춘도 내년이면 광량만보통학교를 졸업할 것이다. 늦게 입학한 형들보다는 비교적 빨리 입학했기 때문에 1년밖에 뒤지지 않았다.

비록 학생 수효는 적었지만 영춘은 한 번도 수석을 놓치지 않았다. 모든 선생님들이 영춘이 끝없이 질문을 해대는 통에 질려 있었지만 영춘의 실력에 대한 믿음은 대단했다.

영춘이 재기가 번뜩이는 질문이나 답변을 듣고 모든 선생님들이 감탄하며 고개를 끄덕였다. 형들이 영춘보다 1학년 높아 그 형과 동생을 소상히 잘 알았다. 그러니까 수재 집안인 셈이었다. 그러나 이 칭찬도 영춘이 학년이 높아갈수록, 두 형이 졸업하고 평양고보에 수석과 차석으로 합격한 뒤로 달라졌다.

"역시 그 형에 그 동생이구먼!"

처음에는 이렇게 이야기했다. 그러나 영춘의 재주가 드러나기 시작하자 그 말이 바뀌었다.

"역시 그 동생에 그 형이구먼!"

그러나 영춘에게는 남모르는 고민이 점차 자리잡기 시작했다. 자신도 형들처럼 평양고보에 들어가 마음껏 공부를 하고 싶었다. 그러나 집안 살림은 그게 아니었다. 두 형의 유학비를 대기 위해 아버지와 두 형이 갖은 고생을 다 하는 것을 뻔히 알고 있었기 때문이었다. 학비에다 기숙사비만 해도 만만치 않았다.

들길이 끝나고 광량만 시가지로 접어들었다. 해질 무렵이어서 더 위가 한풀 꺾인 듯 먼 개펄을 통해 시원한 바닷바람이 불어왔다. 광량만에는 금곡면 면사무소와 우체국과 경찰서까지 세워졌다. 일본인 거주자들이 많았기 때문에 일본은 자국민을 보호한다는 명목으로 경찰서를 세웠다.

"영춘 군!"

우체국 앞을 지나가는데 고소데 차림의 일본인 우체국장 고야마가 말을 걸었다.

"안녕하세요?"

"오, 그래. 그런데 옆의 청년은 누구신가? 혹 금년 봄에 평양고보에 수석으로 들어간 형 아닌가?"

"네 맞아요. 방금 평양에서 내려왔어요!"

"처음 뵙겠습니다. 이영기라고 합니다."

영기가 인사를 하자 고야마는 다정하게 영기를 바라보았다.

"자네 아우도 아주 똑똑하지! 요즘은 너무 어려운 질문을 해서 나두 쩔쩔 맨다네!"

"아직 어립니다. 잘 지도해주십시오."

"알았네. 그럼 또 보게나!"

우체국 앞을 벗어나자 영기가 입을 열었다.

"너 저 일본 사람하구 어떻게 알게 되었니?"

"책 보다가 모르는 게 있으면 찾아가서 묻곤 해!"

"왜 하필 그 사람이냐?"

"일본말 선생님이 전문학교 나오셨다고 소개해주었어."

영춘은 영기 형의 얼굴이 굳어지는 것이 의아했다. 형은 무거운 기색으로 한참을 걸었다.

영춘이 침묵을 깼다.

"둘째 형님이 순사보조원이 된 거 알아, 형?"

"뭐?"

영기가 걸음을 멈추고 놀라 동그란 눈으로 영춘을 바라보았다.

"응. 영상이 형님이 순사보조원이 되었어."

"뭐라고! 지금 뭐라고 했니?"

영기의 얼굴이 굳어 있었다. 주먹을 꽉 쥐고 영춘의 얼굴을 멍하니 바라보았다.

"지금 한 말 정말이니?"

영춘은 형의 기세에 질려 갑자기 풀이 죽어 조그맣게 말했다.

"응. 두 달쯤 됐어."

영기의 얼굴 표정이 어두워졌다.

그리고 한참만에 힘없이 고개를 숙이고 걸었다.

그날 밤.

네 형들과 아버지께서 아랫방에서 밤이 이슥토록 이야기를 나누었다. 주로 아버지 종현이 말했다. 이따금씩 셋째와 넷째의 항의하는 듯한 나지막한 목소리도 들렸다. 영춘이 자다가 다시 깨었을 때도 형들은 아직 돌아오지 않았고 침울하고 낮은 목소리도 계속 들렸다.

그 다음날 두 형의 얼굴빛은 정상으로 돌아와 있었다.

그러나 왠지 풀이 죽은 듯, 쓸쓸하고 비장해보였다.

11 눈물겨운 결단

그해 봄.

영기와 영대가 평양고보에 수석과 차석으로 합격했다는 소문은 용강군에 퍼져나갔다. 암울한 시대에, 나라 안팎이 뒤숭숭한 판에 모처럼 들려온 반가운 소식이었다. 그 소식을 들은 모든 사람들이 반가워했다.

평양고보의 수석과 차석이 광량만보통학교를 졸업한 평범한 농사꾼의 아들이었다니!

그 소문은 날개 달린듯 삽시간에 퍼져나갔다.

두 아들 덕분에 아버지 종현은 유명인사가 되었다.

그러나 그것이 경사만은 아니었다.

물론 이웃 사람들이 종현과 그 식구들을 대하는 태도부터 달라졌다. 염전의 일본인 감독관도 그 소문을 들었는지 종현을 정중하게 대했다. 관리들도 종현을 웃는 낯으로 대했다.

그러나 남의 눈에 띄게 되고 많은 사람의 관심을 끄는 것이 달가운 일만이 아니었다.

이시구가 다녀간 뒤로 종현은 은밀하게 자신의 소임을 재빠르게 처리했다. 그 누구에게도 말할 수 없는 임무를 소리 소문 없이 처리해야 했다. 그러므로 겉으로는 무지렁이처럼 행동하며 흔적 없이 재빠르게 처리했다.

그러나 이제 그의 존재가 다른 사람의 눈에 드러나고 말았다.

나라 곳곳에 대한독립의군부가 조직되어 은밀하게 활동하고 있었다.

1913년에는 전라도 독립의군부 순무대장 임병찬은 아들 응철을 한양으로 보내 전에 참판을 지낸 이연순과 이명익과 더불어 국권회복운동을 벌일 계획도 세웠다. 결국 임병찬은 체포되어 다음해 거문도에 유배되었다. 또 경북 풍기에서 비밀결사 대한광복단이 조직되어 1915년 광복회로 바꾸었다가, 1916년에 광복단으로 다시 이름을 바꾸었다.

그해 3월에 이세기가 함경, 평안, 황해도 총사령관이 되었다.

이런 활동이 활발할수록 일본헌병과 경찰이 눈에 불을 키고 색출하려 들었고, 곳곳에 무력 행동도 잦았다.

평안도 지방의 항일 운동에 대한 일제의 탄압이 극심했다. 1912년 항일 운동을 벌이던 차병수, 최남화, 이원찬 등 12명이 사로잡혔고, 1913년 2월 평양지법에서 15년 형을 언도받았다. 의병장 이시연이 대구지법에서 사형언도를 받았고, 호남창의대장 이석용이 임실에서 체포되기도 했다. 또 많은 독립의군부 간부들이 체포되었다.

나라 바깥에서도 나라의 독립을 위한 단체가 생겨났다. 안창호와 안병익 등은 샌프란시스코에서 흥사단을 조직했다. 또 이동휘 장군이 간도에서 '한교동사회'를 조직하여 눈부신 항일 활동을 벌였다.

항일 조직의 활동이 활발해지고, 또 일본경찰의 취재가 강력해질수록 종현의 어깨가 더 무거워졌다. 더 위험하고 더 비밀스러운 임무가 거듭 주어졌기 때문에 신분을 더 숨기고 철저하게 위장해야 했다. 자신이 검거되면 자신과 가족들의 안위만 위태로운 것이 아니었다. 거점이 붕괴되면 연락 조직이 무력해지고 급기야는 조직전체의 존폐문제와 직결될 수도 있었다.

그해 늦은 봄.

종현은 두 아들을 평양에 보내고 깊은 생각에 빠졌다.

이제 어디를 가나 아들 덕분에 사람들이 알아보고 인사를 건네고 때로는 막걸리 잔까지 안기는 것이었다.

'이 일을 어찌하면 좋을꼬!'

이제 더는 소리 없이, 흔적 없이 다니며 임무를 수행하기 힘들어진 것이었다. 며칠 동안 깊은 생각에 잠겨 있던 어느 날 저녁 종현이 맏아들 영석과 둘째아들 영상을 불렀다.

아주까리 등잔불도 밝히지 않은 어둔 방에서 아버지 종현은 한참 동안 말이 없었다. 이윽고 무겁게 입을 열었다.

"그동안 말하지 않았지만 이제는 더 이상 너희들에게 이야기하지 않을 수가 없구나!"

종현은 이제 성인이 된 두 아들에게 그간의 사정을 말했다.

이시구가 와서 간곡하게 맡아달라고 했던 비밀 임무에 대해, 그

간에 자신이 수행했던 일들을 말했다. 그리고 이 일이 얼마나 위험한 일이고 또 중요한 일인지도 말했다. 그뿐만 아니라 이 일은 그 누구에게도 알릴 수 없고, 아무도 알아주지 않는 일이라는 것을 말했다.

두 아들은 아버지의 말에 긴장된 얼굴로 묵묵히 듣고 있었다.

그간의 아버지의 행적을 통해 어렴풋이 알고도 모른 척 했다. 이제 그 속 사정을 알고 보니 살이 떨리도록 두려웠다. 그러면서도 가슴 한쪽에서는 뜨거운 기운이 솟구쳤다.

새삼 아버지가 자랑스러웠다. 가슴이 벅차올랐다.

"이제 셋째와 넷째가 평양고보에 우수한 성적으로 합격한 것 때문에 오히려 곤란한 지경에 처하고 말았구나! 일본인 순사도 우리를 주시하고 날 의식하는구나! 일본인들도 날 알아보고, 세상 사람들이 다 날 부러워하는구나! …… 그 경사가 오히려 장애가 되다니!"

두 아들은 왜 아버지가 자신들을 불러 앉히고 숨겨두었던 말을 어렵고 무겁게 꺼내는지 알 수 없었다.

"이제 결단을 내려야 하겠구나! 너희 둘이 큰 뜻을 위해, 가족을 위해 무거운 짐을 져야 되겠다!"

"그게 무슨 말씀입니까?"

한참 만에 아버지 종현이 입을 열었다.

"둘째 네가 순사보조원으로 들어가거라!"

"예?"

둘이 동시에 놀라며 반문했다.

"영석이 우체부 노릇으로는 우리 신분을 더 이상 숨기기 힘들구

이영춘 빛 가온데로 걸어가며
• • •

나. 둘째가 순사보조원이 되면 일본인들의 의심은 절대로 받지 않을 뿐더러 필요한 정보도 얻을 수 있으니. …… 네가 희생의 짐을 져라!"

두 아들은 아버지의 뜻을 충분히 알아들을 수 있었다. 그러나 우체부까지는 몰라도 순사보조원이 되어서 일제의 앞잡이가 된다는 것은 도저히 용납하기 힘들었다.

1908년 6월.

최초로 조선인 헌병보조원을 모집했다.

일본이 조선인들을 그들 업무의 '앞잡이'로 쓰기 시작했다. 처음에는 쉬 나서려는 사람이 없었으나 일본의 위세가 점점 커지자 슬금슬금 눈치를 보다가 헌병보조원으로 나서려는 사람들이 늘어났다.

순사보조원도 마찬가지였다. 처음에는 주변의 이목이 두려워 쉬 나서지 않다가 일본의 위세가 강해지자 아예 내놓고 나섰다.

그 보조원들의 위세가 일본인 헌병이나 보조원보다 더 했지 덜하지 않았다. 그들은 자신이 마치 일본인인 것처럼 행세했다. 오히려 더 악독하게 조선인들을 다그쳤다.

그러므로 순사보조원은 뜻있는 사람들의 눈에는 민족의 적인 일본인보다 더 증오스러운 존재였다.

'아버지께서 순사보조원이 되라고 하시다니!'

'이것이 민족을 위한 자기 희생이라니!'

'이제부터 뜻있는 동무들과 지사들의 증오의 대상이 되어야 한다니!'

한참을, 날이 샐 무렵까지 말없이 앉아 있었다.

새벽 무렵 영상이 울먹이면서 아버지의 뜻을 받아들이겠다고 했다.

아버지 종현의 얼굴은 무척 어두웠다. 그러나 자식이 그 일을 떠맡아준다니 기특하면서도 미안하기 그지없었다. 가슴이 아려왔다.

'내가 자식을 사지로 몰아넣는 것이 아닌가?'

얼마 후, 둘째아들 영상이 순사보조원이 되었다. 그 명분을 두 아들의 학비를 대기 위한 어쩔 수 없는 선택으로 내세웠다. 평양고보에 수석과 차석으로 입학한 두 아들 덕에, 수재 집안으로 유명해진 덕분에 쉽게 순사보조원이 될 수 있었다.

실제로 형편도 조금씩 나아졌다.

그리고 더 다행스러운 것은 종현이 예상했던 것처럼 일본순사나 비밀요원들의 관심에서 벗어났다는 사실이었다. 오히려 그들이 종현을 보호해주고 눈에 보이지 않는 특권도 부여했다. 그 덕에 종현이 비밀 사명을 수월하게 완수해 나갈 수 있었다.

제3부

더 넓은 배움의 세계로

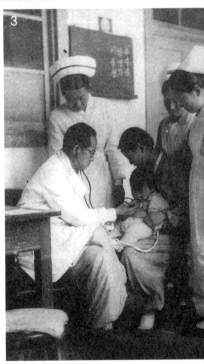

1. 세브란스 의전 근무 시절
2. 평양고등학교 재학시절
3. 진찰하고 있는 쌍천

1 평양고등보통학교 시절

1921년 10월 초 토요일 오후.

평양고등보통학교 교정은 물론 기숙사마저도 학생들의 인기척 없이 고요하고 평화스러웠다. 오전 수업을 끝낸 학생들이 점심을 먹자마자 모두 서둘러 평양시내로 외출을 나갔다. 규칙적이고 틀에 박힌 학교생활에서 해방되는 즐거운 시간이었다.

가을 햇빛이 눈부시게 교정에 가득했다. 교정 한쪽에 늘어선 나무들은 벌써 단풍이 지기 시작했다. 철조망 아래쪽은 이미 낙엽이 수북하게 쌓였다.

학교 교직원으로 보이는 사내 몇 명이 교무실 쪽에서 공을 들고 나왔다. 그들은 웃고 떠들며 공놀이를 했다.

영춘은 기숙사 나무침상에 걸터앉아 책을 보다가 창밖에서 들리는 그들의 웃음소리에 책을 덮고 창가로 다가갔다. 책의 내용이 머리에 잘 들어오지 않았다. 다른 생각이 머리에 가득 차 있었다. 그

잡념의 원인은 바로 '편지'였다.

지난 여름 방학 때 집을 다녀온 지 두 달도 채 되지 않았다. 그러나 영춘이 매일 애타게 편지를 기다리는 이유는 세 가지였다.

첫째, 월사금 때문이었다.

기숙사비와 수업료를 내야 할 시기가 지나 담임선생님의 눈치 보기가 괴로웠다.

둘째, 어머니의 건강 때문이었다.

이제 환갑을 지난 어머니께서 방학 내내 편치 않으셨다. 비록 큰 형수가 어머니를 잘 모시겠지만 아무래도 염려스러웠다. 실제로는 월사금보다 어머니의 건강 걱정이 막내의 애를 태웠다.

셋째, 이사 소식 때문이었다.

진남포로 갑자기 이사를 하기로 했다는 전갈을 9월 초에 들었는데, 그 뒷소식이 궁금했다. 아버지 종현의 일이 좀더 바빠졌기 때문일 것이라고 짐작은 했다.

영춘은 두 형들보다 삼 년 늦은 1918년 3월 기어이 평양고보에 진학했다. 이제 4학년이 되었다.

두 형들은 작년 봄에 사범과까지 마치고 졸업했다.

광량만보통학교를 1916년 졸업하고 이태를 쉬었다. 건강이 나쁜 것도 아니고 실력이 없었던 것도 아니었다. 두 형들이 평양고보를 다니고 있었기 때문에 영춘이마저 진학하면 집안에서 그 학비를 도저히 감당할 수 없었다.

영춘도 어느새 졸업반이 되었다. 그러나 사범과를 지망했기 때문에 졸업을 하고도 일 년을 더 다녀야 했다. 4년제 고보를 졸업하고 단기 과정인 사범과를 마치면 보통학교 훈도가 될 수 있었다. 두 형들도 사범과를 졸업하고 지금은 모두 보통학교 훈도가 되어 있었다.

영춘이 평양고보에 들어오기까지 우여곡절이 많았다.

집안 형편으로 보아 세 형제가 평양고보에 다닐 수 없었다. 아무리 큰형이 우편배달부가 되고, 둘째형이 순사보조원이 되고 또 아버지가 염전 일꾼으로 돈을 번다고 해도 두 형의 뒷바라지만 해도 여간 벅찬 것이 아니었다.

영춘은 형들이 졸업할 때까지 기다리기로 작정을 했다. 집안의 잔 일을 거들며 보고 싶은 책을 이곳저곳에서 빌려보며 시간을 보냈다. 그렇게 1년을 보내고 2년을 보냈다. 그러는 동안 영춘의 처지와 그 재주가 썩는 것을 딱하게 본 광량만보통학교 일본인 교장 야마모또와 우체국장 고야마가 나섰다. 그들이 용강의 유지들을 독려하여 영춘의 학비를 대겠다고 나섰다.

아버지 종현은 아들의 재능을 알아보고 학비를 대겠다는 그들의 성의는 고마웠다. 그러나 일본인의 도움을 선뜻 받아들일 수 없었다. 곳곳에서 독립의군부가 일본경찰, 일본군과 맞서 피 튀기는 항일투쟁을 벌이고 있는 마당에 일본인의 도움을 받아들일 수 없었다.

그러나 한편으로 생각하면 좋은 기회이기도 했다. 군자금의 전달할 수 있는 루트를 개발하고 밀사들을 안전하게 인도하는 것이 임무인 그에게는 좋은 기회가 아닐 수 없었다. 그것이 밀정의 감시와 순사들의 눈총에서 풀려날 수 있는 또 다른 좋은 기회였다.

그리하여 두 아들이 졸업하기까지 1년 동안만 그들의 도움을 받아들이기로 했다. 그러니까 영춘은 일종의 '향토장학금'을 받고 진학한 셈이었다.

　그 결과 영춘과 두 형 모두 1919년 3월에 있었던 만세사건에는 주동 학생들로부터 소외되었다. 영춘이 일본인의 장학금을 받고 진학했다는 소문이 알려지고 더구나 둘째형이 순사보조원이라는 사실도 알려졌기 때문이었다.

　영춘은 속으로 피눈물을 흘렸다. 그 당시 그 자신도 둘째형이 왜 순사보조원이 되었으며, 아버지가 어떤 일을 은밀하게 하고 있는지 대강 알고 있었다.

　겉으로 드러난 사실이 허물이 되어 진실이 훼손당하는 처지가 너무나도 슬펐다. 그러나 어쩔 수가 없었다.

　이학년을 맞아 겨울 방학을 마치고 두 형과 더불어 2월 하순에 집을 떠나 평양으로 갈 차비를 했다.

　종현은 길을 떠나는 세 아들을 불러 앉히고 자중할 것을 당부하며, 처연한 표정으로 말했다.

　"너희들의 마음과 혈기를 이 애비두 다 안다. 그러나 나서서 내놓고 나라를 위하는 일도 있고, 그렇게 하지 못하는 일도 있단다. 뒤에서 숨어서 자신을 희생하며 나라를 위하는 것도 참으로 값어치 있는 일이란다. 그것을 누군가가 해야 한다면 너희들은 어떻게 하겠느냐? …… 아무도 알아주지 않고, 때로는 손가락질을 당하는 고통이 뒤따른단다. 오히려 매국노, 일제의 앞잡이 취급을 받기도 해야 한단 말이다. …… 그러나 누군가가 해야 한다면, 해야 하는 일이라면 …… 그 일이 내게 주어졌다면, 기꺼이 그 짐을 짊어져야 하지 않겠느냐? …… 부디 자중해서 크게, 멀리 보기를 당부한다. 이제 개학을 하면 큰 일이 생길 게다. 그러나 너희들은 그 일에 휩쓸리지 말고 자중해다오. 애비의 부탁이다."

말을 하는 동안 종현은 몇 차례 목이 매여 말을 중단했다.

세 아들은 아무 말도 하지 않았고 그들의 얼굴도 침통했다.

평양의 3·1 만세운동도 훨씬 이전부터 준비되었다.

학교와 교회에서 은밀히 태극기를 만들었다.

3월 1일에 '고종황제 붕어 추념식'을 명분으로 삼아 숭덕 학교와 각 학교, 그리고 독립선언사에 민족대표 33인 중의 한 분인 신흥식 목사의 남산현 교회, 장대현 교회, 박구리 교회 등에서 독립선언식을 하기로 했다. 또 3월 2일에는 만수대에서 독립만세를 부르고, 3월 3일에는 다시 남산현 교회에서 만세를 부르기로 계획했다. 그러나 그날 독립선언식을 하자마자 구름처럼 모인 사람들이 손에 손에 태극기를 들고 거리로 장터로 몰려나가 '대한독립만세!'를 목 놓아 불렀기 때문에 원래 계획대로 진행되지는 않았다. 사람들이 점점 불어나고 일본순사들이 말을 타고 칼을 휘두르며 군중들을 제지하려 했지만 그들의 기세는 둑이 터진 봇물 같았다.

영춘은 형들과 함께 사람들 틈에서 만세를 외치다가 아버지의 당부가 생각나서 영기와 어두워지기 전에 기숙사로 돌아왔다. 그러나 다혈질인 셋째 영대는 새벽녘에야 쫓기듯 돌아왔다.

그날 이후로 영춘은 더욱 말없는 학생이 되었다. 그는 오로지 공부 또 공부만 했다.

2 와타나베 선생과의 인연

영춘은 벗어둔 교복을 다시 입고 기숙사 방에서 나왔다.

헛걸음일지도 모른다고 생각하면서도 다시 한 번 학생과로 가보기로 했다. 학생들에게 오는 모든 우편물은 학생과로 배달되었다가 학생들에게 전달되었다.

기숙사 건물을 나와 곧장 본관 건물로 건너갔다. 본관도 토요일 오후여서 직원들은 거의 퇴근하고 급사 소년이 앉아 졸고 있었다.

"말 좀 묻겠네. 오늘 배달된 우편물은 없나?"

소년이 화들짝 놀라며 대답했다.

"어, 당직 선생님께서 가져가셨습니다."

"오늘 당직 선생님이 누구시지?"

"와타나베 도웅(渡邊洞雲) 선생님이십니다."

"어디 계신가?"

"당직실에 계실 겁니다."

영춘은 학생과를 나와 본관 뒤쪽에 있는 당직실로 천천히 걸어갔다.

와타나베 도웅은 영춘뿐만 아니라 조선인 학생들이 무척 존경하는 실력파 선생이었다. 일본의 최고 대학인 동경제국대학을 졸업한 그는 삼십대의 젊은 나이임에도 지성과 인격을 두루 겸비하고 있었다. 다른 선생들과는 달리 조선 학생을 가르치면서도 민족적 차별을 하지 않고 모욕적인 말도 하지 않았다. 오히려 역사를 말하거나 윤리적이거나 도덕적인 말을 할 때는 마치 일본말로 가르치는 조선인 지사처럼 말했다.

특히 학생들이 좋아하는 이유는 그의 강의보다 틈틈이 들려주는 철학과 문학에 대한 그의 생각이었다. 그는 해박한 지식을 동원하여 인생의 원리와 인간의 인간됨에 대한 진지하고도 심오한 이야기를 자주 들려주곤 했다.

그는 일본의 최고 명문인 동경대학을 나왔지만 조선인 학생들에 대해 아무런 편견을 가지고 있지 않은 듯했다. 오히려 그는 일본 군국주의에 비판적인 태도를 취했다. 그는 조선에 나와 있는 바른 생각을 지닌 일본의 지성인이었다.

당직실로 이어지는 복도를 들어서면서 영춘은 조금씩 긴장하는 자신을 느꼈다. 비록 우편물을 확인하려는 길이기는 하지만 존경하는 선생님과의 맞대면이 그를 그렇게 긴장하게 만든 것이었다. 그만큼 학생들 사이에 인기가 있으면서도 외경스러운 존재였다. 가볍게 인기척을 내며 문을 두드리자 방 안에서 와타나베의 목소리가 들렸다.

"예. 들어오시오, 방문이 열려 있습니다."

문을 열고 들어서니 책을 읽고 있던 와타나베가 반갑게 영춘을 맞이했다.

"호오, 이영춘 군 아닌가! 어서 오게 그러지 않아도 한 번 부르려고 했네."

"제가 방해가 되지나 않았는지요?"

"아니야. 모두 외출한 줄 알았는데 자넨 기숙사에 그대로 있었나?"

"예. 번거롭기도 하고 읽고 싶은 책도 있고 해서 ……"

영춘이 말꼬리를 흐렸다.

"마침 잘 왔네. 자네 요즈음도 책을 많이 읽는군. 그건 아주 좋은 일일세! …… 자 이리로 앉게나."

와타나베는 영춘에게 자리를 권했다.

가을 맑은 햇살이 좁은 실내를 화안하게 비추었다. 한쪽 벽은 책장이 들어서 있었다. 영춘은 자리에 앉으면서도 먼저 책장에 눈이 먼저 갔다. 많은 책들이 깔끔하게 정돈되어 있었다.

"역시, 책에 눈이 먼저 가는군. 나중에 읽고 싶은 책이 있으면 빌려가게."

"……"

"참, 자네한테 우편물이 두 통 와 있네. 한 통은 진남포, 그리고 한 통은 경상도 마산에서 온 것이더군. 우편물 때문에 왔지?"

"예."

영춘이 얼굴을 붉히며 와타나베를 올려다보았다.

선생이 몸을 돌려 책상 위에 있는 우편물 뭉치에서 편지 두 통을 골라 영춘에게 건네었다. 영춘은 공손하게 편지를 받아 피봉을 보았다. 한 통은 집에서 온 등기우편이었고, 한 통은 마산에서 훈도를 하고 있는 넷째 영기가 보낸 편지였다.

"마산에서 온 건 자네 형 영기 군의 편지더군. 나한테도 보냈어. …… 자네 성적을 물어왔네."

와타나베의 얼굴에 부드러운 미소가 피어올랐다.

영대, 영기 두 형들은 입학시험뿐만 아니라 학교 성적도 아주 우수했다. 그들은 본과 4년뿐만 아니라 사범과 1년까지도 일이 등을 빼앗겨 본 적이 드물었다. 영춘의 성적도 우수했으나 두 형들처럼 노상 일등만 한 것은 아니었다. 영춘이 관심은 아주 다양해서 학교 도서관의 책을 읽느라 밤을 자주 새곤 했다. 그러므로 학교 공부에만 죽자고 매달리지는 않았다.

"성적 걱정을 하는 것을 보니 형님이 자넬 너무 어리게 보는 게 아닌가?"

영춘이 얼굴을 붉힐 뿐 아무 대답도 하지 않았다. 형이 자신을 어리게 보는 것이 사실이었다. 나이 차이도 다섯 살이나 났지만 영춘은 영기한테 어리광을 자주 부렸다. 막내 기질이 몸에 베인 탓이었다.

"영대 군한테서는 소식이 있나?"

"안주(安州)에서 잘 있다는 소식이 …… "

영춘이 말끝을 흐렸다. 사실 영춘도 영대의 소식이 궁금할 정도로 소식이 뜨음했다.

사범과를 마친 두 형들은 각기 졸업과 함께 보통학교 훈도로 발령을 받아 임지로 떠났다. 영대는 평안도 안주로 발령을 받았고, 영기는 경상도 마산으로 발령을 받았다. 그런데 영기는 자상하게 자주 편지를 보내 영춘에게 관심을 보였지만 무뚝뚝한 편인 영대는 두어 번 연락을 보냈을 뿐이었다. 고향집에도 안부를 잘 전하지 않았다.

"영대 군은 연락을 자주 하지 않는 모양이군."

"네."

"사람들은 각자 자기 방식이 있는 게야. 자네만은 영대 군의 아픔을 이해할 수 있을 게야."

선생과 제자의 시선이 조용히 마주쳤다. 그 시선을 통해 두 사람의 속마음을 주고받았다.

영대는 아주 대범하면서도 과묵하지만 불의를 보면 견디지 못했다. 비록 아버지의 간곡한 당부도 있었고, 그것이 무엇을 의미하는 지도 잘 알고 있었지만 타고난 정의감과 의협심 때문에 거친 행동을 드러내곤 했다.

3·1 만세운동 당시에도 영대는 며칠 동안 시위대에 동참하여 만세를 불렀다. 또 평양고보에서 벌어진 전교생들의 시위에도 앞장을 섰다. 그 결과 일경에 끌려가 갖은 고초를 다 받았지만 시위를 주도한 간부 학생이 아니었고, 영대의 자질을 아낀 와타나베의 적극적인 옹호로 감옥에 가거나 퇴학당하지 않았다. 1개월의 정학 처분으로 일이 마무리되었지만 영대는 그것도 수치스럽게 생각했다. 자신이 감옥에 가거나 퇴학처분을 받아야만 했다고 생각하는 것 같았다.

3·1 만세운동 당시에 조선인 학생들의 행동은 두 유형으로 나뉘었다.

주어진 현실 여건에 따라 묵묵히 공부를 하거나 자신의 일만 하는 소극적인 부류와 선각자적인 사명감과 열정으로 국권을 회복할 수 있는 일에 물불 가리지 않고 뛰어드는 적극적인 부류였다.

영대는 아버지로부터 물려받은 열정과 강한 행동력을 지니고 있었다. 그러나 그 누구한테도 말할 수 없는 기구한 집안 사정 때문에 울분에 차 있었다. 겉으로 일본에 우호적인 것처럼 위장하고 살아야 하는 아버지의 임무 때문에 모든 행동을 자제해야 했다. 그러나 끓어오르는 혈기와 일본에 대한 분노는 주체할 수 없었다. 그는 비록 가난한 농사꾼의 아들이었지만 그의 포부는 누구보다도 컸다. 물론 출세나 영달 따위에는 관심이 없었다. 동생 영기에 이어 차석으로 합격했지만 성적도 마음에 두지 않았다.

와타나베는 조선 청년들의 울분과 고통을 이해했다. 물론 한계는 있었지만 그는 영대의 우울한 표정과 말없는 행동에 연민을 느끼곤 했다. 이따금 영대가 던지는 질문 등에서 그것을 충분히 느꼈다.

"선생님 감사합니다."

3·1 운동의 후유증이 대충 마무리되고 난 뒤에 영대가 자신을 위해 적극 옹호하고 나선 와타나베를 찾아와 불쑥 던진 말이었다. 그 말을 하고는 아무 말도 없었다.

"자네 표정이 왜 그리 침울한가? 감사하러 온 사람의 얼굴이 아니지 않은가?"

와타나베 선생이 영대를 떠보기 위해 불쑥 말했다.

"죄송합니다. …… 도움은 진심으로 감사드립니다. 그러나 …… 저 자신이 너무 참담해서 결례를 저질렀습니다."

"흐음, 자신이 너무 참담하다? …… 그렇겠군. 솔직하고 당당한 대답이야! 맞아! 자넨 내게 감사할 필요가 없어!"

와타나베의 얼굴이 밝아졌다. 그가 영대를 쳐다보는 눈빛에는 따스한 마음도 담겨 있었다.

그 이후 와타나베는 영대를 한 학기에 한두 번쯤은 방으로 불러 이야기를 나누곤 했다.

와타나베는 조선의 청년들이 일본과 일본인에 대해 적개심을 품고 있다는 것도 잘 알았다. 물론 자신이 그 분노와 적개심을 해결해 줄 수는 없었다. 자신도 일본인이기 때문에.

그러나 선생으로서는 도울 수 있었다. 학생들의 성향을 잘 이끌어주고, 감정이나 생각을 잘 다스리고 그 힘을 더 발전적인 쪽으로 전환시키게 도왔다. 비록 잦지는 않아도 학생들이 과격한 행동으로 경찰서나 헌병대에 잡혀갔을 때 누구보다도 그가 적극적으로 나섰다. 그는 언제나 학생들 문제는 경찰이나 헌병이 아니라 학교에서 처리해야 한다고 강변했다. 그는 그것이 자신의 양심을 따르는 것임을, 지성인의 바른 행동이라는 것을 믿고 있는 듯했다. 그것이 그의 신념이었다.

"이 군에게 궁금한 게 하나 있네. …… 두 형이 사범과를 택했는데 또 자네까지 왜 사범과를 택했나?"

영춘은 잠시 망설였다. 그러나 곧 마음을 편하게 가지고 대답했다.

"형들과 이 문제를 두고 의논한 일은 없습니다. 그러나 제가 사범과를 택한 이유는 있습니다."

"그 이유가 무엇인지 말해 줄 수 있나?"

"전 어릴 때부터 궁금한 것이 많았습니다. 그 궁금한 것을 알기 위해서는 먼저 모르는 것이 무엇인지 알아야 했습니다. 또 그것을 알기 위해 선생님이나 어른들께 묻곤 했습니다. 그러나 그게 참 어려운 일이었습니다. 그래서 내가 어른이 되면 궁금한 것을 가르쳐 주는 사람이 되고 싶었습니다."

영춘이 홍조를 띠며 말하자 와타나베는 대견한 듯 제자의 얼굴을 바라보며 고개를 끄덕거렸다.

"흐음, 그래서?"

"저는 학생들이 궁금해 하는 것을 가르쳐주고 싶습니다. 무엇이 궁금한지조차 모르는 아이들에게 왜 그것을 알아야 하고, 어떻게 하면 알 수 있으며, 또 알고 난 뒤는 어떻게 해야 한다는 것을 가르쳐주고 싶습니다. 그래서 ……"

영춘이 열을 올리면서 이야기를 하다가 갑자기 부끄러운 생각이 들어서 말끝을 흐렸다.

"호오, 아주 좋은 생각일세! 정말로 이 땅의 젊은이다운 생각일세! 됐네! 내가 조선에 와서 자네 형제 같은 제자를 만난 것은 내 보람일세!"

와타나베의 칭찬에 영춘의 얼굴이 붉어졌다.

물론 집안 형편으로 보면 선택의 여지가 없었다. 집안 형편이 넉넉지 않아 일본 유학을 가거나 전문학교에 진학할 수 없었다. 그러나 좀 무리를 하면 법과나 상과나 의과를 마쳐 더 나은 삶을 살 수 있는 길이 없는 것은 아니었다. 물론 영춘은 집안 형편도 감안했다. 그러나 나라의 장래를 위해 우선은 선생이 되어 아이들을 깨우치는 일이 중요하다는 것을 알고 있었다. 아버지로부터 어린 시절부터 배움의 중요성을 귀에 못이 박힐 정도로 들어왔다.

"칭찬을 해주시니 감사합니다. 그런데 다만 ……"

"그런데 무엇이 문젠가?"

"제가 아는 것이 없고 너무 부족해서 제대로 선생 노릇을 할 수 있을지……"

"아닐세. 그렇게 고민하는 그 자체가 훌륭한 선생이 될 수 있는 비법이라네. 자넨 훌륭한 선생이 될 수 있을 거네. 아니, 선생만이 아니라 어떠한 일을 하더라도 그런 태도라면 썩 잘 해낼 수 있을 것이네."

와타나베는 잠시 말을 끊었다.

가을날 오후의 정적이 맑고 밝게 그 방 안을 가득 채웠다. 선생과 제자는 그리 오래 말을 나누지 않았지만 깊은 속내를 주고받은, 오래 전부터 뜻을 통해온 사람 사이에 감도는 듯한 따스함을 서로 느꼈다. 그것은 서로에 대한 믿음을 통해 이루어지는 따스함이었다.

"나는 조선의 장래를 낙관적으로 본다네. 자네와 같은 자질이 뛰어난 사람들이 있고, 또 그들이 후세들의 교육을 스스로 떠맡겠다고 나서기 때문일세."

"선생님, 그건 과찬입니다. 저는 ……"

"아니야. 인간은 언제나 부족한 존재라네. 스스로 부족하다는 것을 아는 순간 나아갈 방향이 정해지지, 현재 위치를 아는 것이 그만큼 중요하다네. 조선의 운명이 불우해진 것은 소수 양반들이 자신들이 무엇을 하고 있는지, 어떻게 해야 된다는 것을 망각한 결과라네. 남을 탓하고 남의 허물만 보고 자신을 돌보지 않은 결과라네. 자신들이 제 삶의 주인공이라는 것을 망각한 결과라네. 수많은 당쟁이 바로 그게 아닐까? 결국 조선을 살리기 위해서는 교육을 통해 깨우쳐주어야 한다네. 자신의 운명은 자신이 개척해야 한다는 것을, 자신이 자신을 책임져야 한다는 것을 깨우쳐주어야 한다네. 교육을 통해 어리석음에서 백성들을 해방시키는 것이 최우선이라네. …… 그래야 빠른 시일 안에 국권을 회복할 수 있지 않겠나? 이해하겠나?"

영춘은 선생의 말에 깊은 감명을 받았다.

어린 시절부터 아버지 종현으로부터 모두가 '한울님'이고 자신의 삶은 자신의 선택에 따라 이루어진다는 말을 수없이 들었다. 그 비슷한 이야기를 지금 와타나베로부터 듣고 있는 것이었다.

"제게 큰 도움이 되는 말씀입니다."

"하하하! …… 자네의 그런 태도가 마음에 드네. 자신의 이야기를 하는 그 태도 말일세. 그런데 내 조국이 일본이라는 사실을 잊지 말게. 나는 내 조국 일본을 사랑하네. 나는 언제라도 조국을 위해 내 한 목숨을 바칠 각오가 되어 있다네.

그러나 지금 나는 일본인이기 전에 자네들을 가르치는 선생이므로 이 이야기를 기탄없이 할 수 있다네. 자네들에게는 나라를 되찾는 일이 무엇보다도 소중한 일이겠지? 그러나 서둘지 말게. 나는 스승으로 자네들한테 부탁하고 싶은 게 있네. 폭력으로 잃은 것을 폭력으로 되찾으려면 새로운 폭력이 또다시 일어날 수밖에 없다네. 교육을 통해 변화시키게! …… 빨리 깨어나야 새벽을 맞을 수 있고, 새로운 시대를 맞을 수가 있다네. 자네들과 같은 우수한 인재들이 나서서 잠들어 있는 사람들을, 어리석음에 잠겨 있는 사람들을 깨워야 해! ……

지금은 실력을 쌓을 때라네. 혈기에 몸을 맡겨 모두 다 잃고 마는 우를 범하지 말게나. 폭풍이 몰아칠 때는 몸을 낮추어 위기를 넘기는 것이 중요하네. 개구리는 멀리 뛰기 위해 몸을 웅크린다네! 한나라 장수 한신은 동네 부랑배의 가랑이 사이를 기어가야 하는 수모를 기꺼이 감수하고 유방을 도와 천하통일을 했다네."

영춘은 오타나베가 웅변하듯 하는 말의 열기를 온 몸으로 받아들였다. 수업시간에도 열정적으로 강의를 했다. 그때에도 감동을 느끼곤 했다. 그러나 단 둘이 앉아 선생의 열렬한 말을 직접 듣는 감동은 그것에 비할 바가 아니었다. 그것은 일본인 선생의 말이 아니라 스승의 말씀이었다.

와타나베는 너무나 진지한 영춘의 태도에 문득 쑥스러워졌다.

"내가 잔소리가 많았나? 하하하!"

"아닙니다. 선생님의 말씀은 평생 잊지 않고 되새기겠습니다. 감사합니다."

두 사람은 잠시 침묵했다. 잠시 후 와타나베가 입을 열었다.

"하하! 오늘은 그만 가보게. 그리고 형들처럼 종종 와서 함께 이야기를 나누세!"

"감사합니다."

영춘은 진심으로 허리를 숙여 깊게 인사했다.

그는 천천히 교정 운동 쪽으로 나왔다. 가을 해살보다 마음이 더 맑고 가벼워진 듯했다.

'그렇다! 내가 나아갈 길은 다른 사람들을 돕는 길뿐이다! 기꺼이 나아가리라!'

그때 누가 어깨를 툭 쳤다.

"아니, 이 사람! 무슨 생각을 그리 깊게 한다고 부르는 소리도 못 들어?"

"어, 송본이구나! 외출 나간다더니 돌아온 거야?"

같은 반 친구인 임송본(林松本)이었다. 송본은 영춘을 잘 따랐다. 나이는 영춘보다 두 살 아래지만 행동거지가 어른스럽고, 집안 형편이 넉넉한 덕인지 남을 배려하는 마음 씀씀이가 대견스러웠다. 그는 영춘에게 종이봉투 하나를 내밀었다.

"호떡이야. 네 생각이 나서 한 봉 샀어."

임송본은 훗날 식산은행 총재까지 되었다. 두 사람의 우정은 해방 뒤에도 계속되었다.

영춘은 호떡을 먹으면서도, 송본의 외출 이야기를 들으면서도, 와타나베로부터 받은 감동을 되새겼다. 와타나베와 시작된 그날의 인연이 영춘의 인생에 아주 중요한 계기인 것을 그때는 아무도 몰랐다.

숙소로 돌아온 영춘은 어머니가 쾌차했고, 식구들이 다 무고하다는 편지를, 또 영기의 따스하면서 용기를 북돋아주는 편지를 읽었다.

그 토요일 오후, 영춘은 많은 것을 경험한 듯했다.

그날 이후 영춘은 이따금 와타나베의 부름을 받고 찾아가 오래 이야기를 나누기도 했다.

３첫 부임지, 별창보통학교의 환대

1923년 4월.

영춘은 평양고보 사범과 일 년을 수료했다. 곧이어 평안남도 성천군(成川郡) 별창(別倉)보통학교로 발령을 받았다.

성천군은 평안남도 여러 군 가운데 대동강 상류에 있는 외진 고장이었다. 그 중에서도 별창은 성천읍에서 산중으로 칠십 리를 더 들어가는 깊고 깊은 산골 마을이었다. 그러나 산골 마을도 영춘에게는 훈도 발령을 받은 의욕이 넘치는, 가슴 설레는 초임지였다. 이제 최초로 자신의 힘으로 독립하여 삶을 영위해나가는 첫 출발이었다. 그가 어린 시절부터 꿈꾸었던 삶을 별창보통학교에서 시작했다.

1921년에 본가는 진남포로 이사했다.

1920년에 두 아들이 졸업하여 훈도발령을 받아 임지로 떠나 학비 부담이 줄어들어 한숨을 돌리던 참이었다. 둘째 영상도 순사보조원을 그만두고 진남포 상공학교에 진학했다. 종현에게 주어진 임무는 좀더 복잡하고 중요한 것으로 바뀌었기 때문에 급히 진남포로 거처를 옮기지 않을 수 없었다. 광량만의 거점이 노출될 위기에 처했기 때문이었다.

1921년 해외 독립군들의 무장투쟁이 강화되었지만 수난 또한 뒤따랐다. 안창호는 임시정부 단합에 실패했고, 이만시의 대한독립군이 러시아 적군들의 공격을 받아 독립군 270명이 전사하고 900여명이 포로가 되었다. 또 독립단원 200여 명이 장진에서 일본군과 교전했고, 삼수갑산 등지에서 일본군을 습격했다. 이에 일본군들이 독립군을 토벌하려고 총력을 기울였다. 독립군의 기지를 색출하기에 전력을 기울였고, 국내의 지원세력과 거점을 색출해 내기에 갖은 수단방법을 다 동원하였다.

1922년을 기준으로 보면 독립군이 일본군과 충돌한 회수가 만주 59건, 국내 89건, 경찰서 습격이 13건이나 되었다.

1922년 10월 둘째 영상은 다시 학교를 그만두고 순사시험을 보아 진남포 경찰서 정식 순사가 되었다. 그럴 수밖에 없었던 사정은 아버지 종현과 맏아들 영석과 본인 영상만이 알고 가족들에게도 입을 다물었다.

한참 뒤의 이야기이기는 하나 영상이 일본순사였지만 해방 뒤 전혀 문제가 없었다. 그가 여느 조선인 순사처럼 악랄하게 대했다면 살아남기 힘들었을 것이었다. 그가 순사가 된 뜻이 다른 데 있었기 때문이었다. 6 · 25 한국전쟁 이후 4형제는 다 월남했지만 넷째 영상만이 북에 남았고 그 뒤 소식이 두절되고 말았다.

영춘은 발령을 받자마자 곧바로 임지로 출발했다.

진남포에서 기차를 타고 다시 평양에서 성천읍까지 자동차를 타고 갔다. 그러나 성천읍에서 별창까지가 문제였다. 차편이 없었기 때문에 영춘은 노자를 털어 말 마차를 빌렸다. 옷가지와 책을 넣은 큰 가방이 두 개나 되었으므로 걸어갈 수는 없었다. 그 칠십 리를 마차를 타고 갔다. 길은 험하고 더뎠지만 새 임지로 가는 영춘의 마음은 가벼워 신세계를 향해 가는 개척자와 같았다.

해질녘에 별창 마을에 도착했다. 마을 사람들이 다 나와 그를 반겼다.

미리 전보를 치고 왔기 때문에 그가 거처할 하숙집은 미리 청소해 두었고, 아직도 쌀쌀한 날씨를 염려하여 군불도 뜨끈하게 지펴 두었다. 학생들과 주민들이 새로 부임한 젊디젊은 훈도를 신기한 눈으로 바라보았다. 학생들은 그와 눈이 마주치면 부끄러워 얼굴을 붉혔다.

별창보통학교는 이제 설립된 지 이 년밖에 되지 않았다. 네 학급에 일본인 교장과 한학자 한 사람, 촉탁 교사 두 사람, 중년의 소사가 전부였다.

그날은 여로에 지친 몸을 편히 쉬었다.

다음 날 아침.

일찍 잠이 깬 영춘은 학교와 마을과 주변을 산책했다. 그런데 온 마을사람들이 부산하게 움직이고 있었다. 알고 보니 학생과 학부모와 전 직원들이 신임 훈도 이영춘의 환영 잔치를 준비하는 것이었다. 신임 훈도를 고대하던 주민들은 평양고보를 졸업하고 사범과까지 마친 정식 훈도가 산골 마을까지 온 것에 대해 감격스러워했다. 차일을 치고 마을 사람들이 다 모여 잔치를 벌였다.

영춘은 별창보통학교에서 일 년을 보냈다.

그는 의욕적으로 학생들을 가르쳤다. 자신이 어렸을 적에 궁금증을 풀 길이 없어 답답해 하던 것을 잊지 않았다. 그에게 질문을 하는 학생들에게 쉽고도 자상하게 설명했다. 그리고 학생들이 더 질문하지 않아도 그 다음 과정까지 자상하게 가르쳤다.

"…… 빨리 깨어나야 새벽을 맞을 수 있고, 새로운 시대를 맞을 수가 있다네. 자네들과 같은 우수한 인재들이 나서서 잠들어 있는 사람들을, 어리석음에 잠겨 있는 사람들을 깨워야 해!"

영춘은 와타나베의 말을 이따금 기억하곤 했다.

여름방학에 고향으로 돌아가지 않고 책을 읽고 사색에 잠기고, 또 아이들과 물놀이도 하며 함께 보냈다. 물론 진남포에 돌아가면 기다리고 있을 답답한 현실을 피하고 싶은 생각이 없는 것이 아니었다. 그러나 처음으로 얻은 독립된 시간을 충분히 즐기고 싶었다.

특히 이 기간에 영춘은 서예를 시작했다.

보통학교 시절부터 영춘은 모든 선생님들이 감탄할 정도로 공책 정리를 잘했다. 배운 것과 아는 것과 의문이 나는 것을 요목조목 잘 정리해 두었다. 그뿐만 아니라 글씨도 아주 잘 썼다.

평양고보에 들어가서도 영춘의 공책은 성적이 나쁘거나 수업시간 딴 생각을 하다가 놓친 학생들에게는 참고서와 마찬가지였다. 또 내용도 내용이려니와 그 글씨가 너무나 단아해서 누구나 한 번 보면 감탄하지 않는 사람이 없었다.

이제 영춘은 마음이 무겁거나 어수선할 때면 먹을 갈고 붓을 들어 글씨를 썼다.

이 습관이 평생 이어졌다. 뒷날 웅본농장에 주치의로 근무할 때, 해방이 되고 난 뒤에도 그의 붓글씨 쓰기가 계속되었다.

그는 성경의 좋은 구절을 써서 사람들에게 나눠주곤 했다.

1923년 9월.

일본 관동 대지진으로 일본 관헌이 조선인 폭동설을 퍼뜨려 교포 오천여 명이 학살되었다. 나라 안팎에서 격렬한 저항이 전개되었다. 그 소식을 들은 영춘은 정신이 퍼뜩 났다. 주어진 생활에 만족하고 안주하려는 자신을 다시 다그쳤다.

'이게 아니지! 이 생활에 만족해서 주저앉으면 안 되지!'

그해 가을은 그렇게 보냈다. 그러나 학생들에 대한 뜨거운 애정은 결코 식지 않았다. 겨울방학이 가까워질 무렵 뜻밖에도 전근 발령을 받았다. 경상북도 대구보통학교로 옮기라는 것이었다.

마을 사람들은 그가 전근발령을 받았다는 소식을 듣고 무척 아쉬워했다. 젊은 훈도가 열성을 다 해 학생들을 가르치는 것을 그들은 너무나 행복한 마음으로 바라보았던 것이었다. 영춘도 모든 것과 격리되어 있는, 아름다운 산골마을을 떠나는 것이 무척 아쉬웠다.

떠나기 전날 학생들은 하숙집으로 와서 소매를 잡고 엉엉 울었다.

마을 사람 몇도 눈시울을 붉히며 정성을 담은 선물을 내놓았다. 꿀이며 버섯 같은 것들이었다. 그러나 그것을 가져갈 수는 없었다. 영춘도 가슴이 뜨거워지며 눈시울을 붉혔다. 올 때처럼 마을 사람들 전부가 그를 배웅했다. 영춘은 또 말 한 필 구해 탔고, 학생 세

명이 말을 끌고 짐을 들고 평양까지 백육십 리 길을 전송해주었다.

영춘은 평양에서 진남포로 가는 기차를 타고 집에 들렀다가 대구로 가기로 했다.

별창을 떠난 지 22년 만인 1946년.

놀랍게도 별창보통학교 개교 25주년 기념식 초청장이 개정 병원으로 날아왔다. 학생들이 옛 스승을 기억하여 보내준 그 초청장을 받고 영춘은 감격스러워했다.

4 수창공립보통학교 훈도 생활

1924년 10월.

시월로 들어서면서 찜통 같던 대구의 더위도 한풀 꺾였다.

영춘이 별창을 떠나 낯설고 물선 경상도 대구로 온 지도 여섯 달이 지났다. 고향을 이렇게 멀리 떠난 것이 처음이었다.

평안도와는 다른 것이 한두 가지가 아니었다.

산세도 다르고 기후도 완연히 달랐다. 고향의 시월은 벌써 초겨울이지만 이곳은 그렇지가 않았다. 아직 낮은 더웠고 나무들도 이제야 조금씩 단풍이 들기 시작했다. 날씨뿐만이 아니었다. 말씨가 완연히 달라 마치 딴 나라에 와 있는 듯한 착각을 일으키게 했다. 투박한 경상도 사투리가 무척 생소했다. 처음에는 무슨 말인지 잘 알아듣지도 못했다. 그러나 이제 말씨가 귀에 익고 그 억양에 담겨져 있는 따뜻한 정감도 느껴질 정도가 되었다. 그러나 아직도 알아듣지 못하는 말이 많았다.

영춘은 이런 생각을 해보았다.

'우리나라 다른 지방도 이렇게 다른데 다른 나라에 가면 얼마나 다를까? 얼마나 다른 문화와 다른 습관과 다른 생각들을 가지고 있을까?'

그는 책을 읽으면 읽을수록 낯선 세계로 가고 싶고, 더 넓고 더 많은 것들과 만나보고 싶은 소망에 사로잡히곤 했다. 더 새로운 것들을 발견하고 싶어졌다.

'우선 마을 주변부터 살펴보자!'

영춘은 학생들을 가르치고, 책을 읽는 시간을 빼고 틈이 나면 주변을 돌아다녔다. 사람들의 사는 모습을 보고, 고향과 다른 습속이나 영농방식을 보았다.

그는 놀라운 것을 발견했다.

고향에서는 눈에 익어 크게 의식되지 않았는지도 몰랐다.

쉬는 날이면 주변 지역을 돌아보면서 농민들이 사는 열악한 환경을 보고 새삼 놀랐다. 고향보다 더운 지방이어서 그런지, 습관이 달라 그런지 몰라도, 여름이면 가축들의 배설물이 내뿜는 악취가, 우물곁으로 흐르는 개울의 썩은 물이나, 아무 데나 버리는 오물 같은 것들이 새삼 눈에 들어왔다. 전염병이 자주 도는 여름이면 더 했다. 이질이나 다른 질병에 걸려 결석하는 학생들도 더러 생겼다. 심지어는 목숨까지 앗기는 경우도 있었다.

지난 6월에 박순돌이란 학생이 계속 결석을 하여 가정방문을 했는데, 그 학생이 이질로 죽었다는 것이었다. 영춘은 너무나 큰 충격을 받았다.

그 충격이 쉽게 가시지 않았다.

'내 반 학생이, 그것도 열 살밖에 안 된 순돌이 죽다니!'

'내가 무엇을 가르쳤는가?'

학생들을 가르치는 일에 대한 회의까지 들 정도였다. 그는 깊은 슬픔에 잠겼다. 그리고 다시 주변 농촌을 둘러보았다.

'아아, 농민들이 저런 더러운 환경에서 사는구나!'

'저걸 어떻게 해야 하나?'

그 이후 영춘은 학생들에게 몸을 깨끗이 할 것과 주변을 깨끗이 할 것을 강조했다. 담임을 맡고 있는 반 학생들의 위생검사도 했다.

아버지 종현이 주변을 깨끗이 하라는 말을 자주했다. 용강에서는 선교사들과 선각자들이 부추겨 젊은이들 중심의 계가 만들어져 절약운동, 역병구제운동, 주변청결운동 등도 벌였다. 그래서 그런지 경상도의 농촌 같지는 않았다.

영춘이 낯선 고장에 빨리 적응할 수 있었던 것은 선배의 덕분이었다.

수창(壽昌)보통학교에 부임하고 보니 반갑게도 평양고보 삼 년 선배인 박종홍이 훈도로 근무하고 있었다. 뒤에 그는 뛰어난 철학자가 되어 서울대학교에서 학생들을 가르치고 많은 저서를 출판했다. 서울대학교 대학원장까지 지냈다.

박종홍도 평양고보를 졸업하고 사범과를 수료한 뒤에 다른 학교를 거쳐 수창보통학교로 와 훈도로 봉직하고 있었다.

객지에서 선배 종홍을 만난 것은 행운이었다. 더구나 종홍은 평양고보 시절부터 성적이 뛰어나고 논리가 비상해서 선생들의 주목을 받아온 사람이 아니었던가! 종홍도 영춘을 만나 무척 반가워했다. 역으로 마중을 나와 대뜸 하숙비도 절약하고 객지의 외로움도 달랠 겸 한 방을 쓰자는 제의를 했다.

불감청이언정 고소원이라!(不敢請 固所願 : 본디 원하는 바이나 감히 청하지 못하고 있는 판이라는 뜻) 영춘은 이루 말할 수 없이 고마웠다.

종홍의 따스한 배려로 영춘은 새 생활에 빨리 적응해나갔다. 특히 영춘은 종홍으로부터 생각지도 않은 자극을 받았다. 종홍은 틈틈이 새 공부를 시작하고 있었다. 당시 문부성에서 실시하는 중등교원 자격시험에 응시할 준비를 하고 있었다.

영춘도 책읽기를 좋아했지만 그것은 뚜렷한 목표가 있는 것이 아니었다. 그러나 종홍은 목표를 분명하게 정해놓고 규칙적으로 공부를 했다. 영춘은 놀란 눈으로 종홍을 바라보았고, 그리하여 자신의 삶도 새로운 눈으로 되돌아보게 되었다.

"이왕 이 길로 들어섰으니 목표를 좀더 높게 잡고 싶었네. 앞으로 내 능력이 허락하고, 시간이 허락하는 한, 더 높은 곳을 향해 나아가고 싶다네. 지금 우리나라 형편에 자네나 나 같은 사람이 할 수 있는 것은 열심히 공부하여 스스로 자기 미래를 개척해나가는 길뿐이라고 생각하네. 내가 세운 일차 목표는 중등교원 시험일세. 이왕 한 방에서 지내게 되었으니 자네도 목표를 세워 공부해볼 생각이 없는가?"

종홍의 진지한 권유에 영춘은 눈앞이 밝아지는 듯했다. 왜 진작 그런 생각을 하지 못했을까?

사실 그는 훈도 생활을 하면서 뭔가 미흡했다. 그러나 이제는 그 원인을 알았다. 좀더 공부를 해서 무엇인가 더 크고 넓은 세계로 자신을 열고 나아가기로 했다.

그렇다!

길은 있었다. 종홍이 그 길을 열어 보여준 것이었다. 나라 안팎의 사정을 생각하면 그에게는 공부 이외의 다른 길이 없었다.

그해 3월에 김좌진 장군 등이 만주의 독립군을 규합하여 신민부를 조직하였고, 친일 단체들은 이에 질세라 각파유지연맹 선언식을 갖고 독립사상과 사회주의를 싸잡아 공격하는 선언서를 발표했다. 또 각파유지연맹의 박춘금 등이 동아일보가 자신의 연맹을 공격했다고 김성수 등을 유인하여 구타하기도 했다. 대구에서는 남조선노농연맹이 결성대회를 개최하였다. 또 진천과 창성 등지에 독립군이 자주 출몰했고, 총독부에서는 독립군을 진압하기 위해 경관 이백여 명을 증파했다.

5월에는 경성제국대학 예과가 개교했다. 이 소식은 일본에 유학을 가지 않고도 조선에서 대학교육을 받을 수 있는 반가운 소식이었다.

영춘은 마음이 편치 않았다. 만주나 국경의 치열한 투쟁 소식이 들려올 때마다 아버지 종현의 안부가 염려스러웠다. 그러나 걱정만 하고 있을 수는 없었다. 무엇인가 장래를 위한 노력을 순간순간 해야 했다.

종홍의 권유에 따랐다. 다만 종홍과는 달리 우선 아래단계인 제1종 교원 시험을 준비하기로 했다. 그는 이왕이면 일본으로 건너가 동경고등사범학교에 응시해보기로 했다. 월급을 꼬박꼬박 저축하여 기본 경비로 쓰기로 작정했다. 그가 동경고등사범학교를 선택한 것은 그만한 이유가 있었다. 합격자는 학비 일체를 면제받는 관비 유학생이 될 수 있었다.

종흥과 경쟁적으로, 또는 종흥의 도움을 받으며 차근차근 입시 준비를 했다. 두 사람 모두 의지가 올곧고 자질 또한 뛰어났으므로 서로를 격려하며 매진해나갔다. 영춘이 공부를 하다가 지치면, 부근 농촌을 다니며 생각을 정리하고 건강을 돌보았다.

대구의 무더운 여름도 그렇게 공부를 하고, 건강을 위해, 주변의 풍물을 익힐 겸해서 틈틈이 부근을 걷고 걸었다. 종흥과 영춘은 여름방학을 잘 이용하기로 했다. 학교에 나가지 않아도 되는 날은 거의 책과 씨름을 했다. 바로 그해 10월 중순에 교원자격시험이 있기 때문이었다.

고대하던 시험일이 다가왔다. 응시자는 백 명에 가까웠는데 조선 사람뿐만이 아니라 일본인들도 있었다. 영춘은 그동안 공부했던 것이 후회스럽지 않을 만큼 시험을 치뤘다. 합격자는 다음해 1925년 1월 관보를 통해 발표될 예정이었다.

결과부터 말하자면 영춘은 당당히 합격했다. 합격자는 모두 세 명이었고, 그 중 두 사람이 일본인이었다. 조선 사람은 그 혼자였다.

5 습성늑막염, 그리고 좌절

"됐습니다. 옷을 입으세요."

의사가 영춘의 가슴에서 청진기를 떼며 말했다. 그는 진찰대에서 일어나 옷을 입었다.

오한은 여전히 가시지 않았다. 석탄 난로가 벌겋게 타오르고 있는 실내에서도 영춘은 한기로 몸을 움츠렸다. 의사는 책상에 앉아 진료기록부에 무엇인가를 적고, 이어 처방전을 써서 간호원에게 건넸다. 간호원이 나가자 진찰실 안은 잠시 침묵이 맴돌았다.

겨울 햇살이 창을 통해 조심스럽게 들어왔다. 창밖으로 보이는 겨울풍경은 꽤나 을씨년스러웠다. 활엽수들은 잎을 떨구고 앙상한 가지를 드러내고 있었다. 영춘은 불현듯 외로움이 가슴을 훑고 지나갔다. 고향의 어머니 얼굴이 떠올랐다. 여름방학은 시험준비로 고향에 가지 못했고, 겨울방학에도 고향에 가지 않고 발표를 기다리며 입시로 지친 몸을 추스를 생각이었다. 객지 생활이 벌써 이 년이 지났다. 편지로 종종 안부는 전해 듣지만 작년 겨울 수창학교로 오기 전에 며칠 묵었을 뿐이었다.

이런 고독감은 처음이었다. 사람들은 몸이 아파야 고향 생각, 부모 생각이 절실하다고 했다.

종홍은 고향으로 가고 혼자 하숙방에 있었다. 12월 중순 시름시름 몸이 아프기 시작했다. 몸이 아프고 식욕이 없을 뿐만 아니라 오후에 가끔 오한이 몸을 훑고 지나갔다. 좀 쉬면 나아지려니 했지만 좀처럼 나아질 기미가 보이지 않았다. 오히려 오한이 더 심해졌다.

병도 날만 했다. 시험이 있던 10월 중순까지 제대로 편히 잠을 자 보지 못했다. 낮에는 훈도로 학생들을 가르치고 함께 뛰어다니다 밤이면 비로소 제 시간을 가질 수 있었다. 그때부터 이부자리에 눕지 않고 책상에서 엎드려 자며 열심히 마지막 정리를 했다. 타고난 건강이 별로 좋지 않았지만 대구에 와서 틈만 나면 열심히 걸었기 때문에 건강이 좋아졌다고 자신하고 있었다.

그러나 그게 아니었다. 자주 열이 나고 가슴께로 가끔 둔중한 동통이 느껴졌다. 그래도 나아지려니 하고 버텼다. 때로는 동통 때문에 출근 시간이 늦어지기도 하고 학생들에게 자습을 지시한 적도 있었다. 초기에 종홍이 병원에 가보기를 권했지만 자존심이 상해 얼버무리고 지나쳤다.

결국 방학을 하고, 종홍도 고향으로 가고 난 뒤 견디다 못해 병원을 찾았다. 의사가 몸살이니 몸조리나 잘 하라고 말해 주기를 기대했다.

"이쪽으로 오세요."

의사가 위자를 권했다.

"결과가 좋지 않습니다."

의사의 표정이 밝지 않았다. 영춘도 긴장했다.

"훈도라고 하셨죠? 쉬셔야 되겠습니다."

"⋯⋯?"

"하루 이틀이 아니라 장기간 요양하셔야 합니다."

"예? 병명이 무언가요?"

"습성늑막염입니다."

"위험한 병입니까?"

"물론입니다. 치료를 서둘지 않으면 생명까지 위험합니다."

갑자기 두려워졌다. 무엇이 병을 이렇게 깊게 만들었는가? 자신의 무지와 방임이 자신의 몸을 이렇게 만들었다는 후회가 가슴을 쳤다.

"학교에 나가면서 치료할 수는 없을까요?"

"안 됩니다. 이 병은 절대 안정이 필요합니다. 과로가 이 병의 가장 큰 적입니다. 되도록 몸과 마음을 편히 가지고 기력을 돋우어야 합니다."

영춘은 고개를 떨구었다. 이제 겨우 생활도 안정이 되 가고, 더 큰 목표를 세워 도전해나갈 각오를 다지고 있는 판에 병이라니! 이 제는 그 계획이 수포로 돌아간 듯했다. 부모님과 형들의 근심스러워하는 얼굴이 떠올랐다.

'병든 몸으로 어디로 간단 말인가!'

"결심하셔야 합니다. 우선 건강을 회복해야 합니다."

"치료가 가능한 병입니까?"

"환자의 결심에 달렸습니다. 아직 젊으니까 섭생만 잘 하면 좋은 결과를 볼 수 있습니다. 의지만 굳세면 못 나을 병이 없습니다."

"고향이 평안도라 그곳에서도 치료가 가능합니까?"

"그렇습니다. 병원만 있으면 어디서도 가능합니다. 결심을 하셔야 합니다."

"잘 알겠습니다. 학교에 가서 의논하고 생각을 정리하겠습니다."

"안녕히 가십시오."

병원 문을 나서는 영춘의 눈시울이 문득 붉어졌다. 바깥의 한기가 뼛속으로 스며드는 듯해서 목을 움추렸다.

하늘을 쳐다보았다. 겨울 하늘은 공허했다. 좀 전까지 햇살이 비쳤지만 어느새 눈이 올 듯 잔뜩 흐려져 있었다.

6 절망과 좌절 이후

1925년 1월.

영춘의 인생 중에 가장 참담한 시기가 바로 1924년 12월부터 그다음해 2월까지였다. 그는 수창학교에 사표를 내고 넷째 영기가 훈도를 하고 있는 황해도 신막으로 갔다. 마음의 부담이 병을 악화시킬 것 같아 의사의 권유에 따라 결단을 내렸다. 학교에 사표를 제출했다.

넷째 영기는 훈도인 신부를 만나 이미 혼인을 했다. 영춘이 응당 본가에 가야 하지만 맏이인 영석의 딸린 식구들도 있고 살림 형편이 넉넉지 않아 병자가 요양하기에는 적당하지 않았다. 그래서 영기가 영춘을 떠맡았다.

영기는 편지 연락을 받고 벌써 용하다는 의사도 알아 두었다.

영기는 영춘이 도착하자마자 '순천의원'으로 데리고 갔다. 의사는 세브란스의전을 나온 사람이었다.

영춘은 석 달 동안 치료를 받으며 의사라는 직업에 대해 새롭게 눈을 떴다. 김찬두 의사가 정성껏 환자를 대하고 자상하게 보살피는 것에 대해 감명을 받았다. 의사의 한마디에 두려움이 사라지기도 하고 염려스러운 표정에 불안해지기도 했다. 그러나 그보다 더 큰 감동은 의사가 병든 사람의, 죽을지도 모르는 사람의, 고통 받는 사람의 몸의 병과 마음의 병을 모두 다스려주는 중요한 소임이라는 깨달음 때문이었다.

아무리 고통스러워도 의사가 그 증상이 나아가고 있는 증거라고 하면 고통이 줄어들었다. 오히려 그 고통이 안도감을 주기까지 했다. 환자의 병을 치료해 고통을 줄여주고, 또 병과 고통에서 오는 두려움을 달래주는 것이 바로 의사의 역할이었다.

영춘은 몸과 정신과의 관계에 대해 생각했다. 몸과 정신은 결코 분리될 수 없는 것이었다. 몸이 불편하면 정신도 흐려지고 흔들렸다. 그러니까 정신과 몸이 하나라면 몸이 병드는 것도 정신의 문제가 그 밑바닥에 도사리고 있을 것이라는 생각도 들었다.

'그렇구나! 의사도 훈도도 결국 같은 일을 하는 것이로구나!'

영춘은 정신을 일깨우는 훈도와 병을 치료해서 몸을 맑히는 의사는 결국 같은 일을 하고 있다는 사실을 발견했다.

'몸에 병이 나면 어떻게 희망을 이룰 수 있겠는가!'

'병이 나 기력이 없으면 무슨 소용이 있겠는가!'

'병의 두려움과 몸의 고통 앞에 인간은 얼마나 무기력한가!'

영춘은 치료를 받으면서 많은 생각을 했다.

대구에서 주변 농촌을 다니며 불결한 환경 속에서 자신도 모르게 병들고 죽어가는 사람들, 그리고 학생 순돌의 죽음까지 생각했다. 훈도가 되어 학생들이 몰라서 받는 고통에서 벗어나게 해주고, 알음알이를 통해 자신이 나아갈 길을 스스로 찾게 해주는 것이 자신의 소명이라고 생각했다. 그러나 영춘은 죽음 앞에 서서 자신의 삶을 다시 한 번 생각해보았다.

"요즘 밤늦게까지 네 방에 불이 켜져 있더구나. 밤잠을 그렇게 설쳐두 되냐?"

"병은 거의 다 나았어. 의사 선생님도 책을 읽어도 된다고 했어. 책도 읽고 붓글씨도 써보고 그래."

"이제 봄날인데 어디 유람이라도 갔다 올 테냐?"

"유람은 무슨 …… 말만 들어도 고마워! 좀 있다가 의사 선생님과 의논해서 학교에 돌아갈 수속이나 밟아야지. 형 정말 고마워!"

"고맙긴. 그런데 학교 일이 만만찮아! 네 성격에 또 건강이 나빠지면 안 되니까 잘 상의해. 늑막염은 재발이 잘 되는데. …… 참, 너 혹시 학교 말고 다른 것 해볼 생각은 없니?"

"다른 거라니?"

"김찬두 선생한테 들었다. 네가 …… "

영춘이 얼굴이 붉어졌다. 김찬두 선생한테 의사가 되는 길에 대해 자세히 물어보았다. 어떤 과정을 거치고, 학교에서는 어떤 과목을 배우고, 졸업하면 어떤 길이 있는지 시간이 날 때마다 물어보았다. 영기가 그것을 알고 말하는 것 같아 부끄러워 얼굴을 붉혔다.

"아니야, 형. 그건 그냥 궁금해서 ……"

"오째야, 이 형한테 못할 말이 있니?"

"그건 아니지만 한 번 공상해본 건데 ……"

"못할 것도 없지. 네 머리와 네 정성이면 못 할 게 있겠니?"

"그러나 내 형편에 그게 당치도 않은 꿈 ……"

"아니야. 김찬두 의사가 이왕이면 네가 세브란스의전에 지원하기를 바란다더구나."

"형, 너무 부끄럽게 몰아세우지 말아."

"안 될 건 또 뭐야? 학비 걱정 때문이냐?"

"그것도 그래, 터무니없는 꿈이지, 뭐."

"내가 대주마. 내가 그런 능력도 없는 줄 아니?"

평소 동생의 능력을 잘 아는 형은 동생을 위해서라면 어떤 희생도 치를 각오가 되어 있었다. 자신도 일본으로 유학을 가고 싶은 꿈을 접었던 것을 잊지 않았다. 동생만은 꿈을 접어야 하는 불행을 겪게 하고 싶지 않았다.

"형이 무슨 힘으로 4년씩이나 댈 수 있어. 형수 보기 부끄럽게 그러지 말아, 형, 응?"

"아니다. 어제 형수 하고도 이야기를 끝냈다. 네가 원한다면 우리가 밀어주마!"

"형, 그게 정말이야?"

"정말이구 말구!"

"형!"

감격해서 눈물을 글썽이는 아우의 손을 영기가 덥석 쥐었다. 그리고 아무 말도 못 하는 아우의 등을 토닥거려 주었다

"형, 형!"

이제 영춘의 인생은 큰 포물선을 그으며 선회했다.

그가 병들지 않았다면 어찌 그런 기회가 있었을까?

그가 죽을 고비에 다다르지 않았다면 그런 전기가 마련될 수 있었을까?

그가 병 때문에 꿈을 접지 않았다면, 어떻게 새 꿈을 꾸고 새로운 세계로 들어갈 수 있었을까?

인생에서 어찌 어떤 일을 좋은 일이라 하고 어떤 일을 불행한 일이라고 단정 지을 수 있을까?

영춘은 병 때문에 꿈을 접고, 병 때문에 좌절하고, 병 때문에 절망했다. 그러나 그 불행으로 인해 새로운 인생을 출발하게 되었으니, 누가 그 불행을 불행이라 할 수 있으며, 행여 행운을 또 행운이라고 자신있게 말할 수 있겠는가?

7 인생의 전환, 세브란스의학전문학교 입학

1925년 3월.

경성의 봄은 장사치들의 한 음계 높은 목소리에서 시작되는 듯했다. 길 양쪽에서 장사꾼들이 소리 높여 손님을 부르고 있었다.

남대문을 빠져나오자 길은 질퍽한 진창으로 이어졌다. 사람들의 내왕이 워낙 잦은 곳이라 겨우내 얼었던 땅이 풀리자마자 진창으로 변했다. 옹성 옆 성벽 아래로 검정 옷을 입은 인력거꾼들이 햇볕 쪼이기를 하며 손님을 기다리며 하릴없이 앉아 있었다.

시각은 낮 열한 점.

큰 길 아래쪽 우뚝 솟은 경성역 건물이 눈에 띄었다. 저 멀리 전차 한 대가 댕댕거리며 거리 한복판을 달렸다. 남대문에서 경성역 사이는 사람들로 늘 붐볐다.

세브란스의학전문학교 입구가 멀리 보였다. 교사는 축대 안쪽에 자리 잡고 있었기 때문에 길 아래쪽에서는 보이지 않았다. 좀더 가까이 가자 양관(洋館) 건물이 보였다. 낯설고 신기한 풍경이었다.

영춘은 불안해서 잠시 걸음을 멈추었다.

영기의 권유로 영춘의 삶은 대번에 바뀌었다.

전날까지만 해도 할 일이 몸조섭뿐이어서 빈둥거렸지만 세브란스의전에 들어가기로 작정한 그날부터 완전히 달라졌다. 그는 계획을 세워 전문학교 입학자격 검정고시 준비에 들어갔다. 몸이 완전히 회복된 것은 아니었다. 이제 검정고시 기간이 한 달도 채 남지 않았다. 그러나 작년에 10월까지 제1종 교원시험을 준비했고 워낙 기본 실력이 탄탄해서 큰 어려움이 없는 듯했다.

2월에 영춘은 거뜬히 합격했다. 그리고 3월에 세브란스의학전문학교 입학시험에 응시했다.

오늘 합격자 발표를 보러 온 길이었다.

경성고보에서 치른 전문학교 검정시험은 응시자가 모두 사백 명이 넘었지만 합격자는 겨우 36명이었다. 그 중에서 영춘이 3등에 들었다.

그러나 이번 시험은 영 자신이 서지 않았다. 대부분의 응시자들이 실력이 대단하다고 들었고 5대 1이라는 경쟁률도 문제였다.

특히 영춘을 불안하게 하는 것은 구두시험이었다. 시험관은 세브란스 학생감인 오긍선(吳兢善)이라는 한국인 교수와 미국인 생리학 교수인 벤버스커크(Vanbuskirk : 한국 이름 번복기) 때문이었다.

구두시험을 겸한 지능검사에서 영춘은 결정적인 잘못을 저질렀다.

종이에 도장 크기의 작은 원 다섯 개를 둥글게 배열해 놓고 그것을 눈을 감고 손가락 끝에 갖다대게 해서 학생이 손가락을 원 안에 몇 개나 정확히 넣었는지를 묻는 시험이었다. 영춘은 실눈을 뜨고 세 개에만 손가락을 넣었다. 시험관이 묻자 세 개 넣었다고 대답했다. 다섯 개를 다 넣으면 눈을 뜨고 넣은 것을 뻔히 알 것 같아서 그렇게 대답했다.

벤버스커크는 영춘에게 눈은 어떻게 하고 했는지를 물었다. 영춘은 잠시 망설였다. 그러다가 정직하게 눈을 뜨고 했다고 대답했다. 그러자 왜 뜨고 했는가를 물었다. 영춘은 하나도 넣지 못할 것 같아서 그렇게 했다고 솔직하게 답했다.

현관에 들어서자 복도 한 곳에 사람들 무리가 몰려 있었다. 그곳이 명단이 붙어 있는 게시판이었다. 영춘이 그 게시판 앞으로 다가갔다. 합격자 명단을 바라보았다. 그런데 놀랍게도 그 명단 옆에 자신의 이름이 따로 적혀 있고 그 아래 다음과 같은 글이 있었다.

"수험생 이영춘은 합격자 발표를 보는 즉시 본교 학생과로 내방 요망."

영춘의 가슴이 두근거리기 시작했다.

합격했을까?

그렇다면 왜 이름을 따로 적어 놓았을까?

특별히 자신만을 지명하여 부른 이유가 무엇일까?

영춘은 복도 안으로 들어가면서도 몹시 불안했다.

학생과라는 팻말이 붙어 있는 방문을 두드리고 들어섰다. 그 방 안에는 한 사람만이 앉아 있었다.

"무슨 일이신가?"

"게시판 공고를 찾아온 수험생 이영춘입니다."

그 사람이 자리에 일어나 웃으며 다가왔다.

"당신이 이영춘인가?"

"네, 그렇습니다."

"우선 합격 축하부터 해야 되겠군. 난 이 학교에서 일하는 김명선 (金鳴善)이라는 사람이네. 자, 이리로 앉으시지."

김명선 선생과 질긴 인연은 이렇게 시작되었다.

"제가 합격했나요?"

"그렇다네. 난 이 학교를 올해 졸업하고 연구실에서 근무한다 네."

"잘 부탁합니다. 그런데 절 부르신 이유……?"

"아참, 그 이야기부터 먼저 해야겠군."

김명선이라고 자신을 소개한 그 선배는 영춘보다 한두 살쯤 위로 보였다. 그의 태도로 보아 나쁜 일은 아닌 것 같았고, 또 자신에게 호감을 가지고 있는 듯한 태도였다.

"며칠 후면 입학식이 있네. 그때 자네가 입학생 대표가 되어주어 야겠네."

"대표라뇨? 왜 ……?"

"왜 싫은가, 하하하."

김명선은 소리내어 웃었다.

"싫은 건 아닙니다."

"고향이 신막인가?"

"평안남도 용강입니다. 가형이 신막에서 훈도를 하고 있어서 기식하고 있습니다."

"평고를 졸업하고 몇 년 훈도를 했다고? 음, 일종교원자격까지 따놓고 왜 다시 의전을 지망했나?"

"……"

영춘은 말문이 막혔다. 어떻게 설명해야 될지 막연했다.

"학비조달은 어떻게 할 셈인가?"

"형님이 마련해주신다고 했습니다."

"훈도 월급으로는 어려울 텐데 …… "

"저도 그게 걱정입니다. 하학 후 적당한 일감을 찾아볼 생각입니다."

"흐음, 그래? …… 나도 한 번 알아보지. 그런데 왜 자네가 대표가 되었는지 궁금해 했지?"

"예."

"총독부 관립고보 출신자로는 자네가 처음이고, 또 수석으로 합격한 모양일세. 구두시험을 보신 오긍선 학감께서 자네를 대표자로 삼으라는 분부가 있었네."

뜻밖이었다.

합격한 것만도 다행인데 수석이라니!

더구나 구두시험 때 눈을 뜨고 했다고 말해놓고 걱정을 했는데,

그때 시험관이 자신을 신입생 대표로 삼았다니 도저히 믿어지지 않았다.

"선생님들의 기대가 크네. 앞으로 열심히 하게."

"알겠습니다. 정말 감사합니다."

영춘은 어리둥절해 있다가 울컥 가슴에서 뜨거운 기운이 솟구쳤다.

영춘은 허둥지둥 인사를 하고 학교에서 나왔다. 어떻게 걸어왔는지, 얼마나 시간이 걸렸는지 어느새 하숙집에 앞에 와 있었다. 어서 고향으로 달려가, 어서 영기 형한테 달려가 이 소식을 전하고 싶은 생각뿐이었다.

그날 밤 그 흥분을 주체할 수 없어 쉬 잠들지 못했다.

8 세브란스의전 시절, 그리고 결혼

1926년 6월 말.

활짝 열린 창문으로 후끈 더운 기운이 밀려들어왔다. 바깥은 불볕더위로 뜨겁게 달궈져 있었다. 영춘은 등사판 롤러를 내려놓고 이마와 목의 땀을 닦았다.

실험실 벽에 걸려 있는 둥근 벽시계가 벌써 세 시를 가리키고 있었다. 다섯 시까지 등사 오백 장을 다 밀어야 했다. 유지 위에 철필로 긁어야 하는 원판도 두 장이나 남았다.

입학 후 영춘이 얻은 일감은 부교재를 등사로 밀어 인쇄하는 것이었다. 물론 김명선이 일감을 알선해 주었다. 그의 집안은 부유하고 머리가 아주 명석한 청년이었는데 영춘을 친동생처럼 돌봐주었다. 그는 독실한 기독교 신자였는데 영춘을 교회로 인도했다.

영춘은 아버지의 영향으로 동학에 더 기울어져 있었으나 아버지 종현도 특정 종교를 고집하지 않았다. 그러므로 영춘이 기독교에 귀의하는 데에 아무 장애가 없었다. 영춘이 기독교에 관심을 갖게 된 것은 평양고보 시절부터였다.

그 당시 평양은 기독교가 성행했다. 도산 안창호 선생과 남강 이승훈 선생이 대성학교를 세워 기독교를 전파했다. 영춘이 입학한 세브란스의전도 역시 기독교 계통의 학교였다. 설립자인 세브란스 (Severance)는 말할 것도 없고 교장 에비슨(Avison)과 교수 대부분도 다 기독교 선교회가 주선한 선교회 사람들이었다.

어느 날 김명선은 영춘에게 교회에 함께 갈 것을 권했고, 영춘도 굳이 마달 이유가 없어 기꺼이 동행했다. 명선과 함께 나간 남대문 교회에서 첫날부터, 그리스도의 사랑에 관한 김익두 목사의 설교를 듣고 큰 감명을 받았다. 종교적 체험이 없었던 그에게 아주 신선한 체험이었다. 그 뒤 영춘은 일요일이면 자발적으로 교회에 나갔고 점차 독실한 신자로 탈바꿈했다.

영춘은 잠시 일손을 멈추고 창밖을 내다보았다.

일손을 잠시 멈추었다. 그때마다 어떤 여자의 얼굴이 자꾸 떠올랐다. 일학년 때 결혼한 친구집에 초대받고 갔다가 소개받은 여자였다. 그 친구는 아들의 돌잔치에 영춘을 초대했다. 그곳에는 부인이 초대한 여자 세 명도 와 있었다. 친구의 부인이 그의 학교 선배인 김순기(金順起)를 영춘에게 소개했다.

"제가 좋아하는 선배언니예요. 지금 혜화보통학교 훈도로 있어요."

영춘은 얼굴이 새빨개지고 말았다. 그동안 가까이서 여자와 한 자리에 앉아 대화를 나누거나 소개를 받은 적이 없었다. 그 여자도 영춘을 소개받고 어쩔 줄 몰라 했다.

그날 이후, 영춘의 머릿속에는 김순기가 떠나지 않았다. 책을 읽거나 산책을 할 때도, 일을 할 때나 잠을 자려 할 때 순기의 아리따운 자태가 떠나지 않았다.

영춘의 나이도 이미 스물다섯 살이었다. 그 당시 조혼이 성행하였으므로 그 나이면 노총각 축에 들었다.

결혼을 하고 학교를 다니는 학생들이 태반을 넘었다. 그런데 결혼을 한 사람과 그렇지 않은 사람은 외양이나 태도에서 차이가 났다. 결혼을 한 사람들은 우선 옷차림이 번듯했다. 그리고 아주 안정적인 태도로 공부에 몰두했다.

영춘은 가슴앓이를 하면서도 내색을 할 수가 없었다. 또 집안 형편을 생각하면 결혼을 하겠다고 선뜻 나설 만한 처지도 아니었다. 그러나 순기의 모습이 머리에서 떠나지 않았다. 그녀를 소개해준 친구는 그 뒤로도 자발적으로 순기의 이야기를 들려주었다.

그녀의 고향은 강원도 양양이고 현재 편모슬하에 훈도로 있는 두 오빠와 함께 살고 있다고 했다. 경기고녀를 졸업하고 사범과 일 년을 수료하여 오산과 서울의 덕수보통학교 훈도로 있었다는 이야기까지 해주었다.

영춘의 마음이 어느새 기울기 시작했다.

영춘은 그 뒤 친구의 집에서 몇 번 더 순기를 만났다. 자연스럽게 두 사람 사이를 맺어준 것이었다. 영춘만이 아니라 순기도 그에게 호감을 갖고 있었다. 순기는 영춘과 자연스럽게 이야기도 주고받을 수 있게 되었고, 서로의 두 눈을 가만히 바라볼 수 있을 정도로 관계가 진전되었다.

　그때 누군가 실험실 복도로 걸어오고 있었다.

　명선이 문을 열고 들어섰다.

　"아직도 등사판 밀고 있었구나!"

　"예, 교재용입니다. 그런데 선배님께서 어쩐 일로 주말에?"

　"자넬 만나러 일부러 온 걸세."

　명선이 의자를 당겨 영춘과 마주보고 앉았다. 영춘은 다소곳하게 명선을 쳐다보았다.

　"자네 내일 교회에 올 테지?"

　"예."

　"세례 받을 생각 없나?"

　"제가 자격이 되나요?"

　"그건 하느님께서 가름해주신다네. 준비나 하고 오게! 김익두 목사님께서 세례를 주시겠다고 하셨어."

　"……"

　"참, 세례를 받고 난 뒤에 가입해야 될 모임이 있네."

　"모임이라뇨?"

　"우리 학교에 기독청년회가 있는 걸 알지. 그 모임에 참가하게나."

　"아주 유익한 모임인 것을 알고 있습니다. 감사합니다. 선배님!"

　영춘은 정중히 고개를 숙여 예를 올렸고, 명선은 그 모습을 보고 소리내어 웃었다. 선배의 도움이, 선배의 자상한 배려가 가슴 안쪽까지 따뜻하게 스며들었다.

영춘이 기독청년회에서 입회한 뒤로 큰 도움을 받았다. 그는 그곳에서 영어회화 공부를 할 수 있었다.

"그리고 또 있네. 도서관에서 도서 정리를 할 사람을 구하고 있다네. 보수도 괜찮고 시간 여유도 많아서 자네에겐 아주 적당할 것 같네. 의향이 있으면 말해주게."

"정말 뭐라고 감사를 ……"

영춘이 감사의 말을 끝내기도 전에 명선은 말했다.

"그럼 나는 가네!"

뭐라고 말을 하기도 전에 명선은 일어나 빠른 걸음으로 실험실을 나갔다. 영춘은 잠시 그 뒷모습을 멍하니 바라보았다.

명선은 언제나 그런 식이었다. 불쑥 찾아와 영춘에게 일거리를 알선하거나 그때 꼭 필요한 조언을 해주거나 방법이나 길을 가르쳐주고는 뒤도 돌아보지 않고 갔다.

영춘은 그 고마움을 가슴 깊이 새겼다.

1927년 3월.

황해도 신막에서 조촐한 결혼식이 거행되었다.

신랑은 26살인, 세브란스의전 3학년 학생인 이영춘 군이었고, 신부는 혜화공립보통학교 훈도인 23살 김순기 양이었다. 주례는 소설가이자 목사인 늘봄 전영택(田榮澤) 선생이 맡았다. 참석자는 양가의 가족과 하객 몇 명이 전부였다. 아버지 종현은 막내의 혼례 도중 내내 눈시울이 붉어져 있었다. 어머니 아옥은 무명수건을 아예 눈에 대고 있었다.

올해 68살인 종현의 거동이 좀 불편해보였다. 그는 오 년 전쯤 그 비밀 임무에서도 벗어났다. 큰아들 식구와 함께 조용히 노후를 보내고 있었다.

결혼 후 그들은 경성 서대문 밖에 그들의 첫 보금자리를 마련했다. 얼마 후에 신부의 직장 가까운 명륜동으로 이사를 했다. 금슬이 좋아 남들이 모두 부러워했다.

결혼 후 영춘의 낯빛은 화안해졌고, 매사에 지치는 법 없이 건강하게 학업에 열중했다. 신부 순기도 복사꽃처럼 화안하게 피어나 학교에서도 학생들을 한결 따사롭게 대했다.

1929년 1월 5일.

세브란스의전을 졸업하기 두 달 전에 영춘은 첫딸 계선(桂仙)을 얻었다. 딸은 어머니 순기를 닮아 달 속에 사는 선녀처럼 예뻤다.

영춘은 비로소 한 아이의 아버지가 되었다.

그날 영춘은 하느님께 오래 감사기도를 올렸다.

9 졸업과 연구실 조교 생활

1929년 3월.

세브란스의전 강당에서 졸업식이 거행되고 있었다.

한쪽에서 난로를 때고 있었지만 문이 열려져 있어 실내공기는 꽤 쌀쌀했다. 그러나 졸업생들의 기쁨이 열기로 바뀌어 전체 분위기는 열에 들떠 있었다.

이제 교장 에비슨(魚丕信:Avison)이 축사를 하기 위해 단상에 마련된 탁자 앞으로 다가가 축사를 시작했다.

"…… 졸업생 여러분. 본 학교의 교장으로서 1929년도 졸업생 제군의 영광스러운 졸업을 진심으로 축하합니다. 제군은 이제부터 이나라 이 사회를 위해 고귀하고도 유익한 사업을 떠맡게 될 것입니다. 최선을 다하여 여러분은 병들어 고통받는 사람들을 치료하고 구제해야 합니다. 그러나 환자를 치료하기에 앞서 여러분은 더 중요한 사업이 있다는 것을 잊지 마십시오. 병들어 고통받는 사람들을 치료하는 것도 중요하지만 그보다 더 중요한 사업은 병이 발생하지 않도록 미리 예방하는 것입니다. 예방은 치료와는 달리 여러분들을 치부의 길로 이끌어주지 않습니다. 이름을 드날리는 사업도 아니고 누군가가 눈여겨보아주는 사업도 아닙니다. 그것은 차라리 개인보다는 인류를 사랑한다는 거룩한 희생정신의 바탕 위에서만 가능한 일입니다. 그리스도께서 우리의 죄를 청결하게 해 주셨듯이 예방의학은 인류와 사회의 질병의 고통으로부터 해방시켜 주는 사업입니다. 사업의 방법은 여러 가지가 있습니다. 우선 여러분은 공중보건에 좀더 많은 시간과 연구 노력을 기울여야 할 것입니다. 어떤 의미로는 공중보건은 의학연구의 최종 목표인지도 모릅니다. 질병을 치료하는 것보다는 미리 손을 써서 질병을 예방하는 것이 경제적으로나 방법적으로 훨씬 싸게 먹히고 수월하기 때문입니다. 이 목표를 앞당기기 위하여 여러분은 일반 대중에게 보건과 위생의 중요성을 깨우치고 계몽해야 합니다. 졸업생 제군이 사회를 위하여 이 위대한 사업의 주도적 역할을 맡아준다면, 우리 본교는 물론이고 우리 의학계 전체의 커다란 영광과 보람이 될 것입니다. 부디 여러분의 장래에 하나님의 보살핌이 함께 하시기를 기원합니다."

식장은 그 감동적인 축사로 잠시 고요했다. 이윽고 열렬한 박수 갈채가 쏟아졌다.

에비슨 박사는 한때 고종황제의 주치의를 지내기도 했다. 그는 현대의학의 불모지나 다름없는 조선에 선교사로 와서 세브란스의전을 세움으로써 한국의학교육의 이정표로 우뚝 섰다. 그의 지론은 의료행위나 시술보다는 예방의학에 역점을 두고 있었다. 그래서 에비슨 교장은 틈만 나면 학생들과 젊은 의사들에게 본래의 사명인 질병의 퇴치 중에서도 예방의 중요성을 거듭 강조했다. 방금 있었던 축사에도 평소의 지론을 말한 것이었다.

영춘은 이날 에비슨 교장이 한 축사를 가슴 깊이 새겼다. 그리고 '공중보건과 위생', '예방의학' 같은 말을 좌우명으로 삼고, 그것이 그리스도의 뜻에 따르는 삶임을 알았다. 그는 그러한 삶을 살기로 다짐했다.

그 말이 밀알이 되어 영춘은 인생의 그 너른 들판에 풍성한 수확을 거두게 될 것이다!

영춘이 뒷날 농촌사회에 남긴 커다란 발자취와 '농촌위생연구소'의 창설 등이 이에 속했다.

졸업이 임박했을 무렵 생리학교실 조수인 김명선이 영춘을 불렀다.

"자네 졸업 후에 어떻게 할 것인가?"

"……"

"대답을 선뜻 하지 않는 것을 보니 망설이고 있는가보지? …… 그렇다면 딴 생각 말구 생리학교실에서 일이나 거들어 주게."

"반복기(Vanbuskirk) 주임교수님이 허락하실까요?"

"염려 말게. 반 교수님께는 미리 말씀을 드렸네. 교실을 지키며 내 수업준비나 거들어주면 되네."

명선의 배려로 영춘은 졸업과 동시에 생리학 교실에 남게 되었다.

영춘은 재학 시절부터 실습교육인 임상강의보다는 학문 연구 쪽인 기초의학에 더 흥미를 느꼈다.

의사는 진료행위를 통해 의료수가를 받아 생활을 해야 한다. 그러므로 환자인 고객과 상행위와 유사한 거래 관계를 가져야 한다.

동기생 중에는 졸업하자마자 개업을 한 경우도 많았다. 워낙 의사가 귀한 시절이었기 때문에 마음만 먹으면 개인의 영달을 쉽게 이룰 수 있었다.

세상의 모든 막내들이 그러하듯이 영춘도 현실감각이 무뎠다. 그래서 가장으로서의 책임조차도 대수롭지 않게 보는 경향이 있었다. 경제 문제에 대해서 무관심한 편이었다. 영춘은 평생 동안 가족들을 위해서는 집 한 칸을 마련할 생각도 않고 생계조차 아내에게 모두 맡겨두었다.

화창한 날씨가 계속되었다.

어느 봄날 오후.

해부학교실 족에서 떠들썩한 소리가 들렸다. 방금 수업이 끝난 학생들이 우루루 몰려나오는 발소리도 들렸다.

생리학 교실에서 영춘은 교재준비와 연구 일지를 정리하고 있었다. 카드에 날짜를 기입하다 말고 잠시 창밖을 내다보았다. 학교 뒤쪽으로 울창한 소나무 숲이 우거져 있는 남산으로 이어져 있었다. 남산에 일본인들이 신궁을 세우고부터는 일반인들의 출입을 통제했다. 그 때문에 숲이 한결 더 울창해진 듯했다.

"이 군, 마침 자리에 있었군."

영춘이 자리에서 일어나 명선을 맞이했다.

"네. 대사관에 가셨다더니 ……"

"그래. 일 처리하고 지금 돌아오는 길일세. 그 쪽에 앉게나."

명선의 표정이 여느 때와는 달랐다.

"단도직입적으로 말하지. 미국행 비자가 나왔네."

"아, 참 잘 되었군요, 언제 가시나요?"

"닷새 안에 출발해야 해."

명선이 시카고 노스웨스턴 대학으로 유학준비를 하는 것은 영춘도 알고 있었다. 그러나 수속 절차가 하도 복잡해서 언제 출발할지는 아무도 장담하지 못했다.

"축하드립니다. 드디어 출발하시게 되었군요."

"그런데 한 가지 문제가 있다네. …… 내가 여러 해 동안 생리학 교실 조수로 있었잖나? 그런데 내가 떠나면 누가 이 교실을 지키겠나?"

"……"

"자네 의견을 듣고 싶네. 내 후임으로 누가 적임자라고 생각하나?"

"제가 무슨 의견이 있겠습니까?"

영춘은 가슴이 두근거렸다. 얼마나 꿈꾸었던 자리였던가! 그 생각만 하면 왠지 쓸쓸한 생각도 들었다. 꿈을 꾼다고 이루어지는 것이 아님을 잘 알고 있었기 때문이었다.

"실은 이미 마음속으로 한 사람을 물색해두었네."

"그렇다면 그 사람을 후임으로 정하시지요."

"그렇게 해두 되겠나?"

"당연하지요."

"그렇다면 반복기 교수님을 찾아뵙게!"

"예? 왜요? 반 교수님을 ……"

"내가 정한 사람은 바로 이영춘 자넬세."

영춘은 꿈을 꾸었으나 기대할 수는 없었다. 그 많은 선배들을 제치고 자신이 그 후임이 될 수 있는 가능성은 희박했다. 그런데 자신이 생리학교실 정식 조수가 되다니!

영춘은 자리에 벌떡 일어났다.

그러나 말문이 막혀 무어라고 말할 수 없었다.

"감사합니다!"

다만 이 말밖에 할 수 없었다.

1930년 5월.

젊은 의학도 영춘이 생리생화학 교실에 조수로 재직한 지 어느덧 일 년이 지났다. 바쁘게 보냈지만 보람찬 한 해였다. 최초의 영문 논문「조선인 여학생의 월경초조(月經初潮)」를 비롯하여 일 년 동안 무려 논문 여덟 편 논문을 각 의학지에 발표했다. 그 의학지는 〈Chaina Medical Journal〉, 〈조선의학회지〉, 〈일본병리학회지〉 등이었다. 열심히 연구하며 의학자의 자리를 잡아갔다. 논문 수효가 많다는 것은 연구에 몰두하고 있다는 것을 뜻했다.

지도교수도 바뀌었다.

반복기 주임교수는 작년 1학기를 마치고 미국으로 영구 귀국했다. 그 후임으로 경성제국대학 이석신 강사가 강의를 담당했고, 학생 실습과 강의 보좌는 영춘이 맡았다.

한편 영춘은 윤일선 외래강사 밑에서 여러 동물들의 실험을 통해 병리학 연구에도 참여했다. 윤일선은 경성제국대학 조교수로 재직하고 있었는데 세브란스의전에도 병리학 강좌를 맡아 출강했다. 그의 지도로 영춘은 연구논문 「Hormon의 집토끼 혈액상에 미치는 영향」을 발표했다.

영춘은 연구와 실험에 몰두한 나머지 걸핏하면 실험실에서 자정을 넘기곤 했다. 어린 시절부터 집중력이 대단하여 한 번 몰두하면 침식을 잊어버릴 정도였다. 그는 이제 학생의 신분이 아니라 기초의학을 연구하는 의학자로서 의학지에 연구논문을 당당히 발표하게 된 것이었다. 점차로 젊은 의학자로 의학계에 이름이 알려지기 시작했다.

그해 4월 기다리던 첫아들 주수(柱琇)를 낳았다. 이제 엄연한 한 가정의 가장이었다. 두 아이의 아비로서, 젊은 의학자로서 무거운 사명이 그에게 지워졌다.

그러면서 영춘은 그가 갚아야 할 빚을 잊지 않았다.

첫째가 부모님과 큰형을 비롯한 본가에 대한 빚이었다.

그 어려운 살림살이에도 불구하고 막내인 자신까지 평양고보를 무사히 졸업하게 해준 빚이었다. 세브란스 의전의 학비는 처음에는 넷째 형이 부담해 주었고 영춘이 열심히 아르바이트를 해서 벌충을 했으나 그래도 힘겨울 때마다 본가에서 도와주었다. 그야말로 헌신적인 부모님과 큰형 덕분에 자신이 지금 이 자리에 서 있음을 잊지 않았다.

둘째가 이 땅 이 민족에 대한 빚이었다.

강의실에서 강의를 듣던 학생시절에도, 조교가 되어 연구실에서 연구에 몰두하다가도 문득 이 나라 이 민족에 대한 염려가 가슴 아래쪽에 도사리고 있었다. 간도에서, 나라 바깥에서 총칼을 들고 싸우고 있는 독립군들이나 아버지처럼 일제의 눈을 피해 숨어서 조국의 광복을 위해 자신의 목숨까지 기꺼이 내걸고 있는 그들의 삶과 자신의 삶을 자주 비교하곤 했다. 그에 견주면 자신은 한없이 편하고 안락했다. 그러므로 그러한 삶을 사는 사람들에게 갚아야 할 빚이 있음을 영춘은 잊지 않았다.

셋째가 하느님의 은총에 대한 빚이었다.

영춘이 자신의 길지도 않는 삶을 되돌아보면 위기마다 그것이 좋은 기회가 되었고, 고비고비마다 그 어떤 위대한 힘이 자신을 인도한 것을 알 수 있었다. 기독교적 신앙이 그의 마음속에 깊이 자리잡아갈수록 그것이 바로 하느님의 뜻임을 실감하게 되었다. 그는 그 사랑의, 은총의 빚을 기꺼이 두 어깨에 걸머지기로 작정했다. 그는 성경을 읽고 교리를 알면 알수록 그리스도의 사랑을 실감하기 시작했다. 나날의 삶이, 계절의 변화가 점점 찬란하게 느껴졌다. 아침에 맞는 맑디맑은 햇살과 설렘 같은 바람 그리고 우리 모두가 살아있음을 통해 느끼는 그 찬란한 은총을 점차 깨달아가기 시작했다. 그 사랑과 은혜를 느낄 때마다 스스로도 그리스도께서 보여주신 사랑과 헌신의 삶을 살리라고 다짐하곤 했다.

그런 은총을 온몸으로 때마다 마음속에서 찬송이 흘러나왔다.

참 아름다워라, 주님의 세계는
저 솔로몬의 옷보다 더 고운 백합화
주 찬송하는 듯 저 맑은 새소리

......

　아버지 종현은 손자가 태어났다는 기별을 받고 그 먼 길을 마다
고 왔다. 올해 일흔한 살인 불편한 몸으로 경성까지 온 것은 손자를
보기 위한　것 말고도 또 다른 이유가 있었다. 종현은 이미 일손을
놓고 모든 임무에서 손을 뗀 지 이미 십 년이 지났다. 맏아들 식구
들과 함께 살고 있지만 손자들도 여럿 있다 보니 살림형편이 말이
아니었다. 종현은 맏아들 식구들과 함께 해주에 내려와서 살고 있
었다. 넷째 영기가 신막에서 해주로 전근을 왔기 때문이었다. 맏아
들 영석이 넷이나 되는 자식들의 학비 대기도 여간 힘들어하지 않았
다.

　다른 네 아들들은 겨우 제 앞가림을 할 정도이고, 큰 돈을 버는
자식이 없다보니 도움을 청할 데도 없었다. 물론 아들들이 잊지 않
고 철따라 작은 성의를 표시하곤 했다. 그러나 그것으로는 어림도
없었다.

　종현은 맏아들이 허리띠를 졸라매고 닥치는 대로 일해 식구들을
봉양하는 것을 보면서 안타까워했다. 젊었을 때는 세 동생을 가르
치기 위해 허리가 휘도록 일했고, 이제 또 자식들을 가르치기 위해
애를 쓰는 것을 보며 단안을 내렸다.

　종현은 큰마음을 먹고 경성에 왔다.

　'그래. 이제는 아우가 형을 도울 때지!'

　그날 저녁에 종현은 막내인 영춘과 며느리를 불러 앉혔다. 잠시
말없이 앉았다가 무겁게 말문을 열었다.

　"내 뜸을 들이지 않고 이야기 하마. 며늘아기가 아직 몸조리도 다

하지 않았지만 집안의 일이므로 함께 듣도록 해라!"

아버지 종현은 정색을 하고 꼿꼿하게 허리를 펴고 앉은 채 이야기를 했다.

"이제 네가 형을 도울 차례다. …… 네 사정도 있겠지만 이젠 형을 도울 때란 말이다. 살림 형편이 심히 어렵단다. 조카들 학비 대기도 예전 너들 때보다 더 힘들어 하는구나! …… 네가 의사가 되었다니 개업을 해서 조카들 학비라도 대어야 하지 않겠느냐? 그게 형제의 의리이고, 사람의 도리니라! ……

너는 어찌 생각하느냐?"

영춘도 그 빚을 잊지 않고 있었으나 성품이 워낙 무심하고 또 연구에 몰두하고 있었다. 본가 일을 생각하다가도 뾰족한 방법도 생각나지 않아 밀쳐두고 있었다. 영춘은 자신의 무심함을 속으로 자책했다.

영춘의 얼굴이 붉게 상기되었다.

"네, 알겠습니다, 아버지. …… 이삼 일만 말미를 주십시오."

"그래라."

말미를 받은 이삼 일이 잠깐 사이에 지나갔다.

도리와 의리를 따르자면 개업을 해서 부모와 식구들을 부양하는 것이 백번 옳았다. 영춘은 아버지의 말을 들으며 무척 부끄러웠다. 집안을 살피지 못하고 자신의 일에만 몰두하여 안일한 삶을 산 자신이 무척 미워지기도 했다. 자신의 생각에만 빠져 있었고, 당장 눈앞에 보이는 나날의 삶에만 집중하고 있었다.

맏형 영석이 영춘과 두 형의 학비를 대기 위해 염전 노역꾼도, 광량만소학교 소사도 마다지 않았던 것을 어찌 모를 턱이 있겠는가! 동생들을 위해 평생을 바쳤다고 해도 지나친 말이 아니었다. 부모님도 마찬가지였다. 숨은 소임을 하면서도 많은 것을 자식의 교육에다 맞추었고, 궂은일조차 마다지 않았다.

이제 영춘이 결단을 내려야 했다.

그러나!

영춘이 결단을 쉬 내리지 못 하게 발목을 잡는 것이 있었다. 의학도로서의 삶이, 연구와 공부를 통해 자신을 이루어나가는 삶이, 바로 자신이 살고 싶은 삶이라는 것을 깨달았기 때문이었다. 그리고 아주 좋은 기회가 지금 주어져 있었다. 조금만 더 노력하고, 조금만 더 시간이 가면, 자신이 그토록 선망하는 교수도 될 수 있었다. 그리고 자신만 원한다면 외국에 나가 공부할 수 있는 기회도 열려져 있다는 것도 알았다. 앞길이 탄탄대로로 펼쳐지려고 하는 절호의 기회였다. 이것을 마다고, 다 버리고 개업의로 나간다는 것이 너무도 아쉬웠다.

영춘은 고민을 거듭했다. 그러나 선택해야 했다. 인생은 언제나 선택의 연속이라는 사실을 다시 실감했다.

영춘이 그날 밤 기도했다. 자신의 앞길을 가장 적절하고도 바른 선택을 하게 해달라고 빌었다.

그때 문득 마음속에 찬송가가 들렸다.

나의 갈길 다가도록 예수 인도 하시니

......

믿음으로 사는 자는 하늘 위로 받겠네

무슨 일을 만나든지 만사형통하리라!

'그렇다!

무슨 일을 하는지가 중요한 것이 아니다! 믿음 속에 살면 그것이 학교이든지 개업의사이든지 무슨 일을 만나든지 잘 이루어질 것이다. 의사든 학자든 교수든 은혜를 모르고, 도리를 모른다면 그것은 하늘의 뜻에 부합되는 것이 아니다.'

다음 날, 학교에 가자마자 사직의사를 밝혔다.

도리와 믿음을 선택하기로 했다.

선택을 하니 눈앞이 환하게 밝아졌고 마음이 가벼워졌다.

의학도의 길도, 교수의 길도 사람의 도리를 벗어나 있는 것이 아님을 깨달았다.

쇠뿔은 단김에 뽑아야 했다.

고민 끝에 결단을 내렸지만 행동은 빨랐다. 정식으로 사직서를 제출했다.

그날 오후, 그 소식을 들은 각 교실 조수들과 후배 연구원들이 송별회를 하자고 소매를 끌고 놓아주지 않았다.

영춘은 그날 잘 마시지도 못하는 술을 몇 잔 들이켰다. 그리고 밤 늦게 귀가했다.

아내 순기가 대문을 들락거리며 안절부절 못하며 그를 기다리고 있었다.

"왜 이리 늦으셨어요? …… 아버님께서 해주로 떠나셨어요."

"뭐요? 몇 시에 가셨소? 딴 말씀이 없으셨어요?"

"네 시 차로 떠나셨어요. 낮에 아범이 개업하는 걸 어떻게 생각하느냐고 물으시길래 …… 연구실에만 있어 놔서 개업이 좀 불안하다구 말씀드렸지요."

"그랬더니?"

"한참 말씀이 없으시더니, '내가 괜한 걸음을 했나보구나!' 하시더군요."

"오늘 사직서를 제출했소. 내일 해주를 다녀와야겠소."

"……"

영춘은 술이 화들짝 깨는 것을 느꼈다. 아내 순기의 근심스러운 표정을 애써 외면하고 방으로 들어갔다.

그날, 잠들기 전에 기도했다. 하느님께 앞길을 밝혀주기를 오래, 간절히 기도했다.

10 벽촌 평산에서 보낸 공의 삼 년

1930년 5월에 세브란스의전을 사직했다.

학교 생활을 정리하면서도 섭섭함이 가슴 안쪽에서 불쑥불쑥 고개를 쳐들었다. 그러나 도리와 믿음을 선택한 자신이 대견스러웠다.

이사를 하기 전에 먼저 해주로 내려가 개업할 곳을 물색했다. 그러나 마음에 쏙 드는 곳이 나타나지 않았다. 이미 개업을 하고 있는 의원도 몇 있었다. 일본 유학을 간다는 의사의 허름한 병원을 임시로 빌려 개업하기로 했다.

한두 달 해서 전망을 보고 최종 결정을 내리기로 했다.

영춘 혼자 경성에서 해주로 이사를 했다. 아내 순기의 직장문제가 해결되지 않아 당분간 떨어져 살기로 했다.

개업을 하고 두 달이 지났지만 전망이 밝아 보이지 않았다.

넷째 영기와 아버지 종현과 상의하여 공의(公醫) 신청을 하기로 했다.

가족이 떨어져 사는 것도 문제이고, 경제적으로도 전혀 도움이 되지 않을 것 같기 때문이었다.

무의촌에 공의로 임명되어 근무하면 기본적으로 월 80원의 보수가 지급되었다. 그리고 공의로 근무하면 아내 순기의 전근도 쉬웠다. 한 달 만에 발령이 났다.

영춘은 황해도 평산온천 지방 공의로 부임했다.

그가 병원을 차린 곳은 평산에서 이십여 리 떨어져 있었다. 백오십여 호가 살고 있는 자그마한 마을이었는데 주위 팔십 리 안에 의사가 없는 지독히 가난한 조선의 벽촌이었다.

아내 순기도 평산보통학교 훈도로 발령이 났다.

영춘은 초가 한 채를 빌려 방 한 칸을 진료소로 개조하고 간판을 달았다. 아직 첫돌도 지나지 않은 아들과 네 살짜리 딸과 아내와 함께 사는 살림집과 의원을 겸한 집이었다. 마을 아낙 황산댁을 가정부 겸 허드레 일꾼으로 썼다.

평산으로 오기 전에 영춘은 순기에게 허심탄회하게 속마음을 털어놓았다.

눈 딱 감고 3년만 부모님을 위해, 맏형의 가족을 위해 살자고 했다. 그러자 아내 순기도 동의했을 뿐만 아니라 한술 더 떠서 공의 봉급 80원을 모두 본가로 보내고 자신의 월급과 치료비로 생활하자고 제의했다. 남편 영춘의 성장과정을 들어 잘 알고 있는 마음씨 고운 순기가 남편의 마음을 깊게 헤아린 것이었다.

그해 겨울을 그곳에서 보냈다. 유달리 눈이 많이 쏟아졌다. 펑펑 쏟아지는 눈을 보며 고요한 나날을 보냈다.

아내 순기가 학교로 출퇴근을 하지만 영춘은 왕진을 나가지 않으면 마을 바깥은커녕 집을 벗어날 일이 없었다. 물론 왕진을 나갈 때면 마치 전쟁터에 나가는 것과 같았다.

그 마을에서 영춘 가족은 아주 행복한 첫 겨울을 보냈다.

아내 순기와 하루종일 함께 오순도순 사는 그 재미로 행복했다.

농한기였지만 환자들은 많은 편이 아니었다. 그들은 너무나 곤궁했기 때문에 치료비를 제대로 물 수가 없었다. 그래서 병원을 오지 못 하거나 기피하는 현상도 있었다.

영춘은 가난한 농촌 사람들의 그러한 사정을 어느 누구보다 잘 알고 있었다. 그래서 치료비에 대해 까다롭게 따지기보다는 너그럽게 대했다. 의사는 병을 고치는 것이 임무이지 돈을 버는 것이 임무가 아니라는 사실은 이미 의전을 다닐 때부터 깊이 새겨놓은 것이었다.

아내 순기도 치료비가 들어오지 않아 염려를 하다가도 그들의 살림 형편을 알고는 단념을 하는 것 같았다. 푸근한 성품 덕분이었다.

그 소문이 퍼져 그런지 환자들이 조금씩 늘어났다. 그러나 형편이 나아지지 않았다. 오히려 진료비를 깎으려 들고 치료비로 아예 농산물을 가져오는 사람들이 늘어났기 때문이었다.

영춘은 그곳에서도 늘 연구하고 탐구하는 자세로 환자를 맞았고 꼼꼼히 병상일지를 기록했다. 아주 작은 것도, 잘 모르는 것도, 조금만 이상해도 다 기록해 두었다. 어린 시절부터 모르는 것을 찾아 기록해두는 습관이 그대로 남아 있었다.

영춘은 평산에서 중요한 체험을 많이 했다. 또 농촌 현실을 더 진지하고 찬찬하게 바라볼 수 있었다. 또 질병과 위생에 대한 무지가 가져다주는 불행이 얼마나 큰 것인지를 몸소 목격했다.

에비슨 교장의 졸업 축사에 담겨 있었던 말들을 평산 산골 사람들의 삶을 통해 새록새록 실감했다. 그 말의 중요성을 현장에서 체험함으로써 은연중에 자신의 뜻이 벼루어지고 있음을 그때는 자각하지 못했다.

농촌의 보건 위생 상태는 최악이었다.

1931년 7월.

숨 막히게 내리쬐는 불볕, 땅에서 후끈후끈 달아오르는 지열도 대단했다.

영춘은 자전거를 타고 두 시간 넘게 달려왔다. '도리우찌'를 쓰고 단고 바지에 흰 셔츠를 입었다. 온 몸은 이미 땀으로 흠뻑 젖어 있었다.

주재소(파출소)에서 적어준 약도대로 멀리 마을이 보였다.

평산에서 사십 리 길을 달려온 것이었다. 십여 호쯤 되는 집들이 땅에 납작납작 엎드려 있었다. 산뽕나무 아래 대여섯 살쯤 되는 아이 셋이 앉아 있었다. 아랫도리는 벗고 누더기 하나를 걸치고 있었다. 심한 영양실조에 모두 팔다리가 거미처럼 가늘었고, 배만 불룩하니 비정상적으로 솟아 있었다. 파리들이 입 주변에 달라붙어 있어도 쫓지 않았다. 아랫도리는 설사를 했는지 오물이 그대로 덕지덕지 말라붙어 있었다. 피부는 부스럼이 나 있었고, 머리는 버짐 투성이였다.

영춘은 그들을 연민의 눈으로 보며 마을로 들어섰다.

그날 오전 열 시에 인편으로 곡천부락에 설사병이 나돌아 부락민 사십 명이 모두 앓아누웠다는 전갈을 받았다. 영춘은 의원으로 찾아온 급한 환자들만 진료하고 병세가 가벼운 환자는 돌려보냈다. 정오 무렵에 왕진 가방을 챙겨 자전거에 싣고 주재소에 들러 곡천부락으로 가는 약도를 받았다.

마을로 들어서자 어디서 여자의 울음소리가 들렸다.

초가 사이에서 마흔 안팎의 사내가 이쪽으로 다가왔다.

"혹시 온천에서 오신 의사 선생님이신가요?"

"네 그렇습니다. 최 농감(農監 : 지주에게 고용되어 소작인들을 감독하는 사람) 댁이 어딘가요?"

"어이구, 어서 오십시오. 제가 바로 최갑식입니다."

최 농감이 집으로 그를 안내하며 마루에 앉기를 권했다.

"먼 길을 오시느라 고생이 많았습니다."

"고생은요. 여러 사람들이 앓고 있나본데 병 증세는 어때요?"

"아이구, 땀이나 좀 식히시지요. 집집이 설사 환잡니다."

"잔치라도 있었습니까?"

집단 설사가 발병한 경우에는 대체로 잔치 음식 때문이었다.

"잔치는 잔치였나봐요. …… 비석동에서 돌림병으로 죽은 송아지를 공수의(公獸醫)가 파묻었는데 이 미련한 것들이 이틀이나 지난 뒤에 그걸 몰래 파서 먹었나봅니다. 그날 저녁부터 토악질을 해대고 뒷간 출입을 해대더니 다들 혼미해졌나 봅니다."

사태를 알 것 같았다.

영춘은 우선 가마솥에 물을 끓이게 했다. 그리고 그들이 토악질을 한 것부터 치우고 주변을 청결하게 했다. 오물이 묻은 걸레나 찌든 옷가지는 불에 태우게 했다.

전염병으로 죽어 땅에 묻은 소를 파내어 국을 끓여먹고 전 주민이 식중독을 일으킨 것이었다. 삼복에는 고기의 부패속도가 빠르다. 그런데 땅에 묻혀 있었으므로 더 빨리 부패했을 것이었다.

'그것을 캐 먹다니!'

영춘은 사람들의 무지에 분노가 치밀어 올랐다. 그러면서도 한편으로는 그들의 허기진 삶을 생각하니 가슴이 아팠다.

농촌 사람들의 이런 무지에 대해 때로는 절망감과 허탈감마저 느꼈다.

평산으로 온 뒤에 이러한 절망감과 좌절감을 느낀 경우가 한두 번이 아니었다. 어느 것부터 먼저 손을 써야 할지 모를 정도였다.

좌절감이나 절망감을 느낄 때마다, 열악한 보건 위생 환경에 깊은 연민을 느낄 때마다 에비슨 교장의 졸업사를 되뇌어보곤 했다.

"…… 병들어 고통받는 사람들을 치료하는 것도 중요하지만 그보다 더 중요한 사업은 병이 발생하지 않도록 미리 예방하는 것입니다. 예방은 치료와는 달리 여러분들을 치부의 길로 이끌어주지 않습니다. 이름을 드날리는 사업도 아니고 누군가가 눈여겨보아주는 사업도 아닙니다. 그것은 차라리 개인보다는 인류를 사랑한다는 거룩한 희생정신의 바탕 위에서만 가능한 일입니다."

이 고장 사람들의 위생뿐만 아니라 영양 상태도 심각할 지경이었다. 그래서 그들은 허기진 배를 채우기 위해 그 썩은 소를 파내어 먹은 것이었다.

영춘을 절망감에 빠뜨린 것은 이런 것들이었다.

말라리아에 걸려 고열에 신음하는 아이를 놀라게 하면 병이 낫는다고 믿었다. 그래서 뱀이나 개구리를 갑자기 던져 말라리아가 낫기는커녕 경기를 일으키게 했다. 또 높은 곳에서 떨어져 어혈이 맺혔거나 매를 맞아 장독이 든 경우에 뒷간에 용수를 박아 오래 곰삭은 똥물을 먹여 낫게 하려들거나, 산도가 막혀 난산 중인 산부 앞에서 무당이 칼춤을 추며 호령하게 했다.

그 모든 것들이 현대 의학의 관점에서 보면 어리석기 그지없는 것들이었다.

그들이 병원에 실려 왔을 때는 이미 치료시기를 놓쳐 악화될 대로 악화된 상태였다. 그 자신도 농촌 출신이었지만 그 속내를 알아 갈수록 그저 한숨만 나왔다. 그들의 무지가 온갖 병을 일으켰다. 갖가지 기생충, 결핵, 성병, 각종 급성과 만성의 질병들, 그리고 고질적인 영양실조!

그러나 그들은 자신들의 무지와 비위생적인 생활 습관 때문에 그런 고통을 받고 있다는 사실조차 알지 못했다.

"농감님, 큰일 났습니다. 육손이 큰아버지가 방금 숨을 거두었습니다."

더벅머리 청년 급히 뛰어들며 숨찬 목소리로 말했다.

영춘이 벌떡 일어났다.

"어서 갑시다. 그 집부터 먼저 들르도록 합시다. 마을 사람들에게 나돌아다니지 말고 제 집에 그대로 있으라고 하세요!"

영춘은 그날 집으로 돌아가지 못했다.

다음날 오후에 지쳐 핼쑥한 얼굴로 집으로 돌아와 입고 있던 옷을 벗어 삶게 하고 온몸을 씻고 쓰러져 다음날 아침까지 혼곤하게 잤다.

아내 순기도 마찬가지로 밤새 한 잠도 자지 못했다.

영춘을 기다리며 밤새 마당에 모깃불을 피워놓고 기다렸다. 그때 순기는 다시 셋째 아이를 임신한 상태였다. 임신 5개월째여서 입덧의 후유증 때문에 몹시 쇠약해져 있었다.

영춘의 일상은 이런 사건의 연속이었다.

그러나 마을 사람들의 신뢰가 쌓여갔고, 그럴수록 그의 몸은 더 고달파졌다.

그해 11월에 차남 주철(柱哲)이 태어났다. 딸과 두 아들과 더불어 이제 다섯 식구가 되었다.

영춘은 언제나 주어진 일에 몰두하여 전력을 다하기 때문에 자잘한 생활의 고민이나 다른 걱정은 곧 잊고 말았다. 그러나 그의 마음을 늘 무겁게 하는 것은 아내 순기의 건강이었다.

11 의사 5계명

순기는 하루도 편할 날이 없었다. 훈도로서 소임을 다 하랴! 세 아이를 거두랴! 집안 살림에 무심한 남편의 뒷바라지를 하랴!

몸과 마음이 몹시 지쳐 있었다. 그리고 쪼들리는 살림 걱정 등으로 신경이 나날이 날카로워져갔다.

환자들이 와서 치료를 받고도 치료비를 돈으로 내는 경우는 참 드물었다. 돈을 내어도 마치 물건값을 흥정하듯 깎으려 들었다. 많은 경우 물건으로 대신했는데, 그 물건도 가지가지였다. 쌀, 조, 옥수수 같은 곡식이나, 사과, 배 같은 과일도 있었다. 또 닭이나 계란을 가지고 오거나, 심지어는 지게에 땔나무를 지고 와서 치료비로 때우자는 경우가 부지기수였다.

그럴 때마다 영춘은 허허 웃고 말았다.

그도 그럴 수밖에 없는 것이 만일 까다롭게 한다면 치료비 때문에 병원을 찾지 않아 목숨을 잃는 경우가 생길 것이기 때문이었다.

실제로도 치료비 걱정하느라 초기에 치료하면 쉽게 나을 수 있는 병도 차일피일 미루다 걷잡을 수 없게 되는 경우가 많았다.

영춘이 환자들의 상태를 걱정하는 의사였지만 순기는 경우가 달랐다. 공의로 나오는 월급은 시집에 고스란히 보내고 자신의 월급과 치료비로 생활을 해야 했다. 그런데 치료비 대신 닭이며 콩 자루가 쌓이니 기가 막힐 수밖에 없었다. 배급 나오는 몇 가지 약품을 제외하고는 직접 사서 써야 했다.

순기의 걱정은 점점 커져갔다. 그런 것을 남편에게 대놓고 말을 할 수도 없었고, 또 해도 소용이 없다는 것을 잘 알기 때문에 혼자서 속을 끓였다.

눈보라가 휘몰아치는 날 산도가 막힌 산모의 출산 왕진을 가서, 임종을 맞는 환자 집에 왕진을 갔다가 돌아오지 않는 남편을 밤새 기다린 것도 한두 번이 아니었다. 어느 때는 밤길에 자전거를 타고 오다가 언덕에 굴러 떨어져 소달구지에 실려 온 적도 있었다. 마을 사람의 눈에 띄었기에 망정이지 하마터면 목숨을 잃을 뻔한 사건이었다. 순기는 영춘이 왕진을 나가 쉬 돌아오지 않으면 안절부절못하며 마음을 졸였다.

영춘의 고통은 환자들의 참혹한 현실과 맞딱뜨리는 것이었다. 그들의 무지와 그 찢어지게 가난한 생활상과 열악한 환경에 마음 아파했다.

그러나 그는 그러한 고통 속에서 점차 눈을 뜨기 시작했다.

어떻게 하면 이 불쌍한 농민들을 그 참담한 현실 속에서 구할 수 있을지에 대해 거듭 생각했다.

물론 영춘이라고 이런 벽촌의 생활을 전적으로 만족하는 것은 아니었다. 24시간 들이닥치는 환자들이나 한밤중에 느닷없이 문을 두드리는 왕진 요청이 젊은 그에게 썩 달가울 턱이 없었다.

때로 날씨를 탓하거나 너무 늦은 시간을 빌미로 환자를 돌려보내거나 왕진을 미루고 싶을 때가 없었을까?

어느 날 진료비를 깎으려고 드는 산모의 남편한테 화를 내고 말았다.

한밤중에 등불을 들고 십리 길을 마다고 가 난산의 산모를 무사히 해산시킨 뒤에 하는 남편의 말에 벌컥 화를 냈다. 진료비를 깎을 뿐만 아니라 외상으로 하자는 그 말에 화를 냈다. 아니, 그가 화를 낸 대상은 그 사람이 아니었다. 자신의 처지에 대한 울화였다.

영춘은 그날 하루 종일 우울해 했다. 그리고 그날 밤 늦게까지 빈 진료실에 앉아 생각에 잠겼다. 비록 화를 내지는 않았다고 해도 기분에 따라 진료 태도가 달랐던 적도 있었다. 또 선입견 때문에 환자를 차별했던 적도 있었다. 그런 기억들이 생생하게 살아났다.

그는 오래오래 기도했다.

그러던 중 갑자기 머릿속이 환하게 밝아졌다. 그리고 자신의 지금 위치와 앞으로 나아갈 길이 보이는 듯했다. 그것은 어떤 계시처럼 떠올랐다.

영춘은 호롱불을 다시 밝히고 먹을 갈고 붓으로 무엇인가를 썼다. 그리고 날이 밝자 그것을 액자에 넣어 자신의 방에 걸어두었다.

진료 3계명

첫째, 손익에 따라 환자를 치료하지 않는다.

둘째, 감정에 따라 환자를 치료하지 않는다.

셋째, 생각에 따라 환자를 치료하지 않는다.

의사의 목적은 오로지 환자의 병을 치료하여 목숨을 구하는 것이라는 평범한 사실을 다시 한 번 실감하였다.

'그렇구나! 의사가 진료비에 따라, 금전적인 이익과 손해에 좌우되어 환자를 치료한다면 장사꾼과 다름없는 게 아닌가?'

'싫고 좋은 기분에 따라 환자를 치료한다면 어찌 의사라고 할 수 있겠는가!'

'의사는 환자의 병을 치료하고 환자의 목숨을 구해야 하는데 환자에 대한 이런 저런 생각에 따라 진료한다는 것은 바른 의사의 태도가 아니다!'

이 3계명은 뒤에 5계명으로 발전했다.

넷째, 하느님의 사랑으로 치료한다.

다섯째, 선악에 구애받지 않고 치료한다.

이 열악한 환경을 통해 영춘은 의사의 소임이 무엇인지에 대해 깊이 생각했다. 그리하여 의사관을 스스로 정립하는 중요한 시기로 삼았다.

이 계명은 영춘의 전 생애에 걸쳐 실천했던 덕목이었다.

영춘이 평산 벽촌에 있다보니 나라 안팎의 정세에 어두웠다.

본가와 형 영기로부터 한 달에 한두 번쯤 오는 편지로 바깥 소식을 들었다. 동기생들은 아주 드물게 편지를 보냈고, 일 년에 한 번쯤 평양고보의 은사였던 와타나베와도 편지를 주고받았다. 그런 편지가 바깥 세계를 향해 열린 유일한 통로였다. 물론 이따금 주재소에 나가 일본인 순사를 통해 세상 이야기를 듣기도 했다. 그러나 영춘에게는 지금 자신이 몸담고 있는 그 산골의 환자들의 문제나 농촌 현실에 대한 생각만으로도 벅찼다.

영춘이 이곳으로 들어온 1930년에 나라 곳곳에서는 항일 저항이 끊임없이 일어났다. 간도나 상해 같은 나라 밖에서도 독립군들의 활동이 격렬하게 일어나고 있었다.

이런 것들은 주재소 순사나 조선인 순사보조원들의 태도로 봐서 대강 짐작이 갔다. 용천불이농장의 소작인 900여 명이 소작쟁의를 일으켰을 때는 주재소의 기세가 아주 무섭게 경직되곤 했다.

1931년 9월 만주사변이 발발했을 때는 일본군들의 대이동 소식도 인편을 통해 들었다. 차남 주철이 태어나고 난 그해 12월에는 이청천 같은 독립군 장군들이 만주에서 항일무장독립단체들을 통합하여 전열을 정비했다. 그리고 1932년 1월 8일에 동경 사쿠라다문(櫻田門) 밖에서 이봉창 의사가 폭탄을 던져 일본천황을 살해하려다 실패했다. 이어 4월에 상해 홍구공원에서 열린 상해사변 승리 축하장에 윤봉길 의사가 폭탄을 던져 일본인 백천 대장 등 십여 명을 죽였다.

이처럼 항일저항이 거세어지는 것에 비례하여 일본순사나 헌병들이 점찍은 '불량조선인'에 대한 검거나 취재가 한층 더 사나워졌다.

그럴수록 영춘은 형들과 아버지에 대한 걱정 또한 깊어졌다.

영춘이 좀처럼 내색을 하지 않지만 또 다른 고민도 날이 갈수록 점점 깊어졌다. 마치 시골 산골에 유배된 듯한 소외감 때문이었다. 잊힌 듯했지만 불쑥불쑥 고개를 쳐들고 일어났다. 모두 전력을 다해 달리고 있는데 자신만이 뒤쳐져 있다는 불안감이었다. 동기생들이나 후배들은 학교에 남아 연구하고 있을 것이고, 선배 김명선 같은 이들은 외국에 나가 최신 의학을 공부하고 있을 터인데 자신은 벽촌에서 허송세월을 하고 있다는 생각 때문이었다. 그럴 때면 가슴이 답답해졌다. 영춘은 어린 시절부터 큰 뜻을 이루기 위해서는 그에 걸맞는 공부와 연구를 해야 된다고 믿고 있었다.

그 생각이 나무의 옹이처럼 가슴 한쪽에 걸려 아려왔다.

아내 순기도 내색을 하지 않지만 남편의 그런 아픔을 함께 앓았다.

'아아, 내 인생이 여기서 이런 식으로 끝나는 것이 아닌가?'

이런 두려움에 사로잡히기도 했다. 영춘은 마음이 흔들리고 두려워질 때마다, 지금 이곳에서 살고 있는 자신의 삶이 무의미하게 느껴질 때마다 가족예배를 보며 기도하고 찬송했다.

빈 들에 마른 풀같이 시들은 나의 영혼
......
가물어 메마른 땅에 단비를 내리시듯
성령의 단비를 부어 새 생명 주옵소서!

12 돌아온 병리학교실

1933년 3월.

아주 긴 평산의 겨울 자락에 봄기운이 들기 시작했다. 아직도 추웠지만 봄기운은 막을 수 없는 듯, 봄이 다가오고 있음을 느낄 수 있었다.

햇살이 따스한 어느 날 영춘은 편지 한 통을 받았다.

편지를 보낸 사람은 뜻밖에도 경성 세브란스의전에 조수로 재직 중인 동기동창 최재유였다. 그는 의전 시절부터 영춘과 아주 가깝게 지냈다. 영춘이 생리학교실 조수로 있을 적에 재유도 안과 조수로 학교에 남아 있었다.

편지 봉투를 찢는 영춘의 손이 가늘게 떨렸다.

그리고 편지를 꺼내 급히 읽었다. 편지를 다 읽은 영춘의 얼굴이 순간 붉어졌다가 다시 창백해졌다. 멀리서 이 광경을 유심히 보던 순기는 영춘의 기색이 심상찮아 다가왔다.

"무슨 편지예요?"

영춘은 아무 말없이 그 편지를 아내에게 건네주었다. 편지를 다 읽은 순기도 잠시 침묵을 지켰다. 그리고 곧 맑은 얼굴로 말했다.

"여보, 뭘 망설이세요? 당장 답장을 쓰세요. 얼마나 기다리던 기회예요!"

"……"

영춘은 아내의 얼굴을 말없이 바라보았다.

편지에는 학교 병리학 교실에 조수 자리가 하나 비었으니 뜻이 있으면 빠른 시일 안에 답장을 달라고 적혀 있었다.

"여보! 당신이 평산으로 내려올 때 내게 하신 말씀 기억나세요?"

"……"

"삼 년만 부모님과 형님을 위해 공의 노릇을 할 거니까 참아달라고 했지요. 그래서 삼 년 동안 공의 월급을 고스란히 보내드렸잖아요. 이제 삼 년이 되었어요. ……

이건 하느님의 뜻이에요. 부모님께 말씀드리세요. …… 당신은 개업의 노릇이 맞지 않아요. 평생 후회하시지 말고 결단을 내리세요!"

영춘은 아내 순기의 말이 그처럼 고마울 수 없었다.

얼마나 자신이 기다렸던 소식이었던가!

영춘은 한참 가만히 앉아 있었다. 순기도 그런 영춘 곁에서 말없이 앉아 있었다.

"당신 말이 맞는 것 같소! 정말 고맙소. …… 당신의 격려가 내게 큰 힘이 되어주었소. 내일 첫차로 해주를 다녀오겠소!"

병색이 완연한 순기의 얼굴에 화색이 감돌았다.

이튿날 영춘은 새벽 같이 집을 나섰다. 그의 발걸음은 가벼웠고 얼굴빛이 몹시 밝았다.

해주에 도착해서 부모님께 저간의 사정을 말씀 드렸다.

그 삼 년 동안 맏형집도 사정이 나아졌고, 조카들도 무사히 학교를 마쳤다. 그리고 논 몇 마지기도 장만해 끼니 걱정은 하지 않아도 될 정도였다. 종현도 영춘의 말에 쾌히 동의했다. 그렇지 않아도 막내의 앞길을 막은 것 같았던 종현이 무거운 짐을 내려놓은 듯 홀가분해 했다.

"병원 개업도 아무나 하는 게 아닌가 보구나. 네 뜻이 연구에 있고 학교에 있다면 그게 바로 네 길이겠지! 마음 편히 가거라. 삼 년 동안 애썼다. 네 덕에 집안도 안정되었구나. 장하다. 오째야!"

맏형도 진심으로 반가워했다.

영춘은 당분간 평산에 가족을 두기로 하고 경성을 향해 떠났다.

아내의 전근이 다음 학기에나 가능했고, 경성에 자리를 잡을 때까지 그대로 있기로 했다. 영춘은 가족과 함께 떠나지 못 하는 서운함보다 학교로 가는 기쁨이 더 컸다. 말을 빌려 타고 행장을 간편하게 꾸리고 떠났다. 기차를 타고 경성을 향하는 그의 마음은 그 어느 때보다 가볍고 새로운 희망으로 가득 차 있었다.

비록 삼 년이기는 해도 본가에 진 마음의 빚도 어느 정도 갚았다. 이제는 아무 부담없이 자신이 하고 싶은 공부도 마음껏 할 수 있었다.

1933년 4월.

삼 년 만에 학교로 돌아왔다.

영춘이 돌아오자 병리학교실의 주임교수인 윤일선과 동기 최재유가 누구보다도 반갑게 그를 맞았다.

영춘은 그날 아내 순기에게 긴 편지를 썼다. 학교로 돌아온 감회와 미래에 대한 희망을 썼다.

영춘은 삼 년 동안의 공백에도 불구하고 병리학교실 조수 생활에 곧 적응했다. 진정 바라던 공부였기 때문에 나날의 연구와 실험 지도 등이 그처럼 즐거울 수가 없었다.

그것만이 아니었다. 삼 년 동안 평산에서 환자와, 환자의 병과 씨름을 한 것이 아주 큰 도움이 되었다. 스스로 평가해도 삼 년 전보다 의사로, 의학자로 성장했음을 실감할 수 있었다. 의학 이론이나 실험 등이 이제 환자와의 연관성 속에서 이루어지는 것을 보고 스스로도 놀랐다.

허송세월을 보낸 듯한 그 삼 년이 자신을 그토록 성장시켰다는 사실이 처음에는 믿기지 않았다. 학생들의 실험도 자신 있게 지도했고, 연구에서도 이미 다른 차원에서 접근하고 있음을 확인할 수 있었다. 학생들에게도 현장 경험을 되살려 이론의 차원이 아니라 실감의 차원에서 실험의 중요성을 강조할 수 있었다. 학생들도 그것을 잘 받아들이는 것 같았다.

그 삼 년이 자신의 성장에 큰 도움이 되었음을 새삼 깨달았다.

습성늑막염이 자신에게 절망감을 주었지만, 그것이 새 삶으로 가는 계기였듯이 평산에서 보낸 삼 년이 새 차원의 삶으로 가는 계기가 되었다. 그 병이 아니었다면 영춘은 의사의 길로 가지 않았을 것이었다. 또한 그 삼 년의 세월이 아니었다면 환자나 농촌에 대한 깊은 이해가 생기지도 않았을 것이었다.

비로소 자신을 그리로 가게 한 부모님과, 그 무지하던 평산의 마을 사람들에게도 감사하는 마음이 샘솟았다.

'범사에 감사하라!'

영춘은 성경의 말씀을 비로소 깨달은 듯했다.

인생에서 어떤 경험이든지 쓸모없는 것은 없다는 것을!

어떤 것을 하든지 최선을 다한다면 그것이 자신의 성장에 도움이 된다는 것을!

범사에 감사하지 못했던 자신의 어리석음을!

그는 무릎을 꿇고 하느님께 회개의 기도와 감사의 기도를 올렸다.

그런 좋은 기회에도 감사하지 못하고 오히려 자신의 처지를 불우하게 생각했던, 좌절감과 절망감을 느꼈던 그 어리석음을 회개했다.

그렇게 어리석었음에도 다시 의학도로, 의사로 거듭 태어날 기회가 주어진 것에 대해 감사의 기도를 했다.

그해 여름 평산에 있던 가족들이 경성으로 이사를 와 명륜동에 새 보금자리를 꾸렸다. 아내 순기가 무척 만족스러워했다.

영춘은 감사하는 마음으로 생활하며 일요일이면 교회에 나가 경건한 마음으로 성경을 읽고 열심히 기도했다.

지금까지 지내온 것 주의 크신 은혜라

한이 없는 주의 사랑 어찌 이루 말하랴!

……

또 식구가 늘어났다.

1934년 5월에 3남 주성(柱成)이 태어났다.

제4부

농촌에서 펼친 뜻

자혜진료소 건물

자혜진료소 재직중의 쌍천

쌍천 이영춘 동상

1 와타나베 선생의 초대

1934년 9월.

전차에서 내린 영춘은 옷깃을 여미며 잠시 주위를 둘러보았다. 와타나베가 알려준 만물상회를 찾고 있었다. 저 멀리 간판이 보였다. 길을 건너 그쪽으로 걸어갔다.

뜻밖에도 와타나베 선생으로부터 아침에 학교로 전화가 왔다.

영춘은 평양고보 은사였던 와타나베와 이따금 서신을 교환하곤 했지만 직접 전화를 걸어 만나자고 한 것은 의외였다.

영춘이 성천군 별창보통학교에서 대구보통학교로 내려왔을 때 와타나베는 평양고보를 그만두고 대구사범학교 교장으로 부임했다. 그 후 와타나베는 영전을 거듭하여 경성제국대학 교수로 재직하게 되었고, 지금은 학생과장 소임을 맡고 있었다.

"자네, 오늘 몇 시쯤 연구실 일이 다 끝나나?"

"오늘 모처럼 일이 없습니다. 여섯 시쯤이면 끝납니다."

"그럼 마침 잘 되었군. 자네 우리 집에서 저녁이나 함께 하세."

"선생님 댁에서요?"

"어렵게 생각 말게. 자네 본 지도 하도 오래고 해서 얼굴이나 한 번 보자는 거네."

와타나베의 저녁 초대에 영춘은 난감했다. 그러나 생각할 틈도 주지 않고 집 위치를 설명한 뒤에 전화를 끊었다.

와타나베가 일러준 대로 골목길로 접어들었다. 일본인 거주지역이어서 일본식 집이 골목 좌우에 들어서 있었으므로 마치 딴 나라에 온 듯했다. 집집마다 반듯하게 문패가 걸려 있어서 영춘은 그 문패를 확인하고 있었다.

"이 군 아닌가?"

"아, 선생님!"

영춘은 허리를 굽혀 인사했다. 와타나베는 두 손으로 영춘의 손을 잡았다.

"반갑네. 어서 오게!"

와타나베의 집은 목조 일본식 집이었다. 현관을 들어서니 기모노 차림의 부인이 나와 정중하게 영춘을 맞았다. 영춘을 서재로 안내했다.

"선생님 절 받으세요."

"무슨 절은, 그냥 앉게 ……"

영춘은 조선식으로 큰절을 했다.

"저녁 준비를 할 동안 이야기나 나누세. 그래, 부인은 잘 계신가?"

"네."

"슬하에 자식은 몇인가?"

"지난 5월에 넷째를 얻었습니다."

"호오, 대단하네!"

와타나베는 영춘을 따뜻한 눈으로 바라보았다. 이십대 초반이었던 제자가 이제는 삼십대로 어엿한 네 아이의 아버지인 건장한 가장이 되어 자신의 앞에 앉아 있었다.

"연구실 생활이 개업의보다 나은가?"

"제가 하고 싶은 연구를 해서 좋습니다. 그러나 개업하면서 얻은 것들이 아주 큰 도움이 되었습니다."

"그런가? 자네는 아직도 조수인가?"

"아닙니다. 9월에 연구실 조수 겸 병리학 강사 발령도 받았습니다."

와타나베는 잠시 말이 없었다. 영춘은 와타나베의 저녁초대도 그렇고 이야기를 나누는 중에 그가 뭔가를 망설이고 있다는 느낌을 받았다.

"으음, …… 자네도 의아하게 생각할지 모르겠지만 오늘 내 집에 부른 것은 …… 자네에게 긴히 상의할 게 있기 때문일세."

한동안 침묵한 뒤에 와타나베가 입을 열었다.

"……"

"나와 친분이 두터운 일본인 선배 한 사람이 조선에서 대규모 농장을 경영하고 있다네. …… 그런데 며칠 전 그 선배가 나를 찾아와 경성제대 출신 중에 젊고 성실한 의사 한 사람을 추천해 달라는 게야."

"……?"

"그 농장에는 대략 삼천 세대의 소작농들이 속해 있네. …… 그 선배는 그 소작농을 진료해줄 의사를 찾고 있는 걸세."

"그래, 찾으셨습니까?"

"유감스럽게도 경성제대 출신 중에서는 추천할 만한 의사를 찾지 못 했네."

두 사람 모두 침묵했다.

영춘은 비로소 와타나베가 자신을 부른 이유를 짐작할 수 있었다. 농장에 내려가 소작농을 진료할 의사로 자신을 추천하고 싶다는 그런 뜻 같았다.

"선생님께 몇 가지 여쭈어 봐도 될까요?"

"그럼 말해보게."

"그 농장주는 왜 조선인 소작농들에게 의사 진료가 필요하다고 생각했나요?"

"호오, 그런 질문이 나오겠지. 음, 그 농장에 가축을 돌보는 수의사가 있었던 모양이야. 그런데 소작농들이 병든 가축만 데리고 가는 게 아니라 자신과 가족들이 병이 나면 그 수의사를 찾는다는 게야. 그 선배는 이것을 알고 크게 깨우친 모양일세. 농사일을 제대로 하고 수확을 늘이려면 건강한 사람의 건강한 노동력이 필요하다는 것을 안 거지. 가축만 돌볼 게 아니라 농부들을 먼저 돌봐야 한다는 것을 뒤늦게 안 게야."

영춘은 문득 평산 공의 시절이 생각났다.

위생이나 보건에 무지하여 온갖 질병에 속수무책 노출되어 있던 그들의 비참한 삶이 생각났다. 좌절감과 절망감을 주었던 그 비참한 농촌 현실이 기억에 새로웠다.

에비슨 교장의 그 축사가 다시 가슴에 사무쳐왔다.

"……병들어 고통받는 사람들을 치료하는 것도 중요하지만 …… 병이 발생하지 않도록 미리 예방하는 것입니다. 예방은 …… 여러 분들을 치부의 길로 이끌어주지 않습니다. 이름을 드날리는 사업도 아니고 누군가가 눈여겨 보아주는 사업도 아닙니다."

조선의 농촌 환경은 왕조시대부터 열악했다.

농촌은 수탈의 대상이었다. 더구나 식민지시대에 와서는 농민들은 어버이를 잃은 어린 자식 꼴이 되고 말았다. 농토는 일제에 의해 다 빼앗기고 자작농도 거의가 소작농으로 전락하고 말았다. 그러고도 붙여먹을 농토가 없어 간도로 이주하는 농민의 수효도 점차 늘어났다. 어디 하소연 할 곳도 없고 무엇을 어떻게 하고 어디에다 문제를 제기해야 할지도 전혀 몰랐다.

피폐할 대로 피폐한 농촌 현실을 안타까워하는 사람들조차도 선뜻 나서지 못하는 것은, 에비슨 교장의 말처럼 '치부의 길로 이끌어주지도 않고, 이름을 드날리는 사업도 아니고, 누군가 눈여겨보아주는 사업'이 아니기 때문이었다. 그들을 무지, 가난, 질병, 좌절 등에서 구하기 위해 누가 무턱대고 덤벙 뛰어들었다가는 자신도 헤엄쳐 나오지 못할 정도로 그 수렁은 넓고 깊었다.

영춘이 평산에서 느낀 좌절감이나 절망감도 그 끝이 보이지 않는 수렁 같은 현실 때문이었다. 알면 알수록 오히려 도망치고 싶어지는 거대한 수렁이었다.

그런데 어떤 일본인 농장주가 의사를 초빙하여 소작농들을 치료할 계획을 세우고 있다는 것, 그 자체가 놀라웠다. 영춘 자신도 감히 엄두조차 내지 못했던 문제였다.

"선생님께서 혹시 저를 그 농장에 추천하고 싶으신 게 아닌가요?"

영춘의 성격은 둘러대는 것을 달가와 하지 않았다.

와타나베는 잠시 당황하듯 주춤거렸다. 영춘이 그렇게 단도직입적으로 물어올 줄 예상하지 않았던 것 같았다. 게다가 선뜻 답변하기 어려운 질문이기도 했다.

한창 대학에서 연구에 몰두하고 있으며 장래가 촉망되는 젊은 의학도에게 그 모든 것을 포기하고 농촌에 내려가 농민들을 돌보라는 것은 어려운 주문이었다. 아무리 제자라고 해도 설불리 말하기 어려운 청탁이었다.

와타나베는 아주 천천히 말했다.

"…… 이제야 고백하네만 나는 자네가 적임자라고 생각했네. …… 자네 형제들이 조선 동포들에게 가진 생각이 유다르고 그 정성이 지극하기 때문일세. 희망자가 없어서 자네를 생각한 게 아니라네."

"그 농장이 어디에 있으며, 그 분이 누구인가요?"

"미안하네. 농장에 가기로 결정하기 전에는 그 선배의 신분을 밝히지 않기로 약속했다네."

잠시 침묵이 흘렀다.

"알겠습니다. 어려운 결정이 되겠군요. 지금 당장 말씀드릴 수 없군요. 돌아가 생각을 해보고 말씀드리겠습니다."

"당연하지. 천천히 깊게 생각하게. 이건 자네 인생이 걸린 문제이니 그 누구와 연관시키지 말고 신중하게 결정하게. 성급하게 결정하지 말고 생각하고 또 의논하고, 그리고 결정하게!"

마침 와타나베의 부인이 와서 저녁상이 준비되었다고 알렸다.

부인이 정성껏 마련한 저녁을 먹었다.

식사하는 동안 와타나베와 영춘 모두 별로 말이 없었다. 영춘은 와타나베가 권하는 청주도 얼떨결에 몇 잔 마셨다.

그러나 전혀 취기는 오르지 않았다.

와타나베와 만나고 난 돌아온 그날 저녁부터 영춘은 그의 제의에 대해 거듭 생각했다.

영춘은 어떤 일이나 생각에 몰두하면 침식을 잊을 정도였다. 그것을 잘 아는 아내 순기는 가만히 지켜보기만 했다.

순기도 심란했다.

영춘이 농장 주치의로 간다고 생각하자 그 고통스럽던 평산의 기억이 되살아났다. 순기는 염려스러운 마음으로 남편을 지켜보았다.

첫째 남편의 건강이 염려스러웠다.

영춘이 건강을 해칠 정도로 자신을 돌보지 않고 환자에 매달리는 것을 평산에 보았기 때문이었다.

둘째 자식들 교육이 염려스러웠다.

경성에 있게 되면 좋은 교육환경에서 좋은 선생님들로부터 교육을 받을 수 있었지만 시골로 간다면 그것을 기대할 수 없었다. 첫딸 계선은 내년이면 보통학교에 입학할 것이었다.

셋째 자신의 건강이 염려스러웠다.

보통학교 훈도와 네 아이의 어머니 역할이 여간 힘든 게 아니었다. 또 집안일을 전부 떠맡아야 하는 아내 역할만 해도 힘에 부쳤다. 그래서 몸과 마음이 지칠 대로 지쳐 있었다. 경성의 생활은 그래도 가족 단위의 닫힌 삶이었다. 그러나 농장으로 가면 가족 단위의 삶은 포기해야 할 것 같았다. 그것은 과거 평산의 경험을 통해 짐작할 수 있었다. 그 열린 삶을 감당할 자신이 없었다.

그러나 최종 결정은 남편의 몫이라는 것을 잘 알았다.

영춘은 생각할수록 쉬운 결정이 아니라는 것을 알았다.

처음 와타나베로부터 그 이야기를 들었을 적에는 그 일본인 농장주의 뜻이 가상한 것 같아 감동을 받았다. 그러나 찬찬히 생각해보고 다시 생각해보았다. 그러자 점점 그 당시 조선 농촌 현실과 그 농장주의 속뜻이 보이기 시작했다. 그 즈음 조선의 많은 농장에서 소작료 문제와 소작권에 관한 분쟁이 끊임없이 일어나고 있었다. 그 농장도 예외가 아닐 것이었다.

사실 그랬다.

그 이전부터 일본인 지주와 소작인들의 분쟁이 끊이지 않고 일어났다. 몇 년 간의 상황만 봐도 소작인과 농장주인과의 분쟁이 얼마나 각박하게 돌아가고 있는지 알 수 있었다.

1929년만 해도 노동쟁의에 구천여 명이 참가하여 103건이나 일어났고, 소작쟁의는 오천 명이 넘는 사람들이 423건의 쟁의를 일으켰다. 노동쟁의는 직장 단위로 일어나기 때문에 쟁의 건수는 작아도 동원된 사람이 많았다. 그런데 소작쟁의가 노동쟁의보다 네 배 더 많이 일어났다는 것은 그만큼 문제가 심각하다는 것을 입증했다.

1930년 새해 벽두부터 용천불이농장 소작쟁의가 격화되었다. 문제는 불이농장 소작인 백여 호가 소작권을 팔고 만주로 이민을 갔는데 이를 농장에서 인정하지 않았다. 그러자 소작권을 산 농민들과 불만이 쌓여 있던 다른 소작인들까지 가세하여 농성하고 시위를 일으켰다. 또 평안북도 정평군에서 농민조합이 집회를 열고 경찰의 저지를 뚫고 시위를 일으켰고, 함경남도 단천면과 아다면에서도 농민 삼천여 명이 시위를 일으켰다.

그해 소작쟁의는 모두 만삼천여 명이 참가하여 726건이나 일어났다.

1931년 2월에는 불이용천농장의 소작인들이 온건파와 강경파로 나뉘어 대립했고, 10월에 예산의 동양척식주식회사의 소작인들이 소작료 때문에 동척회사 사무실을 습격한 사건도 있었다. 11월에 경남 진영의 아이마(迫間)농장 소작인과 김해의 가와노신따로(河野新太郎)농장 소작인들이 소작료로 격렬한 시위를 벌였다. 강진군 데쓰다(鐵田)농장 소작인들이 농성 시위를 하던 중에 사무원들을 구타하여 70명이 체포되기도 했다. 간도의 조선인 농민들 천여 명이 소작료 삼칠제를 요구조건으로 내걸고 시위하다가 52명이 체포되었다.

그해 노동쟁의에 만칠천여 명이 쟁의 21건을 벌였고, 소작쟁의는 만여 명이 667건을 일으켰다.

1932년에도 1월부터 진영 아이마농장 소작인들이 소작권 박탈로 373가구가 쟁의를 시작하여 부산 아이마농장과 도청 앞까지 진출하여 시위를 벌이다가 13명이 잡혀가자 또 석방을 요구하는 거친 시위를 벌였다.

이처럼 전국 곳곳에서 소작료나 소작권 때문에 쟁의가 그칠 새 없이 일어났다. 그래서 1933년 2월에는 소작쟁의 조정기구가 설치되었다. 총독부 농경과 조사에 따르면 '소작조정령'이 발표된 이래 소작쟁의 건수가 642건으로 1932년의 304건에 비해 크게 늘어났다.

영춘은 현실 상황을 있는 그대로 이해할 수 있었다.

그 일본인 농장주도 반드시 소작인의 건강만이 목적이 아니라 농장 경영에 더 큰 의미를 두고 있을 것이었다. 농장주는 자신의 필요에 따라 가장 최선의 선택을 한 것이었다. 다른 농장에서 벌어지는 것과 같은, 강압이나 무력이 아니라 소작인들의 복지와 건강에도 득이 되고 농장 경영에도 득이 되는 지혜로운 방법을 선택한 것 같았다.

영춘이 저간의 사정을 충분히 고려하고도 마음에서 깊이 끌린 것은 두 가지 때문이었다.

첫째 농촌의 보건위생과 예방 등에 대해 뜻을 펼칠 수 있는 절호의 기회라는 사실이었다.

에비슨 교장의 말처럼, 비록 부귀나 명예가 아닌 봉사와 희생의 길이긴 했지만 많은 사람을 살리고 도울 수 있는 길이었다. 영춘의 타고난 정의감과 남에 대한 배려의 마음이 그 기회를 쉬 놓치지 못하게 했다.

둘째 그 농장주의 문제 해결방식이 지혜롭다는 점이었다.

그 정도로 배포도 크고 지혜가 있고, 문제를 긍정적으로 해결해

나가는 사람이라면 농장 경영뿐만이 아니라 큰일도 함께 논할 수 있는 사람이라는 생각이 들었다.

영춘이 결단을 내려야 했다.

며칠을 두고 생각하고, 아내 순기와 의논하고, 주위 선배나 스승과도 의논했다.

농장으로 갈 결심을 하기까지 망설임과 두려움도 뒤따랐다.

뜬 눈으로 밤을 새운 적도 있었다. 자신의 장래가 걸린 문제였기 때문에 섣불리 결정을 내리지 못했다.

'이번의 선택이 내 인생을 결정하겠구나!'

영춘이 주위 사람들에게 고민을 털어놓으면 두 가지 반응을 보였다.

첫째 부류는 영춘을 감상주의로 매도했다.

장래가 보장되어 있고 학교에 남아 교수가 되어 명예와 부를 함께 누릴 수 있는데 시골 농장에 가서 농장 주치의가 된다는 것은 매우 어리석은 일이라는 것이었다. 그것이 자신과 가족과 학교를 배신하는 일이라는 극단적으로 말하는 동료도 있었다. 그들은 마치 자신이 그런 권유를 받은 것처럼 얼굴을 붉히며 화를 냈다.

둘째 부류는 영춘에게 용기를 불어넣어주었다.

뜻밖에도 영춘에게 은혜를 베풀어준 선배와 은사들이 농장으로 가는 것을 찬성했다. 예상 밖의 일이었다. 특히 그를 동생처럼 아껴주고 이끌어주었던 김명선과 은사 윤일선 교수가 적극 찬성했다.

김명선 교수가 더 적극적으로 권했다.

"평산에서 조선의 비참한 농촌 현실을 이미 경험했고 그들 편에

선 것만으로도 대견한 일일세. 국민의 팔 할이 농민이지만 아무도 농민의 위생이나 건강에 대해 관심조차 갖지 않고 있다네. 그런데 자네가 그것 때문에 고민하고 있다는 그 자체가 소중하네. 자네가 비록 가지 않는다 해도 아무도 자네를 비난하지는 않을 걸세! 그 고민을 통해 자네는 이미 성숙한 의사가 되었네!"

윤일선 교수도 적극 찬성했다.

"자네 마음이 기울었으니 내게 의논하지 않았겠나. 가게! 가서 미개척지를 개간하게! 자네의 열정이라면, 자네의 능력이라면 무엇인들 못 하겠나! 나는 항상 자네 편이라네!"

두 사람의 격려는 값진 것이었다.

영춘이 뒷날 기어코 '농촌위생연구소'를 설립하였고 그 사업을 평생 밀고 나가 이 나라 농촌 위생에 큰 기여를 했기 때문이었다.

그래도 선뜻 결정을 내리기에는 무엇인가 두렵고 아쉬웠다.

의논을 하고 생각을 거듭할수록 이것이 종전에 자신이 내렸던 어떤 결정들과도 좀 다른 것이라는 생각이 들었다. 훈도를 버리고 전문학교를 선택한 것이라든지 학교를 떠나 개업의가 된다든지 하는 결정도 중요한 것이었지만 그것은 어떤 운명의 힘에 이끌리어 내렸던 선택인 것 같았다. 그러나 이것은 오로지 자신이 내리고 자신이 그 결과를 고스란히 받아야 할 중요한 문제라는 생각이 들었다.

영춘은 흔들리고 망설였다. 그러다 문득 생각이 났다.

'어찌 이런 중요한 일을 하느님께 맡기지 않는 거지?'

영춘은 비로소 무릎을 꿇고 하느님께 기도했다.

자신의 힘으로 어쩔 수 없을 때, 하느님께 무릎을 꿇고 바른 길을 열어주실 것을 간절히 기도하면 길이 열릴 것이라는 확신이 섰다.

아버지 종현도 어떤 결단을 내려야 할 때면 고요히 앉아 며칠이고 있었다. 아버지는 한울인 자신에게 답을 구했다고 했다. 그것이 영춘과 아버지 종현과의 다른 점이었다.

9월 말 일요일 영춘은 교회에 갔다.

그날도 바른 길을 선택하게 해 달라고 열심히 기도했다.

바로 그때였다!

설교를 듣고 찬송을 부를 차례였다. 그날 찬송가가 바로 남궁억 선생이 작사한 「삼천리 반도 금수강산」이었다.

삼천리 강산 금수강산 하느님 주신 동산

이 동산에 할 일 많아 사방에 일꾼을 부르네

곧 금일에 일 가려고 누구가 대답을 할까?

일하러 가세 일 하러가 ……

영춘이 마음이 번쩍 열렸다.

마음 안쪽에서 대답이 불쑥 나왔다.

'예, 바로 저요!'

그 농장도 삼천리 반도 금수강산 안에 있는 곳이었다. 그곳에 가서 일할 일꾼을 구하려 사방에다 부르는 소리가 자신에게 당도했다는 것을 깨달았다.

드디어 결단을 내렸다.

2 구마모토 리헤이와의 만남

해가 서쪽 산마루에 걸렸다.

그 붉은 노을이 도시를 낯선 모습으로 바꾸었다. 건물들도 홍조를 띤 듯이 노을에 붉게 물들었다.

퇴근시간이 가까워 그런지 거리는 행인들로 붐볐다. 남대문에서 대한문까지의 거리는 언제나 행인들로 시끌벅적했다. 상가와 사무실과 공공건물들이 모여 있었다.

영춘은 남대문을 끼고 돌며 손목시계를 보았다. 경성역 앞에 있는 학교에서 다섯 시 정각에 나왔는데, 이런저런 생각을 하며 천천히 걸었지만 아직 십 분밖에 지나지 않았다. 조선호텔까지 십오 분이면 충분했다.

오늘 다섯 시 반에 농장주 구마모토 리헤이(熊本利平)를 만날 약속을 했다.

영춘은 와타나베를 찾아갔다. 그리고 자신의 결심을 밝혔다.

그 말을 들은 와타나베는 제자인 영춘에게 아주 정중하게 감사함을 표시했다. 자신의 권고를 받아들인 것에 감사한 것이 아니었다. 자신의 민족과 비참한 현실에 내팽개쳐진 사람들을 돕겠다고 나선 그 뜻을 가상히 여긴 것이었다.

"이제 그 농장 이름을 밝히겠네. 자네, 전라북도 옥구군(沃溝郡) 개정면(開井面)에 있는 웅본농장(熊本農場)이라고 들은 적이 있나?"

"일본인 지주의 큰 농장이 있다는 이야기는 들었습니다. 그러나 정확한 내용은 ……"

"그럴 테지! 규모가 큰 것이 사실이네. 경작지가 대략 삼천 정보쯤 되고, 소작농이 삼천 가구에 이른다네. 소작농 가족까지 합하면 식구가 이만 명에 이르는 모양일세."

영춘의 머릿속에는 이미 그 농장의 규모가 잡혔다. 삼천 정보라면 무려 구백만 평이나 되는 너른 경작지였다. 경작지가 그 정도라면 소작농들이 사는 집과 산과 개울까지 합치면 어마어마하게 너른 땅이었다. 자신이 그곳으로 간다면 그 너른 땅에 사는 농민들의 건강과 위생을 자신이 관할해야 했다.

순간 숨이 턱 막혔다.

마치 그 너른 땅과 그 많은 사람들을 앞에 두고 높은 언덕 위에 서 있는 듯한 느낌이 들었다.

한 가지 다행한 것은 의사가 직접 의료수가, 곧 치료비를 받지 않아도 된다는 것이었다. 평산의 경험을 되풀이 하지 않아도 된다는 것이 아주 반가웠다. 농장주가 모든 것을 책임지고 영춘은 치료만 하면 된다는 것이었다.

"농장주의 성함과 경력에 대해 알 수 있을까요?"

"그래. 당연히 궁금하겠지. 이름은 구마모토 리헤이이고 육십대 초반이야. 일본 실업계에서도 손꼽히는 사업가로 이름이 나 있다네. 이십대에 사업을 시작해서 지금까지 성공적으로 농장을 경영하고 있다네."

"언제 농장을 설립했습니까?"

"아마도 1903년 시월일세. 처음에는 오백 정보로 시작했다가 점차 규모를 늘여 지금은 삼천 정보까지 늘어났다네."

"1903년 시월에 설립했다구요?"

영춘이 놀란 듯한 표정을 지었다.

"분명히 그렇게 들었네. 그런데 왜 그러나?"

"제가 태어난 해와 달이 같아서 그럽니다."

"허허허, 그래? 천생연분일세."

와타나베가 큰 소리로 웃었다.

"왜 조선까지 와서 농장을 설립했는지 들으셨나요?"

와타나베는 잠시 뜸을 들인 뒤에 입을 열었다.

와타나베가 그때 영춘에게 들려준 구마모토에 대한 약력은 대체로 미화된 것이었는데 다음과 같았다.

게이오(慶應)대학 이재과(理財科)에 다니던 23살인 구마모토 리헤이가 혼자 조선으로 건너와 전국을 여행하다가 군산항 근처 옥구군 개정면에 와서 끝없이 펼쳐진 광활한 농토와 만경강의 풍부한 수량을 보고 대규모 농장 개설의 야망을 품었다. 일본으로 간 그는 마이니찌신문(毎日新聞)에 기행문과 함께 옥구군 일대의 옥토와 농장화 계획을 상세히 썼다. 마니이찌신문 사장 모도야마(本山)가 이 글을 읽고 감명을 받아 자금을 지원했고, 그는 1903년 농장을 설립하여 몇 년 뒤에는 모도야마의 투자분을 갚고 자신의 소유 농장으로 만들었다.

한참 뒤의 일이기는 하나, 영춘이 개정농장으로 내려온 뒤 구마모토가 조선에 온 대강의 내력을 알게 되었다. 그러나 더 상세한 것은 해방 뒤에 알게 되었는데 그 내용은 이러했다.

명치유신(明治維新) 이후 청일전쟁(淸日戰爭)에 승리한 일본은 국민들에게 해외진출을 적극 권장했다. 구마모토 리헤이는 나가사키(長崎縣) 이기(壹岐) 출신으로 게이오(慶應)대학 이재과(理財科)에 다니다가 고향사람 마스나가(松下安左衛門)의 여동생 구니꼬(國子)와 사랑하여 결혼하려 했다. 그러나 학생신분이고 생활능력이 없다고 양가 모두 반대했다. 둘은 구마모토의 고등학교 동기인 마스도미(傑富安左衛門)의 집으로 도망쳤다. 마스도미가 중재를 서서 자신이 구마모토를 후원한다는 조건으로 결혼을 성사시켰다. 구마모토는 마스도미의 농장 지배인이 되어 1902년 조선으로 와 일 년 동안 1903년 자신의 농장을 경영할 기반을 닦았다.

구마모토에게는 조선이 자신의 결혼을 성사되게 해준 구원의 땅이고 희망의 땅인 셈이었다.

1903년, 구마모토는 마스도미의 소개로 마니이찌신문 사장 같은 일본 자산가들을 알게 되었다. 그는 이들을 설득하여 그들이 마련해준 자금으로 땅을 사들이기 시작했다. 그 당시 조선의 땅값은 일본의 30분의 1에 해당될 정도로 값이 쌌다. 또 1904년 설립된 '군산농사조합' 이 일본인들이 사들이는 땅에 대한 공익적인 보증을 서주었다. 그는 5년 동안 무려 2,000정보나 되는 땅을 사들였다.

그때 일본인들은 농민들에게 돈을 빌려주고 빚을 갚지 못하면 가차 없이 땅을 빼앗았다. 일본인들에게 땅을 판 사람들은 농민으로부터 양반과 왕족까지 다양했다. 구마모토는 1907년에 120정보에 불과했는데 1910년에 2,500정보로 늘어났고, 1936년에는 3,200정보로 늘어났다. 구마모토는 수완이 뛰어나 빈손으로 조선에 왔다가 벼락부자 지주가 되었다.

지주가 되어 농장을 경영하는 수완도 뛰어나 영특하게 관리했다. 소작인들끼리 경쟁심을 부추겨 수확에 따른 포상도 하고 징계도 했다. 작물 재배와 품종 개량에 힘썼고 시험소까지 두어 과학적인 방법을 동원했다.

우리 관점에서 보면 그는 아주 지능적으로 소작인들의 노동력을 착취한 농장주였다.

그로부터 며칠 뒤 와타나베가 영춘에게 전화를 걸었다.

"구마모토 씨가 오늘 자네를 만나러 경성에 올라온다네. 자네의 뜻을 듣고 무척 반가워하며 급히 올라온다고 했네. 퇴근하고 다섯 시 반에 조선호텔에 올 수 있겠나?"

"네. 나가겠습니다."

전화가 온 것은 점심 직후였다.

영춘은 스스로 놀랄 정도로 마음이 차분했다.

호텔 로비를 거쳐 약속 장소인 특실을 찾아갔다. 안내하는 여자가 정중하게 문을 열어주었다.

"제 시간에 왔군, 어서 오시게."

와타나베는 자리에 일어서며 영춘을 맞으며 구마모토를 소개했다. 영춘이 정중하게 인사를 했고, 구마모토도 자리에 일어나 답례를 했다. 의례적인 말이 오가는 동안 영춘은 구마모토를 자세히 보았다. 얼핏 보기에는 전형적인 일본인이었다. 그러나 그의 번쩍이는 눈빛을 보고 범상한 인물이 아님을 직감했다.

"이 선생, 어려운 결심 하셨습니다. 두 분께 감사드립니다. 와타나베 선생으로부터 이 선생에 대해 소상히 들었습니다."

"저도 와타나베 선생님으로부터 구마모토 선생님의 말씀을 잘 들었습니다. 선생님께서 의사를 초빙하시려는 뜻에 큰 감동을 받았습니다."

"그래요? 그런데 세브란스의전에서 연구 생활을 하고 계신다고요?"

"예, 병리학교실에서 실험과 연구를 하고 있습니다."

"이 선생과 같은 훌륭한 의사 선생님을 저희 농장에 모시게 되어 뜻밖의 영광입니다."

말씨가 정중하고 겸손했다. 일본의 대 실업가답지 않은 태도였다. 대부분의 일본인들은 조선인 깔보는 듯한 태도와 말씨가 은연중에 배여 있었다. 그는 조선인을 젊은 의사에게 깍듯이 '선생'이라는 호칭을 썼다.

저녁 식사를 하며 구마모토는 부드럽게 웃으며 말했다.

"한 가지만 확인하고 싶은 것이 있습니다. 이 선생께서 우리 농장으로 오시기로 결정한 결정적인 동기가 무엇인가요?"

구마모토의 표정은 부드러웠으나 그 말 속에 숨어있는 뜻은 매우 날카로웠다. 무엇 때문에 장래가 보장된 학교를 마다고 농장으로 내려오려고 하는지 그 속셈을 밝히라는 것이었다. 무슨 터무니없는 요구를 하거나 황당한 기대를 걸고 있으면 그 속뜻을 이참에 드러내라는 것이었다. 아주 노련한 실업가다운 질문이었다.

영춘이 천천히 말했다.

"예. 이 기회가 제 뜻을 펼칠 수 있는 좋은 계기라고 생각했기 때문입니다."

"뜻을 펼칠 수 있다니요? 오히려 의학도로서의 뜻을 접는 게 아닌가요?"

구마모토가 호락호락 넘어가지 않았다.

'너의 속셈을 끝까지 따져보겠다'는 것이었다.

"저는 의사로서의 제 뜻이 부와 명예를 구하는 것이 아니라 나와 남이 함께 행복하고 고통받는 사람들을 고통에서 벗어나게 하는 것에 있습니다. 특히 우리 조선인들이, 농민들이 질병의 고통에서 벗어날 수 있게 돕는 것이 제 뜻이라는 것을 알았습니다. 그런데 그게 제 뜻이라는 것을 안 것은 부끄럽게도 ……"

"부끄럽게도?"

"바로 구마모토 선생님 덕분이었습니다."

"그게 무슨 말씀인가요, 내 덕분이라니?"

영춘이 잠시 말을 멈추었다.

영춘은 이제 어엿한 의사로 당당한 조선인 청년으로서 노련한 일본인 실업가 구마모토와 대등하게 말하고 있었다. 전혀 위축되지 않고 당당하게 자신의 생각을 조리있게 말하고 있었다. 오히려 구마모토를 자신의 화술과 자신의 뜻 속으로 불러들이고 있었다.

"조선인 의사가 조선인을 위하지 않는데도 구마모토 선생님께서 조선인을 위하시는 것을 보고 매우 부끄러웠다는 말입니다. 비록 구마모토 선생님께서 농장 경영을 위해, 소작인들의 건강한 노동력을 얻기 위해, 그들의 마음을 얻기 위해 의사를 구하시는 것이라고 해도, 그 지혜로운 발상과 방법을 통해 저 자신의 어리석음을 깨닫게 해주셨습니다. 그것을 통해 제 자신의 위치와 나아갈 길을 다시 한 번 생각하게 해주셨습니다. 정말 감사드립니다."

"오호! 참 훌륭하신 말씀이오!"

구마모토는 영춘의 말을 들으며 정신이 번쩍 났다.

'무서운 청년이구나! 심지가 깊고 내 속셈까지 다 읽고 있구나! 참 훌륭하다!'

실제로 구마모토는 웅본농장의 소작인들의 소작쟁의를 두려워하고 있었다. 자잘한 문제는 더러 있었으나 전국적으로 번지는 것과 같은 큰 소작쟁의는 아직 일어나지 않았다. 농장 경영에 탁월한 능력을 지닌 그였지만 쟁의를 미연에 방지하기 위해 농감에게 수시로 주의를 주어 소작인들을 조심스럽게 다루라고 당부하곤 했다. 농장 주치의를 초빙하려는 것도 인도주의적인 측면을 앞에다 내세우고 있었지만 속뜻은 첫째도 둘째도 농장의 효율적인 경영을 위한 것이었다. 영춘의 말처럼 의사초빙이라는 획기적인 방법을 도입한 것이 바로 다른 농장주와 변별되는 구마모토의 탁월성이었다. 그러나 그것을 통해 이 식민지 청년이, 젊은 의사가 감명을 받았다는 그 대목에서 구마모토는 자신이 오히려 부끄러워졌다. 마음 한쪽에서는 자신을 걸고 넘어가는 화술이라고 생각하면서도 이 청년의 진지한 태도 때문에 그 칭찬이 싫지 않았다.

'이 청년은 사람을 감동시키는 구석이 있구나!'

구마모토는 영춘을 따뜻한 눈으로 바라보았다. 대체로 사업문제를 해결하기 위해 사람을 만날 경우 자연히 온 몸에 힘이 들어가 있기 마련이었다. 그 자세가 자신도 모르게 누그러뜨려져 있었다. 구마모토는 그런 자신을 보고 놀랐다.

"구마모토 선생님, 어떠세요? 제가 사람을 보는 안목이 있지요?"

와타나베가 만족한 미소를 지으며 구마모토를 돌아보았다.

"어련 하시겠습니까? 이 선생의 말을 들으니 오히려 내가 부끄러워지네요, 허허허!"

"과찬의 말씀입니다."

"아니에요. 훌륭한 말씀입니다."

"이건 내가 관여할 문제는 아니지만, 농장에 내려가면 몇 년이나 근무할 작정인가?"

와나타베가 끼어들었다.

"저는 적어도 한 직장에서 삼 년 이상을 근무해야 된다고 생각해왔습니다. 그러나 이 경우는 좀 다릅니다. 가능하다면 오래오래 있고 싶습니다."

"호오, 그래요. 와타나베 선생, 난 결정했습니다. 이 선생만 좋다면 당장 내려와도 좋소!"

구마모토는 만면에 웃음을 띠며 말했다.

"그런데 미리 짚고 넘어갈 게 한 가지 있습니다. 말씀드려도 될까요?"

영춘이 내친 김에 한 발 더 나아갔다.

구마모토는 노련한 사업가였다.

'월급 이야기를 하려는구나!'

구마모토는 이 청년한테 선수를 빼앗긴 것 같아 잠깐 당황했다. 그러나 곧 태연하게 웃으며 말했다.

"허허, 말씀해보시오."

"제가 만약에 장기 근무하게 되면 어떻겠습니까?"

"그러면 정말 감사한 일이지요."

"그러면 제가 오 년 이상 근무하게 된다면 그때 제 소원을 들어주실 수 있나요?"

"소원이오? 만약 이 선생이 우리 농장에서 오 년 이상 근무해주신다면 내 힘으로 들어줄 수 있는 거라면 기꺼이 들어드리지요."

"그때 연구소 하나를 지어주실 수 있나요?"

"연구소라니요?"

"구마모토 선생님 덕분에 제 삶의 목표가 세워졌습니다. 조선 농민들의 보건과 위생을 위해 평생을 바치기로 작정했습니다. 그것을 이루기 위해서는 장기적으로 보건과 위생을 주제로 학술 조사와 연구를 할 수 있는 연구소가 필요하다는 생각을 했습니다. 그곳 개정에다 그 연구소를 세워주십시오"

구마모토는 또 한 번 얻어맞은 것 같았다. 월급을 이야기할 줄 알았는데 그게 아니었다.

"그런 연구소라면 어려울 게 없습니다. 소작농들의 보건과 위생이 향상되면 나도 큰 덕을 보게 되지요. 오 년 후 연구소를 원하신다면 기꺼이 약속할 수 있습니다. 여기 와타나베 선생이 증인이십니다. 분명히 약속합니다. 이 선생이 원하는 연구소를 꼭 만들어드리겠습니다!"

어느새 식사는 끝났다.

이야기를 열중하느라 모두 음식에는 제대로 손을 대지 않았다. 그러나 그들 모두 음식을 배불리 먹은 것보다 더 한 포만감을 느꼈다. 마음이 느긋해진 구마모토가 입을 열었다.

"이 선생 월급은 대강 얼마로 예상하고 계신가요?"

"외람된 말씀이지만 구마모토 선생님께서 저와 가족들이 굶주리게 하시지 않을 것으로 믿습니다."

구마모토는 고개를 끄덕거렸다.

자신이 늘 대하던 물질 위주의 사람들과는 질이 다른 청년이라는 것을 깨달았다. 자신도 지금까지 뜻을 위해 살아왔다고 생각하고 그렇지 못한 사람들에게 경멸감 같은 것을 가지고 있었다. 특히 조선 사람들은 뜻을 모르고, 뜻을 세워본 적이 없는 그런 부류의 사람으로 치부하고 있었다. 그런데 이 젊은 청년의 의연한 태도를 보고, 조선인들 중에도 이런 사람들이 많이 있을 것이라는 생각이 문득 들었다. 그러면서 두려운 생각도 함께 들었다.

그날, 그 자리에서 말하지 않았지만 구마모토는 영춘의 월급을 160원으로 정했다. 이는 일본인 고등관의사의 월급수준이었다.

"언제쯤 농장으로 내려오실 수 있나요?"

"현재 진행 중인 병리학 교실의 실험 연구를 끝내야 합니다. 내년 봄쯤이면 그 연구가 끝날 것 같습니다."

"내가 준비해야 할 일이 있나요?"

"진료실과 의약품과 의료기구가 있어야 합니다. 그동안 진료실과 의약품 창고나 대기실 같은 것을 마련해주시면 좋겠습니다. 제가 의약품 목록을 보내겠습니다. 그리고 의료기구는 제가 준비해보겠습니다."

"아주 좋습니다. 의료기구는 이 선생이 구입하시고 청구서를 보내면 바로 지출하도록 조치하겠습니다. 제가 일본에 있어도 이 선생께서 쓰시는 모든 비용은 전결 처리하도록 조치하겠습니다. 이렇게 중요한 일이 이처럼 일사천리로 해결되었다니 믿기지 않습니다."

"저도 꿈을 꾸는 것 같습니다. 구마모토 선생님과 같은 큰 인물과 함께 일하게 되어 정말 감사합니다."

영춘이 일어나 허리를 굽혀 인사하자 모두 자리에 일어나 허리 굽혀 답했다.

"그럼 내년 4월 1일에 부임하겠습니다. 그 전에 한 번 가겠습니다."

"이 해가 가기 전에, 내가 조선에 있을 적에 꼭 한 번 오세요."

영춘이 인사를 하고 먼저 자리를 떴다.

구마모토는 와타나베의 손을 두 손으로 꽉 움켜잡았다.

3 자혜진료소의 젊은 의사

1935년 4월 1일.

열차는 새벽 동이 틀 무렵에 간이역에 멎었다.

목조 역사(驛舍)에 개정(開井)이라는 팻말이 붙어 있었다.

영춘이 전날 밤 경성역을 출발해 이제 옥구군 개정면의 개정역사에 도착했다.

영춘은 한 손에 트렁크를 들고 열차에서 내렸다.

4월에 접어들었지만 새벽 기운은 쌀쌀한 듯했다. 기차는 긴 기적 소리를 내고 천천히 다시 떠나갔다. 영춘은 잠시 주위를 둘러보았다. 새벽 기운으로 가득 찬 텅 빈 플랫폼에 혼자만 내린 것이었다.

이곳, 이 땅에서 이제 영춘은 그 뜻을 펼치려고 왔다.

영춘이 짐을 들고 개찰구로 나오자 젊은 청년이 모자를 벗어 양손에 들고 다가왔다.

"경성에서 오신 의사 선생님이지요?"

"농장에서 나오셨군요."

"네. 오시느라고 수고 많으셨습니다. 며칠 전에 전보를 받고 많은 사람들이 선생님 오시기를 고대하고 있습니다."

"아, 그래요? 그런데 미리 부친 짐들은 도착했나요?"

"사흘 전에 찾아 농장으로 운반해두었습니다. 진료실도 선생님께서 편지에 지시한 대로 정리해두었고, 약품과 의료기구도 잘 진열해 두었습니다."

청년은 영춘이 묻지 않는 말까지 늘어놓으며 트렁크를 받아들었다.

영춘은 구마모토와 약속한 날짜에 개정에 도착했다.

그는 도착한 날부터 환자들을 진료하기로 하고 모든 준비를 갖출 것을 지시했다. 자신을 김영출이라고 밝힌 그 청년이 앞장을 섰다.

"선생님 이 전단 보셨습니까?"

청년이 가슴 속에서 전단을 끄집어내어 영춘에게 건넸다.

"오늘부터 환자들을 치료한다는 내용을 작인들에게 널리 알린 안내장입죠."

영춘이 그 안내장을 받아 읽어보았다.

그 안내장에는 다음과 같은 내용이 인쇄되어 있었다.

"…… 대저 인생 생활에 있어 친애하는 부모 처자와 가족들이 질병으로 신음하면서 치료를 받지 못하고 사망함과 같이 비참한 일은 없습니다. 금번 농장에서는 세브란스의전 이영춘 교수를 초빙하여 사월 일일부터 삼천 호의 소작인 및 가족에게 기일을 정하여 일체 무료로 진료케 되었사오니 널리 이용하여 건강 유지 증진에 만유루(萬有漏)

없기를 바라는 바입니다."

영춘은 읽은 전단을 주머니에 넣었다.
그리고 천천히 주위를 둘러보았다.
초행이 아니었다. 작년 시월에 농장주 구마모토의 초대를 받고
왔을 때 온 들판이 황금빛 물결로 넘실거리고 있었다.
그때 개정의 지리를 대충 익혀 두었고, 거대한 웅본농장도 둘러
보았다.
영춘은 경성에 돌아가서도 그 가을 풍경이 가슴 속에서 사라지지
않았다.

1934년에 조선의 쌀 생산량이 모두 1,819만 석이었는데 그 중에
절반이 넘는 943만 석을 일본으로 실어갔다. 그건 강탈이었다. 일
본은 조선 땅에서 나는 쌀 중에서 질이 좋은 것은 대부분 일본으로
실어갔다. 가까운 군산항에서 가을이면 전라도에서 생산된 질 좋은
쌀이 바리바리 실려 왔다. 밤 새는 줄도 모르게 트럭으로, 구루마로
실려온 쌀이 부두에 쌓였다. 그 쌀이 모두 배로 일본으로 실려갔다.
영춘이 본 그 황금들판의 쌀도 거의가 일본으로 실려 갔을 것이
었다.
그러나 뼈 빠지게 일한 소작인들은 보리로, 쌀겨로, 콩깻묵으로
겨우 주린 배를 채웠다. 보릿고개가 되면 부황이 들어 풀뿌리를 캐
고 나무껍질을 벗겨 쌀겨 한 줌을 넣어 죽을 쑤어 굶어죽는 것을 겨
우 면했다.
영양실조에 허약해지고 과도한 노동에 병든 그 소작인을 영춘이

치료하려 왔다. 이 얼마나 답답한 민족 현실이며, 눈물겨운 역사의 아이러니인가!

　들 저쪽에 솟아 있는 작은 산봉우리가 장군봉이었다. 그 봉우리를 중심으로 오른쪽을 동개정(東開井), 왼쪽을 서개정(西開井)이라고 불렀다.

　영춘이 바라보고 있는 이 개정의 들판이 고향 광량만의 들판과 아주 흡사했다. 두 곳이 모두 바다와 개펄을 지척에 둔 지형이어서 영춘에게 낯설지 않았다.

　"제가 나오기 전에 동경 단나(旦那) 상(구마모토에 대한 존칭)께서 전화를 하셨습니다. 시바야마(柴山) 지배인에게 불편 없이 모시라는 하명이 있었습니다."

　농장주 구마모토는 일본 동경에 살고 있었다. 초창기에는 농장에 사택을 지어 살았다. 그러다가 농장이 본 궤도에 오른 뒤에는 지배인이나 취재역(取締役)에게 농장을 맡기고 자신은 동경에서 보고만 받았다. 그러나 두 달에 한 번쯤은 개정으로 와서 사택에 며칠씩 묵으며 농장의 경영상태를 둘러보고 갔다.

　"다른 농장 네 군데 사람들도 이리로 오나요?"

　"아닙니다. 각 지장의 환자들은 날짜를 정해 그곳에서 진료하도록 했나 봅니다."

　"내가 그리루 가야 되겠군요."

　"네. 거리가 워낙 멀어서 환자들이 본장(本場)까지 올 수가 없습니다."

개정에 있는 농장을 본장으로 부르고, 대야(大野), 지경(地境), 화호(和湖), 상관(上關) 등의 농장은 지장(支場)으로 불렸다. 대야와 지장이 옥구군(沃溝郡)에, 화호는 정읍(井邑)에, 상관은 완주군(完州郡)에 있었다.

멀리 농장 건물이 보였다. 창문이 없는 큰 목조건물은 모두 쌀 창고였다. 농장 규모가 워낙 크다보니 사무실 건물도 따로 있고 사택들도 십여 채가 넘었다.

한 무리의 사람들이 앞서 가고 있었다. 지게 위에 이부자리를 깔고 그 위에 앉은 노인도 있었고, 자전거 뒷자리에 기대듯 앉은 아낙네도 있었고, 힘겹게 걷는 사람들도 있었다. 모두 몸이 불편한 환자들이었다.

"선생님 보셨습니까?"

"봤소."

"농민들 손에 쥔 진료권도 보셨습니까?"

"진료권이라뇨?"

"며칠 전부터 작인들에게 진료권을 발부했습니다. 아무나 진료를 받을 수 없게 한 거지요. 우리 작인만이 진료권이 있습죠."

영춘은 주위를 둘러보았다. 얼마나 의료혜택을 받지 못 했으면 채 해도 뜨기 전인데도 이 많은 사람들이 진료를 받으려고 오다니!

영춘은 콧날이 시큰했다.

농장 입구에 도착했다. 돌기둥에 "주식회사 웅본농장"이라고 적힌 나무 간판이 걸려 있었다.

사무실 밖 넓은 공터에 이미 많은 작인들이 모여 있었다. 한쪽에는 소달구지 위에 병색이 완연한 사람들이 맥없이 앉아 있었다. 부임 첫날부터 이처럼 많은 사람들이 몰려 올 줄은 예상하지 못했다.

막연히 평산의 환자 규모보다 좀 많으려니 했다.

"이 선생 어서 오시오."

농장의 총지배인인 시바야마가 문 밖으로 나와 영춘을 맞았다.

지난 가을 방문했을 때 얼굴을 익힌 니시무라, 스스끼, 다카하시 등 일본인 직원들과 조선인 직원들도 모두 나와 영춘을 반갑게 맞았다.

"밤새 고생이 많으셨지요. 자, 안으로 들어가시지요."

영춘으로 안으로 들어가려다 문 앞에 걸린 현판을 보았다.

"자혜진료소(慈惠診療所)"

구마모토와 의논하여 지었지만 현판으로 보니 가슴이 벅차올랐다.

"조금 전에 동경 장주님께서 전화가 있으셨습니다."

병원건물이 아직 완공되지 않아 당분간 농장 사무실 한쪽을 진료실로 개조했다.

시바야마의 안내로 진료실에 들어섰다. 생각보다 넓고 아늑했다. 진료실 안은 깨끗하게 도배가 되어 있었고, 크고 작은 약장과 옷장 하나, 그리고 테이블과 진료용 의자 등이 가지런히 놓여 있었다.

"새 진료소를 지을 때까지 불편하시더라도 참아주십시오. 지시하신 대로 정리했습니다만 …… 필요하신 것이 있으면 언제라도 선생께서 직접 경리에게 청구하십시오."

"네. 고맙습니다."

구마모토의 배려였다. 농장의 모든 지출은 반드시 지배인을 거치게 되어 있었다. 그러나 영춘을 전적으로 신뢰한다는 뜻에서, 진료 등에 불편을 주지 않겠다는 뜻에서 경비의 지출을 임의대로 할 수 있는 특권을 부여했다. 그러니까 구마모토 말고는 그 누구의 간섭을 받지 않아도 된다는 뜻이었다.

"아침 식사는 드셨나요?"

"이리역에서 간단히 했습니다."

"그러면 차라도 한 잔 하실까요?"

"아닙니다. 환자들이 밖에서 떨며 기다리고 있는데 지체할 수 없군요. 진료를 시작하겠습니다."

직원들이 옆문을 통해나가자 영춘은 가운으로 갈아입었다.

그때 낯익은 청년이 들어왔다.

"선생님, 저 채규병(蔡奎炳)입니다. 작년 가을에 뵈었지요. 제가 진료소 조수 노릇을 하게 되었습니다."

"아, 반갑군요. 어서 오세요. 그렇지 않아도 무엇부터 손을 대야할지 난감했는데 …… 자, 날 도와주시오. 이 약품들 규병 씨가 정리했나요?"

"네. 지시한 대로 했습니다."

"수고가 많았군요. 그럼, 진료를 시작할까요?"

규병이 나가 대기 중인 환자들을 정리하고 잠시 후 중년 사내가 들어왔다.

"선생님 안녕하세요."

"네. 자, 이리 와서 이 의자에 앉으세요."

그 환자의 이름이 최종국이었다.

영춘이 개정에 와서 처음으로 맞은 환자였다. 이 환자로부터 시작하여 웅본농장의 그 많은 환자들이 영춘의 진료로 건강을 되찾고, 삶의 활기를 되찾게 되었다.

영춘이 도착한 그날 그 시각부터 영춘은 진료를 개시하여 그가 이 세상을 떠나는 날까지 개정에 머무르며 농민들의 보건 위생을 위해 애썼다.

" …… 병들어 고통받는 사람들을 치료하는 것도 중요하지만 …… 병이 발생하지 않도록 미리 예방하는 것입니다. 예방은 …… 치부의 길로 이끌어주지 않습니다. 이름을 드날리는 사업도 아니고 누군가가 눈여겨보아주는 사업도 아닙니다. …… 거룩한 희생정신의 바탕 위에서만 가능한 …… 예방의학은 인류와 사회의 질병의 고통으로부터 해방시켜 주는 사업입니다. …… 예방하는 것이 경제적으로나 방법적으로 훨씬 싸고 수월하기 …… 일반 대중에게 보건과 위생의 중요성을 깨우치고 계몽해야 합니다. …… "

영춘은 에비슨 교장의 말씀을 새겨 그것을 웅본농장에서 하나씩 차근차근 실천해 나가기 시작했다.

4 기쁜 일, 슬픈 일!

1935년 6월.

경성의 저녁거리는 사람들로 붐볐다.

겨우 석 달 만에 경성으로 올라왔지만 아주 오랫동안 경성을 떠나 있었던 것 같았다. 경성역에서 내리자마자 도시 냄새가 온 몸을 감쌌다. 무어라 형용할 수 없는 감회가 기분을 달뜨게 만들었다.

저만치 세브란스의전 건물이 보였다. 영춘은 자신도 모르게 가슴에서 왈칵 더운 기운이 솟구쳤다.

발걸음을 빨리하여 교정으로 들어섰다.

어제 영춘은 윤일선 교수로부터 전보 한 통을 받았다. 그 전보의 내용은 아주 놀라운 것이었다.

"축 박사 학위 취득, 익일(翌日) 급상경 요망. 윤일선"

영춘은 전보를 받고 잠시 멍하니 그 내용을 다시 보았다.

개정으로 내려오기 전까지 영춘은 병리학 교실에서 연구에 몰두했다. 개정으로 내려올 날짜를 확정하고 연구를 마무리했다. 그러던 어느 날 연구를 지도하던 윤일선 교수가 영춘을 조용히 불렀다.

"이제 개정으로 내려가기 전에 자네가 해야 할 일이 있네. 지금까지 해왔던 연구 결과를 정리해서 논문으로 작성하게. 물론 그걸 영역(英譯)해서 나한테 제출하게. 자네의 박사학위 논문으로 경도제국대학(京都帝國大學)에 제출하겠네."

"박사학위 논문이라고 하셨습니까?"

"내가 보기에 박사학위 논문으로 부족함이 없어."

"그게 가능한 일인가요?"

"가능할지 잘 모르겠지만 자네 연구 실적도 충분하니 성사시켜 봄세."

영춘이 의아스럽게 생각하는 것은 당연했다. 지금까지 박사학위를 받은 조선 사람은 모두 일본인 지도교수 밑에서 연구한 사람들이었다. 영춘은 공교롭게도 일본인 교수의 지도를 받은 일이 없었다. 그런 전례가 없었기 때문에 박사학위를 받는다는 것은 생각지도 않았다.

영춘은 그 일의 성사 여부는 하느님께 맡기고 윤 교수의 지시대로 논문을 작성했다. 윤 교수한테 제출한 논문의 제목은 "니코틴의 성호르몬에 미치는 영향에 관한 연구"였다. 그리고 부논문 5편도 영역하여 제출했다.

영춘이 우려한 것과는 달리 4월 30일에 제출된 논문은 경도제국대학에서 심사위원 전원이 찬성하여 의학박사학위논문으로 통과되었다. 조선인 지도교수 밑에서 탄생한 조선인 의학박사 제1호였다.

영춘이 병리학 교실 앞에 서서 잠시 마음을 안정시켰다. 석 달 전에 자신이 근무했던 곳이었지만 묘한 감정들이 일어 저도 모르게 긴장이 되었다. 방 안에 여러 사람들의 목소리가 들렸다. 영춘이 가볍게 방문을 두드리고 방으로 들어섰다. 방 안에는 윤 교수와 김명선, 최재유가 있었다.

"축하해요, 이 박사!"

모두 활짝 웃으며 박수를 쳤다.

그들이 다가와 축하 인사를 했고, 최재유는 그를 부둥켜안았다.

영춘이 오늘 기차로 올라올 것을 알고 그를 영접하기 위해 기다렸던 것이었다.

"교장선생님뿐만 아니라 전 직원이 이 박사의 박사학위 취득을 큰 경사로 생각하고 있소. 아주 경사스러운 일이요!"

은사 윤일선 교수의 말투도 존댓말로 달라졌다.

명선이 물었다.

"이 박사 〈동아일보〉 보았소?"

"못 보았는데요. 무슨 특별한 소식⋯⋯?"

"특별하지요. 이걸 보시오. 이 특별한 기사 좀 보오!"

명선이 건네주는 1935년 6월 19일자 〈동아일보〉를 받아들었다. 명선이 손가락으로 가리키는 곳을 보았다.

"이 기사를 읽어보오. 얼마나 특별한 기사인지 알 거요."

영춘은 선 채로 신문을 읽었다.

그 기사는 뜻밖에도 영춘 자신에 관한 것이었다.

"철두철미 우리 힘으로 길러낸 최초의 박사"라는 큰 제목 아래 박사학위 수여에 관한 기사였다.

기사는, "오르고 또 오르면 제 아무리 높은 뫼라도 구경에는 오를 수 있다"로 시작되었다. 조선인 교수 밑에서 연구한 순수한 국산박사가 탄생하여 조선민족의 우수성을 만방에 과시하였다는 내용이었다. 세브란스의전을 수석으로 졸업한 이영춘의 박사학위 수여소식을 들은 지도교수 윤일선은 자신의 학위수여 때보다 한층 더 감격하고 기쁘기 한량없어 했다고 쓰여 있었다.

영춘은 얼굴이 붉게 물들었다.
온 몸에 기쁨이 출렁거리는 듯했다.

그날 그들은 영춘의 학위를 밤 깊도록 축하했다.
영춘은 이 '기쁜 일'을 통해 자신이 한층 더 성숙되었음을 느꼈다.
박사학위 자체가 그를 변화시킨 것이 아니었다. 자신이 의학계에서 인정받은 의학도가 되었다는 사실이, 자신의 지극히 개인적인 연구가 민족의 경사로 인정되는 것이 기뻤다. 그 기쁨을 통해 거듭 태어난 듯했다. 그와 동시에 자신에게 부여된 무거운 책무가 실감 있게 느껴졌다.
농장주 구마모토도 이 소식을 듣고 일본에서 축하전화를 걸어왔다. 그리고 부모님들과 형들이 기뻐했다. 그러나 그 누구보다도 아내 순기가 눈물을 흘리며 기뻐했다. 순기는 네 아이와 눈코 뜰 새

없이 바삐 돌아가는 의사 남편의 뒷바라지에 지쳐 건강이 썩 좋지 않았다. 모처럼 순기의 얼굴에 화색이 돌았다.

영춘은 순기의 두 손을 잡고 감사의 기도를 올렸다.

영춘은 다시 바쁜 진료소 생활로 돌아왔다. 날이 새면서부터 끊임없이 줄지어 찾아오는 환자들을 돌보아야 했다. 그런 와중에 영춘은 자신이 해야 할 진료와 연구의 큰 각을 잡아 차근차근 진행했다. 어린 시절부터 아버지로부터 받은 교육의 큰 덕목 중의 하나는 '내가 네 인생의, 이 세상의 주인공이다' 는 것이었다. 그 말이 이제는 이렇게 달라져 있었다.

'내 인생의 주인은, 이 세상의 주인은 하느님이시다. 나는 그 종이다!'

그는 어떤 일을 누가 시켜 마지못해, 어쩔 수 없이 하는 일은 결코 없었다. 스스로 계획을 세워 그것을 지칠 줄 모르고 추진했다. 그러나 그가 계획을 세우고, 그가 의지를 세워 밀고 나가는 것처럼 보였지만 그 속에 언제나 하느님을 중심에 두었다. 그러다가 길이 막히면 하느님께 기도했다.

그는 자신 속에 계시는 하느님을 믿었다. 자신이 욕망이나 감정이나 생각에 휩쓸리지 않는 한 자신이 하는 모든 것들이 바로 하느님의 종으로서, 하느님의 대리자로서 하는 것이라는 것을 잊지 않았다. 자신의 삶이 하나님의 역사 그 자체임을 믿었다.

영춘은 앞으로 해야 할 일의 항목을 정했다.

1. 농촌 위생

기초조사 : 농민의 질병 특히 결핵, 화류병(성병). 기생충, 영양.
체력, 유유아사인(乳幼兒死因) 및 사망률, 모성위생, 환경위생(가옥,
우물, 변소, 하수구 등)

건강 상담 : 결핵 및 화류병 상담, 결핵반응과 매독혈청반응 시행

2. 학교 위생

조사 및 연구지도

3. 보건부(보건 요원)설치

무료조사, 유유아 및 모성 위생, 가정위생지도와 조사 등

이 전체 계획에 따라 차근차근 진행해 나갔다.

그해도 그 다음 해도 본장과 지장을 오가며 문제점을 파악하고
보건위생에 관한 지도도 하며 또 한 해를 보냈다.

1936년 12월 5일.

기쁜 일은 언제나 슬픈 일을 동반하는 것일까?

우리 인생에는 많은 일들이 끊임없이 일어난다. 그런데 그 일이
우리에게는 슬픈 일과 기쁜 일로 나뉜다.

그 날은 영춘에게 가장 슬픈 일이 일어났다.

아내 순기가 그해 7월에 2녀 계월(桂月)을 낳고 면종(面腫)이 생기
더니 산후열이 지속되었는데 백약을 써도 효험이 없었다. 그러다가
폐결핵으로 발전되어 반년 동안 고생하다가 결국 세상을 떠나고 말

았다. 그 어려운 시절, 갖은 고생을 다하다가 먼저 세상을 떠나고
말았다.

　영춘은 하늘이 무너지는 듯한 슬픔을 느꼈다. 이것도 하느님의
뜻이라고 생각하려 해도 슬픔은 홍수처럼 밀려왔다. 그러나 밝게
웃고 있는 아내 순기의 사진을 보며, 남아 있는 어린 다섯 자식들을
보며 마음을 추스렸다. 눈물 속에서, 기도 속에서 아내를 하느님 곁
으로 보냈다.

　　날빛보다 더 밝은 천당
　　믿는 맘 가지고 가겠네!
　　……
　　며칠 후 며칠 후
　　요단강 건너가 만나리!

　이제 경제 사정도 좀 나아지고 새로 지은 사택도 번듯하여 살만
할 즈음에 아내가 간 것이었다.

　순기는 영춘의 삶에 아주 큰 자리를 차지하고 있었다. 세브란스
의전 학생인 영춘과 결혼하여 훈도로 재직하고 살림을 도맡아하며
남편의 뒷바라지를 했다. 평산에서 공의로 근무할 적에도 공의 월
급은 시부모님께 보내고 자신의 훈도 월급만으로 생활 하면서도 불
평없이 그 어려운 시절을 슬기롭게 보냈다. 영춘이 평산에서 좌절
감과 절망감에 괴로워할 적에도 곁에서 용기를 불어넣어주며 따사
롭게 감싸주었다. 그런 순기는 아내 이상의 동반자이며 동지이며
헌신적인 후원자였다.

영춘은 슬픔 속에 온 몸이 젖어드는 것을 느꼈다.

그러나 현실은 영춘을 슬픔에 젖어 있게 허락하지 않았다.

아내가 남기고 간 여덟 살부터 젖먹이까지 오 남매들이 오롯이 남아 있었다. 태어난 지 오 개월밖에 되지 않은 젖먹이는 어미 품이 그리워 울었다. 그뿐이었던가!

또 그가 돌보아야 할 환자들은 날마다 줄지어 찾아왔다.

다급해진 영춘은 고향의 노모 아옥을 모셨다. 아옥도 이미 일흔이 넘었지만 달리 도리가 없었다. 아옥은 오 개월 된 젖먹이에게 미음을 끓여 먹이며 어미 잃은 다섯 남매를 정성스럽게 거두었다.

영춘의 상처 소식을 들은 구마모토는 일본에서 와 농장 직원들에게 지시하여 장례를 잘 치르게 했다.

발인은 사택 뜰에서 거행되었고, 유해는 월명산 화장터에서 화장하여 유골만 경성 홍제동 묘지에 납골했다.

5 자바, 동양농촌위생회의

장례는 끝났지만 영춘은 그 충격에서 쉽게 벗어나지 못 했다.

무심한 듯한 그로서도 아내 순기의 그림자를 쉬 지울 수가 없었다. 직장에 갔다가 밤늦게 돌아올 때가 더욱 그러했다. 순기는 언제나 늦게 돌아오는 영춘을 문밖에서 기다리곤 했다. 이제 그가 돌아와도 문밖에서 서성이며 그를 기다리는 사람은 없었다. 땀에 젖은 그를, 지쳐 헉헉거리는 그를 붙잡고 애틋한 투정을 늘어놓는 사람도 없었다. 아내가 있을 때 느끼지 못한 애절한 그리움에 가슴이 미어졌다.

그러나 노모와 어리디 어린 다섯 아이를 어쩌랴!

영춘은 어떻게 해서라도 그 애절한 감정의 수렁에서 벗어나고 싶었다.

구마모토는 영춘이 개정으로 내려 온 뒤 사려 깊게 대했다. 구마모토는 영춘의 의술에 대해 깊은 신뢰를 보내며 자신의 주치의처럼 대접했다. 병이 나면 영춘을 구태여 일본까지 오게 해서 자신을 치료하게 했다. 그러는 한편, 영춘이 요청하지 않았는데도 청년 과학자가 신진 학문에 낙후되어서는 안 된다고 하며 학회 참가를 권유하고 견문을 넓히게 해 주었다. 그리하여 일 년에 한두 차례는 일본을 방문하여 학회에 참가하고 주요 연구소를 방문할 수 있게 모든 편의를 제공해 주었다.

그 덕분에 해방이 되기 전까지 영춘은 일본학교위생회총회를 위시하여 국립공중위생회, 전염병연구소, 노동과학연구소, 은사재단애육연구소, 사립영양연구소, 도쿄위생박물관, 도쿄결핵요양소, 도쿄다마연구소 등, 학회에 참석하기도 하고 여러 연구소를 견학하고 의견을 나누며 일본의 공중보건 발전과 변천을 파악할 수 있었다. 물론 구마모토가 몸이 불편하다면서 일본으로 불러 그 김에 견문을 넓히게 배려하기도 했다.

그때도 그랬다!

영춘은 아내를 잃고 어떤 돌파구가 필요함을 느꼈다.

영춘은 우연히 「일본의사신지(日本醫師新誌)」에서 이듬해 1937년 8월 3일부터 13일까지 국제연맹 주최로 인도네시아 자바 섬에서 "동양농촌위생회의"가 열린다는 기사를 보았다. 영춘은 자신에게 꼭 필요한 회의이기도 했지만 이참에 그 슬픔의 수렁에서 벗어나고 싶었다.

그때 마침 농장에 와 있던 구마모토를 만나 요청했다.

영춘의 이야기를 대충 듣고도 구마모토는 흔쾌히 응낙했다. 여비 일체를 다 부담할 것을 약속했다.

1937년 7월 2일.

영춘은 개인 자격으로 동양농촌위생회의에 참석하기 위해 부산 항에서 오사까 상선 낭요마루(南洋丸)를 타고 자바를 향했다. 일본정 부가 선발한 일본 대표 5명은 고베(神戶)에서 출발해 그 배에 타고 있었다.

일본인 대표 5명은 수석대표 기또겐조(加藤源藏)와 미야자끼다이 찌(宮崎太一), 난자끼유시찌(南崎雄七), 사에기노리오(佐伯矩), 고이즈미 단(小泉丹)이었고, 대만 총독부에서 온 한 명과 일본 교수 두 명도 함 께 갔다.

배를 타고 20일 만에 자카르타 항에 도착하기 이틀 전에 세계 3 대 무역항인 스라바야 항에 입항했다. 네덜란드, 일본, 중국 사람들 80여 명은 친족이나 친지 또는 그 나라 영사관원들의 환영을 받으 며 배에서 내렸다. 일본대표들도 일본상사의 초대를 받아 영춘만 남기고 모두 배에서 내렸다.

"이 박사에게 미안하지만 어쩌겠소?"

영춘은 나라 없는 국민의 비참한 운명을 통절하게 느꼈다.

이틀 뒤에 자카르타의 한 호텔에서 대만 사람 개업의사 이정기를 알게 되고 그의 안내로 교포 장취석을 만났다.

장취석은 경상도 출신으로 일찍이 고베고상(神戶高商)을 졸업하고 한일합방 후 북경으로 망명했다가 우여곡절 끝에 인도네시아 동아 시아국의 번역관으로 채용되어 살고 있었다. 중국인 3세와 결혼하 여 슬하에 세 자녀를 두었다. 그는 고국의 청년 영춘을 만나 반가워 했다. 그를 광동 요리점으로 초대해 푸짐한 점심을 대접했다. 그는 타국에서 만난 동포 청년 의사를 진심으로 접대했다.

농촌위생회의가 개최되기 3일 전에 수석대표 가또가 심장병으로 급사하고 말았다. 회의는 5개 분과였는데, 가또의 담당인 의료보건 행정 부문에 결원이 생겨 영춘에게 대표가 되어 달라고 부탁했다. 그러나 영춘은 전혀 준비가 되어 있지 않았으므로 정중히 거절했다.

회의 공용어는 영어와 불어였다. 영춘은 영어회화에 능통하지는 않으나 의사소통에 큰 장애는 없었다.

10일간의 회의를 통해 각국의 보건현황과 의료보건 향상에 대해 서로 의견을 교환하여 아주 많은 것을 배웠다. 인도네시아 정부가 시범사업으로 참가국 대표들에게 소개한 것은 개량주택, 학교환경 정리였다. 영춘은 옆방에 유숙하고 있던 태국 대표 두 사람과 매일 함께 산책하며 농촌의 보건위생에 대해 많은 이야기를 나누었다. 그러느라고 자연히 일본 대표들과는 친밀하게 지내지 못했다.

국제연맹이 주최했던 농촌위생회의가 동양에서 열린 것은 1936년에 처음 큐슈(歐洲)에서 열렸고 이번이 두 번째였다. 이 회의를 통해 각국이 당면하고 있는 심각한 문제는 급만성전염병이었다. 참가국 중에 일본과 중국과 태국을 제외하고는 모두가 식민지국가여서 그 정황이 우리나라 사정과 비슷했다. 영춘은 일본 대표가 된 난자끼유시찌 박사와 같은 선실에 3주나 함께 있었기 때문에 그가 입안하여 실시하게 될 일본 보건소법의 취지와 내용을 상세하게 들었다.

영춘이 두 달에 걸친 여행을 마치고 돌아왔다.

그동안 소작인들의 진료는 김명선 박사가 맡아주었다. 그 여행을 통해 영춘은 아내를 잃은 슬픔의 자리에다 농촌위생과 보건에 대한 새로운 포부로 채울 수 있었다.

새로운 의욕으로 재충전했다. 그러는 것이 아내 순기를 위한 것이라는 생각이 들었다.

1938년 1월.
영춘에게 또 슬픈 일이 일어났다.
아버지 이종현이 세상을 떠났다.
영춘은 전보를 받자마자 고향으로 달려갔다.

　하늘 가는 밝은 길이 내 앞에 있으니
　슬픈 일을 많이 보고 늘 고생하여도
　하늘 영광 밝음이 어둔 그늘 헤치니
　……

빈소에 향을 지피고 엎드려 절했다. 애절한 마음으로 찬송가를 불렀고, 아버지의 영혼을 하느님께서 거두어주시기를 기도했다.
눈을 감고 앉아 아버지 종현이 늘 하던 말과 그의 일생을 되짚어보았다.

"오째야, 넌 평생 많은 사람들을 도우며, 살리며 살 거란다. 태몽처럼 넌 맑고 시원한 샘물이 되어 많은 사람들의 갈증을 풀어줄 거란다."

어린 시절 종현은 영춘을 무릎에 앉히고 머리를 쓰다듬어주며 자주 그렇게 말했다. 영춘이 끊임없이 질문을 해대도 차근차근 설명을 해주었다.

종현은 1922년 무렵에 간도에서 활동하던 의병장이었던 육촌동생 이시구가 일본군과의 전투에서 장렬하게 죽은 이후로 사실상 은퇴했다. 만주나 상해로 가는 지사들이나 군자금의 루트를 확보하고 안내하던, 위험천만의 일에서 물러났다.

그 이후 조용히 동학 수행으로 자신을 닦았다. 조용히 삶의 한쪽에서 수행하며, 있는 듯 없는 듯 살았다. 은퇴하고 난 뒤에는 건강이 나빴으나 수행을 통해 건강도 무척 좋아졌다. 그러던 그가 일흔 아홉 살인 그해 1월 조용히 숨을 거두었다.

시현에서 종현으로 이름을 바꾸고 은둔해 산 이후로 그의 삶은 언제나 겉으로 조용하고 평온했다. 물론 비밀 업무를 수행할 때는 겉의 고요함과는 달리 수많은 어려움과 위기의 어려운 삶이었지만 그는 지혜롭게 극복했다. 다만 자신의 선택 때문에 자식들의 장래가 왜곡될 수 있다는 사실에 큰 부담을 가지고 있었다.

"내 선택 때문에 너희들이 매국노로 손가락질 당할지도 모르겠구나! 특히 둘째는 애비 때문에 힘들게 살게 되었구나! 그러나 나서서 하는 일보다 숨어서 하는 일이 더 힘들지! 그러나 누군가 맡아야 되지 않겠느냐! 이 애비를 용서해라!"

자식들은 종현의 장례를 조용히 치르고 그의 유언대로 해주 공동묘지 한쪽에 모셨다.

1938년 4월.
농장에 있는 구마모토의 별장 응접실에서 조촐한 결혼식이 열렸다.

결혼식이 있기 전날 영춘은 혼자 기도를 올렸다.

결혼은 사람이 인위적으로 행하는 것이 아니라 하늘의 뜻이 땅에서 이루어지는 것 중의 하나라는 믿음이 강했다. 그는 이 새 결혼에 대한 감사를 드리고 자신의 삶을 차분하게 되돌아보는 계기로 삼았다.

주 안에 있는 나에게 딴 근심 있으랴
십자가 밑에 나아가 내 짐을 풀었네
……

가족들과 하객으로 농장 직원 몇이 모였고, 구마모토가 주례를 맡아 결혼을 축하해주었다. 영춘이 아내 순기를 사별한 지 벌써 1년 반이 지났다.

새 아내는 인천여고 출신의 김순덕(金順德)이었다. 전 부인 김순기의 절친한 친구의 동생으로 언니와 함께 가끔 집으로 놀러오기 했다. 그러므로 집안 사정을 너무나 잘 알고 있었다. 처녀의 몸으로 나이 어린 다섯 남매가 있는 홀아비한테 시집을 온다는 것은 쉬운 결단이 아니었다. 칠순 노모한테 다섯 남매를 맡기고 전전긍긍하는 영춘의 사정을 너무나 잘 알기 때문이었다.

이제 영춘은 집안일을 아내 순덕에게 맡기고 진료와 연구에 몰두할 수 있었다.

이듬해 12월에 4남 주광(柱光)과 3녀 계림(柱林)이 쌍둥이로 태어났다. 그리고 1942년 7월에 5남 주석(柱石)이, 1944년 12월에 4녀 계령(桂玲)이 태어났다.

6 민족을 망치는 3가지 독한 병

영춘은 개정으로 내려온 그날부터 눈코 뜰 새 없이 바빴다.

환자는 본장의 진료소와 네 지장에 줄지어 찾아왔다. 본장 개정에서는 일주일에 다섯 번 진료하고 네 지장인 대야, 지경, 화호, 상관은 그곳의 장날을 이용해서 닷새 만에 한 번씩 순회진료를 실시했다.

환자가 줄지어 오는 데에는 그만한 이유가 있었다. 경성에서 내려온 유명한 의사가 무료로 진료를 해주고 약도 공짜로 나눠주기 때문이었다. 그들은 조금만 몸이 이상해도 찾아왔다.

그것은 그 당시 놀라운 혜택이었다. 대부분의 농민들은 죽을병이 아니면 양의를 잘 찾지 않았다. 의료수가가 너무 비쌌기 때문이었다.

처음 이 소식을 들은 농민들은 선뜻 믿으려 들지 않았다. 그러나 시일이 지나 그것이 사실이라는 것이 밝혀지자 그들은 놀라워했다. 그 덕분에 영춘과 조수 규병은 비가 오나 눈이 오나 하루도 쉴 날이 없었다.

본장에서 진료를 할 때는 그래도 편했다. 그러나 지장에 나갈 때는 기차를 타고 다시 자전거로 몇십 리 길을 달려가야 했다. 또 위급환자가 생겼을 때는 횃불을 켜들고 밤을 달려 왕진을 가야 했다. 지장에 갔다가 기차라도 놓치면 그 먼 길을 자전거로 와야 했다. 밤이 되면 도로 사정도 나쁘고 어두워 자칫하면 논두렁으로 굴러 떨어지기 일쑤였다. 낯선 마을에 들어갔다가 사나운 개한테 봉변을 당한 경우도 있고 오물구덩이에 빠진 적도 여러 번 있었다.

웅본농장의 소작인들에게 무료진료를 해준다는 사실이 알려지자 다른 농장의 환자들이 진료권을 빌려 오는 경우도 생겼다. 이런 혜택 때문에 웅본농장의 소작권이 비싼 값에 팔리는 현상까지 생겼다.

구마모토의 예상대로 소작인들의 반응이 아주 좋아졌다. 소작인들은 자신들이 받는 그런 특별대우에 감격해 했고, 진심으로 고마워했다. 소작인들의 불만이 그 진료로 많이 해소된 것이었다.

개정으로 내려온 그해 8월로 접어들면서 진료소도 틀이 잡혔다.

지난 5월에 39평 규모의 자혜진료소 건물이 완공되었다. 진료소에는 진찰실, 도서실, 약국, 수술실, 실험실 등이 갖추어졌다. 의사 사택 20평도 완공되어 경성에 따로 살던 가족들이 내려왔다.

진료실 식구도 늘어나 조수 말고도 세브란스 간호학교와 여신학교를 졸업한 최신은을 채용했다. 최신은은 오랫동안 교회 봉사사업에 종사하여 만주에서 산파노릇도 몇 년간 한 간호사였다. 그는 화호 농장에서 여러 부락을 중심으로 예방의학을 담당했다. 그 중에서 특히 모자건강과 조산을 떠맡아 그때부터 무려 27년간 담당했다.

진료사업이 활발한 만큼 영춘의 나날은 더 고달파졌다. 자신이 쉰 시간만큼 환자들의 고통이 늘어날 것이기 때문에 강행군을 계속하지 않을 수 없었다. 일의 끝이 보지도 않았고 환자는 끝없이 이어졌다.

그러나 영춘의 피 속에는 호랑이처럼 용맹스러운 기운이 흐르고 있지 않았던가! 한 번 목표를 세우면 절대로 꺾이지 않고 시들지 않는 평안도 사람의 기질이 도사리고 있었다.

영춘은 모든 진료 내용을 꼼꼼히 기록해 두었다. 어린 시절부터 무엇이든지 잘 정리해두는 습관 때문이었다.

이 방대한 기록이 뒷날 그의 연구에 중요한 자료로 쓰였다.

영춘이 부임한 첫해 진료한 환자는 모두 칠천여 명이었고, 진료 연인원은 삼만여 명이었다. 소작인 가족까지 합쳐 한 사람이 1.5회 진료를 받은 셈이었다.

"선생님, 화호 관내 마을에서 지랄병 환자가 발생했답니다! 아이인데 상태가 위독하답니다!"

조수 채규병이 영춘에게 보고했다.

영춘과 규병은 급히 왕진을 나갔다.

현장에 당도하니 아이는 간헐적으로 발작을 일으켰다. 다섯 살쯤 되어 보이는 아주 몸집이 작은 아이였다.

영춘이 찬찬히 진찰을 해보니 간질 증세가 아니었다.

"이 아이는 지랄병이 아닙니다!"

영춘은 아이의 부모를 안심시키고 그 아이의 배가 지나치게 불러 있는 것을 보고 우선 회충약을 주었다. 그 아이가 다음 날 수십 마리나 되는 회충을 배설했다. 발작증세도 깨끗이 사라졌다. 그 아이의 실제 나이는 아홉 살이었는데 몇 년 동안 회충 때문에 제대로 성장하지 못하고 발작까지 일어났던 것이었다.

영춘이 부임 첫해부터 진료한 환자들의 질병은 신경병, 피부병, 눈과 귀의 병, 소화불량, 외상, 호흡기질환, 성병, 기생충 등이었다.

그가 관심을 특히 관심을 가진 병은 기생충과 결핵과 매독이었다. 그는 이것을 '민족을 망치는 3가지 독한 병'으로 보고 이것을 예방하고 퇴치하는 데 힘을 기울였다.

기생충은 사람의 대소변을 삭혀 비료로 쓰고, 민물고기를 날것으로 회를 쳐 먹는 식습관 때문에 감염되었다. 채독으로 불리는 십이지장충과 민물고기로 감염되는 간디스토마가 널리 번져 있었다.

사람들은 결핵의 전염경로를 모르기 때문에 환자와 함께 기거하며 전혀 위험하다는 의식조차도 없었다. 또 매독은 신장열 또는 인후증이라고 해서 부끄럽게 여기지도, 조심하지도 않았다.

영춘은 이 병의 위험성을 널리 계몽하고, 병을 예방하는 방법을 알리기에 힘썼다. 그러나 사람들의 식습관과 생활 습관은 쉬 고쳐지는 것이 아니었다. 병에 걸려 고통스러워할 때는 후회해도 소용이 없었다. 그러나 사람들은 병의 징후가 완연해야만 그때 후회했다. 그래서 어릴 때부터 생활 습관을 바로 잡고 병이 얼마나 위험한 것인지를 알게 하는 것이 무엇보다는 중요하다는 결론을 얻었다.

영춘은 예방의 중요성을 어린 학생들을 상대로 계몽해보려고 했다. 보통학교 학생들을 상대로 보건과 위생의 중요성을 가르쳐보기로 하고 그해 6월에 개정보통학교 교의(校醫)가 되었다.

'그렇다! 어린 학생들의 생각과 습관부터 바로잡자!'

틈이 나면 학생들에게 예방의학의 중요성을 가르쳤다. 이것이 점차 제자리를 잡기 시작했다. 먼저 아동들의 정밀 신체검사부터 시작했다.

이것이 깊이를 더해 1938년부터 교사들의 도움을 받아 오백여 명이나 되는 전교생의 체온측정과 결핵반응검사를 실시했다. 그 결과 체온이 37.2도 이상인 아이들이 삼분의 일이나 되었고, 결핵양성반응은 24.7퍼센트나 되었다. 또 미열이 있는 아이들을 다시 신체검사를 하여, 결핵과 코와 귀의 화농성 질환과 치조농양과 피부병 등을 밝혀내고 치료를 했다.

결핵에 걸린 아이 주변에 앉은 아이가 결핵에 감염되는 비율이 아주 높다는 것을 밝혀내었다. 이 조사의 결과를 중국 신경에서 열리는 만선의학회와 일본 복정시(福井市)에 열린 일본학생위생총회에 발표했다.

이 무렵에 영춘은 일주일에 한 번 이상은 아이들의 신체검사, 영양관리, 치료에 따로 시간을 냈다.

1939년 참혹한 흉년이 전국을 휩쓸었다.

조선의 쌀 생산량 1천 석 정도가 줄어든 흉년이었다. 그런데 일본도 흉년이 들어 쌀이 부족하자 조선의 쌀 150만 석을 더 가져가기로 했다. 그렇지 않아도 흉년이 들어 굶어죽는 사람이 늘어나는 판에 일본으로 가져가는 쌀의 양을 늘린 것은 비인도적이고 잔인한 처사였다.

그해 조선 전국의 쌀값은 폭등했다. 총독부에서 이를 막기 위해 협정표준 가격을 고시하고, 조선백미취재규정을 발표하여 칠분도 이하의 백미를 판매할 수 없게 했다. 그러나 폭등하는 쌀값을 잡을 수 없었다. 생산량이 절반으로 줄었는데 일본으로 더 가져가겠다니 조선인들을 굶겨죽일 작정이나 다름없었다.

곡창지대인 이곳의 사정도 마찬가지였다.

주민들의 식량난이 극심했고, 춘궁기에 들어선 다음 해 봄에는 아침저녁에 죽이라도 쑤어먹으면 그래도 나은 편이었다.

개정보통학교 560명 중에 점심을 싸오지 못하는 학생들이 칠할 이상이었다. 그 과정이 너무 애처로워 영춘은 구마모토를 찾아 사정해보기로 했다.

영춘은 거침없이 양관으로 향했다.

마침 며칠 전에 일본에서 와 농장에 머물고 있는 구마모토를 만나려는 것이었다. 영춘의 이러한 행동은 지배인 시바야마의 비위를 상하게 만드는 행동이었다. 모든 사람들이 장주인 구마모토와 만나기 전에 자신을 통해야 했다. 그러나 영춘만이 예외로 자신을 거치지 않고 구마모토와 만나곤 했다.

그날도 구마모토를 만려고 기다리고 있는 시바야마를 제치고 만났다.

구마모토가 농장에 머물 때라도 꼭 만나야 할 필요가 없으면 서로 찾지 않았기 때문에 오랜만의 만남이었다. 구마모토가 농장 이야기며 진료실과 환자들에 관한 이야기를 의례적으로 물었다. 그는 지배인을 통해 농장에서 일어나고 있는 모든 일을 소상히 보고 받기 때문에 구태여 묻지 않아도 될 이야기들이었다.

곧이어 영춘은 자신이 찾아온 사연을 밝혔다.

"제가 찾아온 이유는 두 가지입니다."

구마모토는 미소를 지으며 그의 다음 말을 기다렸다.

"첫째 진료소 문젭니다."

"환자가 쇄도해서 이 선생이 과로하신다는 말은 들었습니다."

"두 지장에 몰려드는 환자가 백오륙십 명에 이릅니다. 본장은 물론이고 지장에서도 절반 이상이 진료를 받지 못하고 돌아가는 경우도 흔합니다."

"그러면 아픈 몸으로 여러 날을 기다려야 되겠군요. 무슨 대책을 강구해야 되겠군요."

"경우에 따라서는 닷새나 열흘을 기다리는 경우도 있습니다. 기다리다가 병세가 악화되어 사망한 경우도 있습니다."

"호오! 그래요."

구마모토는 영춘이 쉽게 말을 꺼내지 못 하는 해결책을 이미 생각하고 있었다. 조선 농촌 상황이 악화되고 흉년까지 겹쳐 민심이 극도로 흉흉한 것도 너무나 잘 알고 있었다. 아직 나라 곳곳에서 소작쟁의가 그치지 않고 있었다. 구마모토는 이러한 전체 상황을 잘 파악하고 그 대책을 이미 세워두었다.

"이 선생, 의사를 늘립시다! 화호와 지장에 의사를 초빙합시다."

"네? 정말입니까? 말씀드리기 어려워 전전긍긍 속앓이를 해왔습니다. 그렇게만 된다면 처음 진료소를 연 뜻이 제대로 이루어질 수 있을 겁니다."

영춘이 반가움과 놀람이 교차되는 표정으로 반가워하자 구마모토가 아무렇지도 않은 듯이 물었다.

"이 선생이 찾아온 또 다른 이유는 뭔가요?"

영춘은 지장에 의사를 채용하자는 구마모토의 말에 용기를 얻었다.

"아, 네. 제가 지금 개정학교를 다녀오는 길이었습니다. 그런데......"

"말씀하시지요."

"학생들 대부분이 심한 탈진 상태에 빠져 있습니다. 전교생 칠할 이상이 도시락을 싸오지 못하고 있답니다. 흉년 때문이지요. 학생들의 결식은 질병과 연결됩니다. 굶주려 체력이 저하되면 발육도 되지 않고 저항력이 떨어져 병에 걸릴 가능성이 높습니다."

"그래, 이 선생 생각으로는 어떻게 하면 좋겠소?"

"농장 사정도 어렵겠지만 도정 중의 부산물로 주린 애들을 먹여 주십시오."

"도정 중의 부산물이 무엇인가요?"

"벼를 찧을 때 많은 양의 싸래기가 나옵니다. 그것을 사료로 사용했는데 지금 형편이 절박하니 그것을 주시면 아이들을 구할 수 있습니다. 취사문제와 부식 문제는 제가 생각해둔 방안이 있으니 ......"

영춘이 말을 잇지 못 하자, 눈을 감고 듣고만 있던 구마모토는 눈을 뜨고 단호하게 말했다.

이미 그의 머릿속에서는 계산이 끝난 듯했다.

"좋습니다. 이 선생 의견에 따르겠소."

그 날 이후, 개정보통학교 결식아동 삼백사십여 명에 대한 학교 급식이 시작되었다. 부식은 학부모들이 함께 마련했고, 취사 준비도 학부모들이 교대로 나와 준비했다. 간단한 부식과 아이들의 배를 불릴 수 있는 정도의 주먹밥으로 굶주린 학생들의 배를 채우게 했다.

그해만 그런 것이 아니었다. 매년 춘궁기만 되면 삼 개월간 실시했다. 이것이 우리나라 최초의 학교 급식일 가능성이 크다.

영춘은 보건위생에 대한 활동을 멈추지 않았는데, 1940년 5월부터 개정학교 학생 56명에게 결핵예방을 위해 결핵면역원 T.A.C.를 1회씩 20주간 접종했다.

또 구마모토는 약속대로 1939년 10월에 화호진료소에 젊은 의사 김상은을 초빙했고, 1940년 3월에 지경진료소에 정인회를 초빙했다. 모두 영춘의 선배인 김명선 교수의 적극적인 추천에 의한 것이었다. 이들 모두 10개월 뒤에 사임했다. 그래서 1941년 4월 1일에 세브란스의전 출신 청년 의사 김성환을 지장인 화호진료소에 초빙했고, 1942년 10월 30일에 영춘의 평양고보 후배이자 세브란스의전 출신인 미남 청년의사 김경식을 지경진료소 의사로 초빙했다.

본장과 지장을 정신없이 뛰어다닌 영춘은 두 의사 덕분에 한숨을 돌릴 수 있었다. 든든한 동지인 두 젊은 의사 덕분에 영춘은 자신의 사업인, 민족을 망치는 3가지 독한 병을 퇴치하는 사업에 박차를 가할 수 있었다. 이를 위해 별일 사업도 구상했다.

또 한 가지 진전된 것이 있었다.

영춘이 틈만 나면 구마모토에게 보통학교 학생들의 보건위생에 대한 중요성을 강조했다. 그 결과 구마모토는 1939년에 개정보통학교에 20평짜리 위생실 건물을, 1941년에 대야보통학교에, 1942년에는 화호보통학교에 위생실 건물을 지어주었다. 그러자 도에서는 개정과 대야교에 양호교사를 채용하게 했고, 또 화호교의 학교후원회에서 양호교사를 채용했다.

이것이 우리나라 최초의 양호실과 양호교사였다.

또 1941년 8월에 개정학교 위생실에서 옥구군 교원 40명에게 사흘간 학교위생강습회를 개최했다. 이것이 발전되어 학동보건에 대한 관심이 높아져 전라북도의 초중고등학교 교사를 대상으로 학교위생강습회가 해방이 될 때까지 계속되어 사백여 명이 강습회에 참가했다.

7 농촌위생연구소

1941년 10월.

화호와 지경 두 진료소도 새 의사가 초빙되어 진료가 제대로 이루어지고 개정보통학교에 위생실도 갖추어졌다. 영춘은 자신의 계획이 착착 진행되자 용기를 얻었다. 구마모토가 오 년이 지나면 꼭 연구소를 세워주겠다는 그 약속을 그는 한시도 잊지 않았다.

영춘은 실행에 옮기기로 했다. 기회를 잡아 구마모토를 찾아갔다. 그리고 '조선농촌위생연구소' 설치안을 제출하고 본격적인 치료와 예방사업을 제안했다. 아울러 결핵요양원도 운영하자고 했다. 영춘은 그동안 꼼꼼하게 세워두었던 계획서를 내놓으며 마음을 단단히 먹고 말을 꺼냈다.

"장주께서 6년 전에 제게 약속하신 것을 기억하실 겁니다. 내후년이면 농장개장 40주년이 됩니다. 농장 경영으로 크게 성공하신 장주(場主)께서 소작인들과 조선 농민들에게 주는 좋은 선물이 될 것 같습니다.”

영춘의 제안을 받은 구마모토는 당황한 듯했다. 그러나 곧 평정을 회복하고 웃으며 말했다.

“이 박사의 말씀은 충분히 알아듣겠습니다. 그러나 지금 대동아전쟁이 격화되고 있어 사업수익의 8할이 세금으로 징수되고 있습니다. 이 때문에 당장 연구소를 설립한다는 것은 어렵겠습니다.”

“전국에 있는 많은 지주 중에서도 영단을 내려 이 일을 할 수 있는 사람은 장주밖에 없다고 생각했습니다. 그러나 그게 힘들다면 저도 꿈을 접고 사임할 수밖에 없습니다. 그동안 소신껏 일할 수 있게 크게 도와주신 것에 감사드립니다.”

구마모토는 깜짝 놀라며 말했다.

“정말로 사임하시려오?”

“네. 그렇습니다.”

“다른 취직자리라도 구했나요?”

“그렇지 않습니다. 그러나 의사는 청진기만 있으면 어디로 가든지 호구문제는 해결하겠지요.”

구마모토의 얼굴빛이 흐려졌다. 잠시 침묵을 지켰다.

“그렇다면 모든 진료소를 폐쇄하겠습니다.”

“폐쇄는 장주의 뜻과 맞지 않습니다. 다른 의사를 구하면 되지요.”

“사업은 재정이 먼저가 아니라 사람이 먼저입니다.”

영춘은 진료소를 폐쇄하겠다는 구마모토의 말에 마음이 약해졌다. 지난 7년 동안 진료소를 통해 수많은 소작인들이 질병의 고통에서 놓여날 수 있었다. 그런데 진료소가 폐쇄된다면 고통을 받는 당사자들은 바로 소작인들이 되고 말 것이었다.

잠시 후 구마모토는 노련한 사업가답게 타협안을 내놓았다.

"이 박사의 제안을 당장 실행하라고 고집하지 말고 이 일의 해결책을 윤일선 박사에게 일임하는 것이 어떻겠소?"

영춘도 한 발 물러나지 않을 수 없었다. 그러나 그 꿈을 접은 것은 아니었다. 비록 그 제안이 시국 때문에 거절되었지만 영춘은 사업계획을 더 구체화시켜나갔다.

1942년 가을.

영춘은 일본으로 건너갔다.

동경제국대학 전염병연구소 제7연구부 부장인 하세가와슈지(長谷川秀治) 교수가 타이완 고산지대에 분포하는 칡뿌리과 식물에서 추출한 '세파란틴'이 결핵균 번식을 억제할 수 있다는 실험 보고를 발표했다. 그 소식이 세계 곳곳으로 퍼져나가 놀라운 반향을 불러일으켰다. 그 당시에는 결핵에 감염되면 사형선고를 받은 것이나 다름없었다.

영춘도 첫 아내 순기를 결핵으로 잃었기 때문에 결핵치료제에 대한 소식을 그 누구보다 더 반가워했다. 그는 '세파란틴'의 결핵치료요법을 전수받기 위해 일본으로 건너갔다. 도쿄대학 전염병연구소에 입소하여 한 달 동안 하세가와 교수와 연구원들로부터 임상결과를 전수받고, 환자치료 상황을 견학하고 돌아왔다. 그리고 그곳에서 나중에 농촌위생연구소에서 함께 일하게 된 후배 소진탁도 만났다.

영춘은 일본에서 돌아와 소작인뿐만 아니라 외부 결핵 환자도 받아들였다. 영춘이 하세가와 교수로부터 결핵치료요법을 전수받기는 했지만 그가 오랫동안 환자를 치료하면서 얻은 임상경험을 덧보태어 정성스럽게 치료하여 기대 이상의 치료효과를 거두었다. 그 결과, 용하다는 소문이 퍼져나가 전국에서 결핵환자들이 몰려오고 심지어는 만주나 일본 큐슈에서도 왔다.

2년 동안 외부 환자 치료로 얻은 수입이 사만여 원에 이르러 그 돈으로 결핵진단용 입체촬영 X선 장치를 구입했다.

진료의 효과가 점차 뚜렷하게 드러나기 시작했다.

1944년 3월에 개정면장이 찾아와 반가운 소식을 전했다.

1943년에 개정면 7개 부락 주민 구천여 명의 사망 실태를 조사했는데 웅본농장 소작인들이 사는 3개 부락은 다른 부락에 견주어 사망률이 3분의 1로, 반쯤이 사는 부락은 2분의 1로 감소하여 그 차이가 뚜렷했다. 또 1943년에 징병제가 공포되어 시행되었는데 일본 군의관이 실시한 청년신체검사 결과에서 개정면 청년의 건강상태가 월등히 우수하였다.

1942년 12월 8일.

일본의 가미가제 특공대가 하와이 진주만을 습격했다. 독일, 이태리와 함께 제2차세계대전에 뛰어들었다. 전쟁이 시작된 처음에는 승승장구했다. 그러나 미드웨이 해전에서 일본이 패배함으로써 일본은 연합국의 강렬한 저항을 받아야 했다. 태평양과 중국 대륙은 말할 것도 없고 동남아시아와 서태평양 제도 등에서 고전을 거듭했다.

전세가 불리해지고 군수물자가 점차 바닥을 드러내기 시작하자 일본의 식민지 수탈은 날이 갈수록 악랄해지고 혹독해졌다. 미곡증산운동 등의 이름으로 무자비한 수탈과 착취를 당해야 했다.

1943년 10월.

웅본농장이 문을 연 뒤로 40년이 지났다.

전세가 불리하게 확대되고 있는 그 판국이었지만, 구마모토는 웅본농장 사십 주년을 기념하기 위해 일본에서 경성을 경유하여 농장으로 내려왔다. 그는 도착하자마자 영춘을 불렀다.

구마모토는 영춘으로부터 작년에 농촌위생연구소 제안을 받고 비록 거절은 했지만 그 제안을 꽤 구체적으로 검토했다. 영춘의 제안을 단호하게 거절하고 난 뒤 스스로 부끄러웠다.

그는 오랜 생각 끝에 결단을 내렸다. 비록 영춘을 농장 의사로 초빙하기 위한 방편으로 가볍게 한 약속이기는 해도, 그의 평소 지론대로 약속은 지켜져야 했다.

생각해보면 개정의 농장은 그 인생에서 획기적인 전환을 가져다준 고마운 땅이었다. 희망의 땅이었고, 성공의 땅이었다. 청년시절의 좌절감과 절망감에서 자신을 구해준 땅이었다. 바라던 혼인을 하게 해준 땅이었고, 일본의 성공한 실업가로 성장시켜준 땅이었다.

그는 그 고마움을, 조선의 개정 땅이 자신에게 베풀어준 은혜를 잊지 않았다. 그리고 젊은 식민지 의사가 농촌위생연구소 안을 통해 그것을 일깨워준 것이었다. 그는 그 땅에 입은 은혜를 갚기로 결심했다.

전세가 더욱더 불리하자 수탈과 착취가 도를 넘었다는 사실을 구마모토도 잘 알고 있었다. 그 자신도 일본의 착취와 수탈의 맨 앞쪽에 자신이 서 있었다는 사실을 잘 알고 있었다. 그 사실이 날이 갈수록 부끄러움과 두려움으로 바뀌기 시작했다. 구마모토는 더 늦기 전에 결단을 내리기로 결심했다.

농장 전체 소유지 삼천 정보 가운데 화호농장에 소속된 천오백 정보를 사회사업에 희사할 것을 결심했다. 그는 이 결심을 도쿄에 있는 우가끼(宇垣) 전 총독과 경성의 코이소(小磯) 총독 등에게 이미 밝혔다.

구마모토는 사회사업을 할 재단의 이름을 '구마모토보공회'(熊本報公會)라 하고 기부행위 조항을 만들었다. 그 제2조는 "본 법인은 조선 내에서 교육, 학술연구의 조성, 농촌보건, 농업개발, 사회사업 및 게이오대학 농학부를 조성함을 목적으로 함"으로 되어 있었다. 그러니까 농촌보건위생만이 아니라 평소에 구마모토가 관심을 가졌던 분야를 위해 소유재산의 절반을 희사하기로 결심한 것이었다.

구마모토가 영춘에게 한 설명에 따르면, 농지가 구백만 평쯤 되는 화호농장의 재산 가치는 그때 당시로 오백만 원쯤 되었고, 거기에서 일 년에 수익금이 사십만 원쯤이었다. 그 중 이십만 원은 조선에서, 나머지 이십만 원은 게이오대학 농과가 신설되면 농학과대학 경상비로 지출하게 할 예정이었다. 그 농학과에 해마다 조선 학생 25명을 입학시켜야 한다는 조건이 걸려 있었다.

화호농장의 신탁 저당을 말소시키는 데에 시간이 걸려 1945년 3월에야 법인인가 신청을 했다. 전라북도를 경유하여 총독부에 제출했으나 '불급(不急)사항'이라고 하여 전후에 처리한다고 전라북도로 반려되고 말았다. 전황이 절박하게 돌아가고 있었다. 비록 코이소 총독이 구두로 구마모토에게 약속을 했지만 지금은 그것을 처리할 만한 여유가 없었다.

영춘의 부풀었던 꿈은 거품처럼 스러졌다.

그러나 영춘은 좌절하거나 포기하지 않았다.

그러던 중에 해방을 맞았다.

8 해방된 조국에서

1945년 8월 15일.

일본 천황 히로히토가 방송으로 무조건 항복한다는 것으로 제2차세계대전이 종식되었다. 이와 더불어 35년간에 이르는 일본의 식민지였던 한국도 해방되었다. 천황의 항복 선언으로 서슬 퍼렇게 날뛰던 일본 순사와 일본인들은 하루아침에 생명을 앗길지도 모르는 불안과 초조감 속에 시달리는 처지로 바뀌고 말았다. 일본제국주의가 이 땅에 뿌리고 심은 씨앗을 그들이 거두어야 할 차례였다.

그러나 그 해방이 우리에게 갑자기 온 것이었다. 우리의 힘으로 이룬 것이 아니었다. 어느 날 갑자기 주어진 것처럼 여겨졌다. 준비되지 않았기 때문에 무질서와 혼란이 밀려왔다.

개정의 웅본농장도 이러한 혼란과 불안이 찾아왔다.

가장 불안해하는 것은 일본인 직원들과 가족들이었다. 그들은 천황의 항복 방송이 나온 뒤로 정상 업무를 중단하고 농장 사택에 틀

어박혀 앞날에 대한 불안으로 눈치를 살피고 있었다. 섣불리 판단을 내리거나 행동으로 옮길 수도 없었다.

엄청난 변화가 닥쳐올 것이 분명했다.

영춘도 불안하기는 마찬가지였다. 본장의 진료소와 두 지장의 진료소를 어떻게 해야 하며 또 자신은 해방된 조국에서 어떻게 처신해야 할지 판단할 수 없었다.

영춘이 웅본농장에서 진료사업을 벌인 것은 어언 10년 5개월이었다. 그동안 진료를 받은 사람들은 모두 21만 2천여 명이었고, 연인원으로 따지면 모두 80만여 명 되었다. 그리고 보면 소작인 가족까지 합쳐 2만여 명이 해마다 4번씩 진료를 받은 셈이었다. 그것을 경비로 따지면 모두 80여만 원이었는데 농장의 전체 수익금의 5~10%에 해당되었다.

이제 영춘은 많은 일들을 스스로 판단하여 결정을 내려야 했다. 일본인 직원들이 일손을 놓자 농장의 모든 기능이 마비되었다. 경영이 중단되자 진료소도 문을 닫지 않을 수가 없었다. 수시로 약품을 조달하고 대금을 결제할 수 없기 때문이었다.

그러나 누가 대신해 줄 사람도 없었다. 팔짱을 끼고 구경만 할 수도 없었다. 이제 스스로 주인이 되어 제 소임을 해결해나가야만 했다. 벌써부터 농장의 이권을 가로채려는 음모와 모략들이 일기 시작했다. 영춘을 친일파로 몰아 농장에서 축출하려는 움직임도 있다는 소식이 들려왔다.

영춘은 아버지 종현의 당부대로 많은 사람들을 살리고 돕는 일을 하기로 작정했다. 그것이 나라를, 민족을 위하는 길이라고 믿었다. 그러나 앞날은 자기희생의 가시밭길처럼 여겨졌다. 그러나 이대로 물러설 수는 없었다. 다행히도 그를 굳건하게 지지하고 성원해준 사람들은 소작인들이었다. 그들 모두가 영춘의 정성어린 진료를 받았기 때문이었다.

9월 1일.

맥아더는 북위 38도 선을 경계로 미소양국이 조선분할점령책을 발표했다. 곧이어 건국준비위원회와 조선인민공화국 수립을 각각 발표했다. 그리고 미극동사령부가 남한의 군정을 선포했다.

북한은 벌써 극동주둔 소련군이 진주하여 영양을 위시한 여러 도시에서 대대적인 환영행사가 벌어지고 있다는 소문이 들렸다.

아내 순덕이 눈이 붉게 충혈된 채로 영춘에게 말했다.

"양관에 올라가 보세요. 구마모토 옹(翁)이 찾으시나봐요."

아내가 건네주는 겉옷을 입고 양관으로 갔다.

양관 앞에는 농장의 모든 직원들과 가족들이 길게 늘어서 있었다. 웅본농장뿐만 아니라 군산 시내에 살던 일본인 거류민들은 귀중품과 현금 등만 챙기고 그 밖의 모든 재산을 그대로 둔 채 선편을 구해 서둘러 일본으로 떠났다.

구마모토가 이제 조선을 떠나려고 하는 것 같았다. 그를 전송하기 위해 직원들이 모두 모여 있었다. 구마모토의 뒤를 이어 모든 직원들도 이제 떠날 것이었다. 전송하러 나온 사람들 중에 여자들은 수건으로 눈물을 훔치는 이들이 더러 있었다. 사십 년 이상을 농장주로 있었기 때문에 모든 사람들에게 상전으로 깊게 인식되어 있었다. 이제 이별하면 다시는 그를 보지 못하리라는 것을 잘 알고 있었다.

“이 선생 어서 오시오.”

구마모토는 옷을 차려입고 응접실 안락의자에 앉아 있었다. 서로 눈을 그윽하게 쳐다보았다. 그렇게 보아서 그런지 칠십객 구마모토는 더 늙고 초췌해보였다. 세월이 벌써 그렇게 흐른 것이었다.

구마모토가 비감에 어린 목소리로 입을 열었다.

“무슨 말부터 먼저 해야 될지 모르겠소! 우선 조선의 독립을 축하드리오.”

“감사합니다. 무슨 말을 해야 할지 모르겠군요.”

잠시 침묵이 흘렀다. 그러나 그 침묵 속에는 아주 많은 말들이 오가는 듯했다. 십 년이 넘는 긴 세월동안 맺어왔던 인연이지 않는가!

“그동안 이 선생과 같은 분을 만난 것이 행운이었습니다. 이제 그 행운도 끝났나 봅니다. 이 선생, 이 시점에서 내가 애석하게 생각하는 것이 무언지 아시오?”

영춘이 대답 없이 쳐다보자 쓸쓸한 미소를 지으며 말했다.

“시간이 없어 긴 이야기는 하지 않겠소. 내가 이 선생의 제안을 그때 받아들이지 못한 게 애석하오. 어차피 끝이 났겠지만, 그때 그 제안을 받아들였다면 이 선생과 한 약속을 지키는 떳떳한 사나이가 되었을 것이고, 이 땅에 진 빚을 갚아야 한다는 내 철학의 대미를 장식할 수 있었을 것이란 말이오.”

영춘은 아무 대꾸도 하지 않았다.

“우리가 처음 만났을 때 기억하오?”

“네. 어제 일처럼 기억합니다.”

“이 선생은 나 때문에 뜻을 추스르고, 목표를 세웠다고 했지요?”

“그걸 다 기억하시는 군요.”

"나는 그때 부끄러웠다오. 그때 나는 내가 일본인 농장주가 아니라 한 인간이라는 사실을 불현듯 깨달았소. 그 이후 나는 많은 생각을 했고, 조선에 대한 생각을 많이 바꾸었소. ……

부끄러운 고백을 해야겠소. 나는 악착스럽게 조선의 쌀을 빼앗아 일본으로 실어갔소, 총독부보다 10년은 앞선 경영을 하면서 농민들의 피땀을 빨아들였소. 그러나 이 선생을 만난 뒤로 나는 달라지기 시작했소. …… 그게 내가 말했던 행운이라는 거요. …… 내가 지금 이 선생께 할 수 있는 말은 이것밖에 없군요. …… 이제 더 이상 농장에 머무르지 않으셔도 됩니다. 모든 은행 업무가 정지되고 재정이 끊겨 퇴직금조차 드리지 못해 안타깝소. 그 대신 진료창고에 있는 약품과 의료 기기는 모두 이 선생 마음대로 처분해도 됩니다. 이 선생이 개업을 하신다면 언제라도 반출하셔도 됩니다. …… 내가 할 수 있는 것이 이뿐인 것을 이해해주시오."

구마모토의 눈이 얼핏 붉어졌다.

"지난 십 년 세월 동안 참으로 많은 신세를 졌소. 내 생전에 결코 이 박사를 잊지 않을 것이오. 이제 작별할 시간이 되었군요. …… 부디 안녕히 계십시오."

"저 역시 많이 배우고, 또 많이 신세졌습니다. ……

안녕히 가십시오. 부디 건강 ……"

영춘도 울컥 목이 메여왔다.

영춘의 머릿속에 문득 찬송가 가락이 들렸다.

우리 다시 만나볼 동안

하느님이 함께 계셔 ……

다시 만날 때, 다시 만날 때
그때까지 계심 바라네 ……

영춘은 그날 밤 오랫동안 무릎을 꿇고 기도했다.
그리고 구마모토를 위해서도 기도했다.

주여, 그가 지은 죄를 용서해주소서!
그가 모르고 저지른 죄를 용서해주소서!
그의 나라를 위한다는 이름으로
수없이 저지른 죄를 용서해주소서!

다음날, 영춘은 아침 일찍 잠이 깨었다.
적막했다.
아무 소리도 들리지 않았다. 양관은 물론이고 농장 사무실과 부
속 건물과 수많은 사택들이 고요와 적막 속에 묻힌 것 같았다. 추수
때가 다가왔지만 소작인들의 왕래도 끊겨 적막했다.
영춘은 양관 거실에 앉아 초가을 햇살을 바라보았다.
영춘은 아직 분명하게 판단을 내릴 수가 없었다. 들려오는 소문
은 뒤숭숭하고 정세는 불안했다. 이제 자신의 거취를 결정해야 할
시점이 된 것 같았다.

지금 영춘에게는 세 가지 길이 열려 있었다.
첫째 길은 개업을 하는 것이었다.

십 년 동안 이곳에서 헌신적으로 봉사했기 때문에 많은 고객들의 신뢰를 지니고 있었다. 가장 손쉽게 부유함을 얻을 수 있는 길이었다.

둘째 길은 미군정청 보건후생부 차장으로 가는 것이었다.

은사인 이용설 선생이 보건후생부 부장이 되면서 영춘이 차장으로 올 것을 간곡하게 청해온 것이었다. 관직으로 진출하여 사회적 명예를 얻는 길이었다.

셋째 길은 세브란스의전 교수로 부임하는 길이었다.

해방과 동시에 윤일선 교수가 경성제국대학 의학부장으로 자리를 옮겼기 때문에 모교에서 복귀할 것을 간곡하게 권유했다. 영춘이 학교로 복귀한다면 학자이자 교수로서의 장래가 보장될 것이었다. 그가 이제껏 닦아온 임상연구와 식견을 바탕으로 영예로운 의학자의 삶을 살아갈 수 있을 것이었다.

그러나 그는 이 세 가지 길 이외의 길을, 아주 막연하고 불확실한 길을 생각하고 있었다.

밖에 인기척이 들렸다.

"박사님 계십니까?"

"뉘시오?"

"생산부 김 주임입니다."

"어서 오시오."

거실로 들어서는 사람은 모두 넷이었다.

뜻밖의 방문이었지만 모두 낯익은 직원들이었다. 의례적인 인사를 건네고 모두 자리에 앉았다. 모두 긴장한 기색들이었다.

그들이 며칠 전부터 찾아와 무언가 말을 꺼낼 듯하다가 돌아가곤 했다.

김 주임이 작심한 듯 말을 꺼냈다.

"오늘 농장 직원들이 모두 모여 의논을 하고 몇 가지 결의를 했습니다. 우리 사십 명이 힘을 합쳐 미군정의 지시가 있을 때가지 농장을 우리 스스로가 지키기로 했습니다. 그래서 '웅본농장자치회'를 결성했습니다. 그런데 …… 그 위원회 위원장으로 …… 박사님을 만장일치로 추대했습니다. 부디 저희들의 추대를 받아주십시오."

영춘은 그 말을 듣고 잠시 침묵했다.

"자치회를 통해 앞으로 무슨 일을 하시려오?"

"농장의 재산을 보호하고 본장과 지장이 제대로 돌아가도록 …… 단도직입적으로 말하면 진료소가 정상으로 운영되기를 저희들은 간절히 바라고 있습니다. 벌써 환자들이 생겨도 …… 두 달째 진료소 문이 닫겨 ……"

그들이 말을 제대로 잇지 못하지만 영춘은 그들이 무엇을 말하려고 하는 잘 알았다. 그러나 현재 상황으로 보면 그것은 불가능했다.

"진료소를 운영하려면 많은 경비가 있어야 하오. 그건 현재로선 불가능하오."

"박사님, 앞으로는 실비라도 내고 진료를 받기로 했습니다. …… 제발, 저희들을 버리지 말아 주십시오. 박사님께서 저희들을 버리면 저희들은 죄 죽은 목숨입니다. 저희들이 병이 나면 무슨 수로 읍내 병원을 찾아갈 수 있겠습니까? 부디 ……"

영춘이 생각한 불확실한 길은 바로 이 길이었다.

십 년 동안 농촌의 위생과 보건을 위해 쌓아올린 탑을 버리고 떠날 수가 없었다. 자신의 필생 사업으로 삼겠다고 무수히 다짐했던 일이 아니었던가! 그동안 세웠던 계획이며, 수많은 임상자료와 통계자료들이 부와 명예와 영예의 길로 가면 소용에 닿지도 않을 것이었다. 그 자료와 기록들은 단순한 기록들이 아니었다.

그것은 영춘의 젊은 시절의 땀이고, 그의 꿈이고, 열망이었다.

농장 직원들이 돌아간 뒤에 영춘은 생각하고 또 생각했다.

아버지 종현의 목소리도 들렸다.

"오째야, 넌 평생 많은 사람들을 도우며, 살리며 살 거란다. 태몽처럼 넌 맑고 시원한 샘물이 되어 많은 사람들의 갈증을 풀어줄 거란다."

에비슨 교장의 축사도 마음 저 아랫 쪽에서 들렸다.

"…… 병들어 고통받는 사람들을 치료하는 것도 중요하지만 그보다 더 중요한 사업은 병이 발생하지 않도록 미리 예방하는 것입니다. 예방은 치료와는 달리 여러분들을 치부의 길로 이끌어주지 않습니다. 이름을 드날리는 사업도 아니고 누군가가 눈여겨 보아주는 사업도 아닙니다. 그것은 차라리 개인보다는 인류를 사랑한다는 거룩한 희생정신의 바탕 위에서만 가능한 일입니다."

영춘은 며칠 뜬 눈으로 밤을 밝혔다.

그 앞에 놓여진 갈림길에서 망설이고 있는 자신을 추스르고 또 추스렸다. 그러나 쉽게 결심이 서지 않았다. 문제는 어떤 길을 선택하거나 그것이 모두 나라를 위한 일이었고, 해방된 조국의 혼란을 정화시킬 수 있는 길이라는 점이었다. 어느 한쪽이 자신의 이익을 위하고, 자신의 영달만을 위한 길이라면 자신의 이익을 기꺼이 내려놓을 수도 있었다. 이 선택은 웅본농장에 내려올지 어떨지를 결정하려 했을 때와 마찬가지로 어려웠다. 그러나 그때 그는 자신의 뜻을 알고 그 뜻을 다시 세워 선택했다.

그는 무릎을 탁 쳤다.

'또 내가 해결하려 했구나! 맡기자!'

이제 그는 무릎을 꿇고 바른 길을 선택하게 해 달라고 기도했다.

새벽에, 깊은 밤에 간절히 기도했다.

흔들리는 마음을 잡아달라고, 자신의 이익만을 생각하지 않고 많은 사람을 위할 수 있는 바른 길을 선택하게 해달라고, 선뜻 나설 수 있는 용기를 달라고 기도했다.

새벽 무렵에 마음이 가라앉으며 마음 저 깊은 곳에서부터 밝음이 피어오르기 시작해 온 몸을 가득 채웠다. 그리고 자신의 삶이 활동사진을 보듯이 또렷하게 보였다.

의사가 되어 많은 사람들을 구하기 위한 삶!

웅본농장으로 내려와 많은 소작농들의 건강과 위생을 위한 삶!

이 모두가 하느님의 뜻에 귀의하는 삶이라는 것!

이제 마음의 모든 앙금들이 걷히고 맑아지기 시작했다. 마음 안쪽에서부터 따스한 기쁨이 온몸에 퍼져나가기 시작했다.

무릎을 꿇고 기도하고, 찬송가를 불렀다.

저 높은 곳을 향하여 날마다 나아갑니다
내 뜻과 정성 모두어 날마다 기도합니다
내 주여 내 발 붙드사 그곳에 서게 하소서
그곳은 빛과 사랑이 언제나 넘치옵니다

이제 자신의 길이 펼쳐보이는 듯했다. 행복감이, 은총 속에서 산다는 감사함이 마음 속에서 우러났다.

그 이른 새벽에 양관 뜰로 나섰다.

가을 새벽의 싸늘한 기운이 옷깃을 파고들었다. 동편이 밝아왔다. 영춘은 왼쪽으로 천천히 걸어나가 들판을 바라보았다. 들판은 황금빛으로 빛나고 있었다. 드문드문 추수가 시작되어 낟가리도 드문드문 보였다.

영춘의 머리가 맑고 밝게 개는 것을 알았다.

'그렇다! 내가 나아갈 길은 바로 이 길이다!'

그날 아침나절에 영춘은 기별을 보내 농장직원들과 마을 유지들을 양관 마당으로 오게 했다. 가을날 아침 투명한 햇살이 뜰에 가득 찼다. 쉰 명쯤 되는 사람들이 뜰에 모여 영춘이 나올 때까지 가만히 서 있었다. 영춘은 바깥으로 나갔다.

"여러분, 이제 제 뜻을 밝히겠습니다."

사람들은 영춘의 말에 모두 긴장하고 있었다.

"여러분들이 웅본농장자치회를 결성해서 스스로 농장을 지키겠다는 뜻은 갸륵합니다. 그러나 그 길은 여러분들이 생각하는 것처럼 순조롭지 않을 수도 있습니다. …… 그러나 저는 믿습니다. 여러분들의 의지를 믿습니다. 여러분들이 힘을 합하면 농장을 잘 지킬 수 있을 것입니다. ……

그러나 진료소를 다시 여는 것도 문제가 많습니다. 약품을 살 돈이 없기 때문에 창고에 있는 약은 곧 바닥이 나고 말 것입니다. 약이 없으면 병을 치료할 수 없습니다. 여러분들이 약값을 조금씩 내신다고 해도 진료소 운영에는 터무니없이 부족할 겁니다. 그러므로 그런 방식으로는 진료소를 열 수 없습니다."

영춘이 잠시 말을 멈추는 사이 사람들 사이에 작은 동요가 일었다. 그들의 얼굴빛이 어두워졌고 간간이 한숨소리도 들렸다.

"저는 결단을 내렸습니다."

영춘은 사람들을 둘러보았다.

"그런 불리한 조건이지만, 나는 여러분들과 함께 여기에 남겠습니다! 진료소를 열고 진료를 계속하겠습니다! 그리고 웅본농장자치회 위원장직도 받아들이겠습니다!"

갑자기 분위기가 일신했다.

사람들 사이에서 박수가 터져 나왔다. 안도의 한숨소리도 들렸다.

"그러나 분명히 이 자리에서 약속해주셔야 할 일이 남아 있습니다. 우리가 힘을 합해 이 농장을 지켜낸다면 약이 없어서 진료소 문을 닫는 일은 없을 것입니다. 저는 이곳에 끝까지 남아 농촌 위생과 보건을 책임질 '농촌보건위생연구소'를 반드시 열 것입니다. ……

오늘 군산 주둔 군정관인 마우츠(Moutz) 소령을 만나려 갈 것입니다. 그래도 안 되면 경성의 미군정장관인 리치(Rearch) 장군도, 그 누구도 모두 다 만날 것입니다. ……

여러분들이 저를 버리지 않는다면 저도 결코 여러분들을 버리지 않을 것입니다!"

"약속합니다! …… 자, 모두 약속드립시다!"

사람들이 소리치며 박수를 치고 환호성을 질렀다. 그리고 영춘에게로 다가왔다.

영춘은 그런 사람들을 쳐다보며 어떤 어려움이 있다고 해도 '농촌보건위생연구소'를 열어 농민의 질병을 구제할 자신의 꿈을, 자신의 뜻을 이룰 것을 굳게 다짐했다.

하늘이 눈부시게 밝았다.

영춘은 그 하늘을 바라보았다.

그 하늘처럼 밝고 맑은 공간이 이제 펼쳐지는 것이 보이는 듯했다.

마음속에 찬송가가 울려 퍼졌다. 우렁차고 아름다운 소리로 울렸다.

태산을 넘어 험곡에 가도 빛 가운데로 걸어가면

주께서 항상 지키시기로 약속한 말씀 변치 않네

……

범상하나 비범한, 비범하나 범상한 삶!

나는 몇 년 동안 '쌍천 이영춘'과 함께 지냈다.

4년 전쯤에 '쌍천이영춘기념사업회'로부터 원고청탁을 받았다.

처음에는 아주 가벼운 기분으로 쉽게 생각했다. 이미 나와 있는 홍성원 작가의 전기 『흙에 심은 사랑의 인술』과 기타 자료를 청소년들이 쉽게 읽을 수 있게 간추려 달라는 것이었다. 그러나 쌍천을 알면 알아갈수록 어려워지기 시작했다. 자료를 읽고, 사람들을 만나고, 도서관을 뒤졌다. 멀리 연길까지 가서 엇비슷한 시대에 엇비슷한 곳에서 살았던 어른들도 만났다.

그 결과, 이미 쌍천에 대해 쓴 사람들의 글과 사업회의 청탁의 행간에 숨겨져 있는 생각에 쉽게 동의할 수 없었다. 그들이 놓친 그 무엇이 있었다.

나는 자꾸 미루고 미루었다. 도망치고 싶었다. 그러나 '쌍천의 삶'이 나를 놓아주지 않았다. 그렇다고 아무렇게나 써 버릴 수도 없었다. 이 일과 관련된 사람들의 눈총이 자주 쏟아지고 내 마음 깊숙이 박히는 것을 생생히 느끼면서도 어쩔 수가 없었다.

어느 날, 쌍천이 불쑥 내게 와서 말하기 시작했다.
자신의 뜻을, 자신의 어린 시절을!
자신의 부모님에 대한 이야기를 하기 시작했다.

그것은 쌍천만의 이야기가 아니었다.
이 땅에서 어려운 시대를 어렵게 산 사람들의 비범하나 범상한, 범상하나 비범한 삶이었다. 어디를 둘러보아도 한 그루쯤은 있기 마련인 소나무와 같은 그런 삶의 이야기였다.
전기 작가들은, 유족들만을 위해 쓰는 전기가 아니라면, 유족들의 말을 전적으로 신뢰하지 않는다. 그들의 말은 언제나 미화되기 마련이므로.
그러나 이상스럽게도 쌍천의 유족들은 그 반대처럼 느껴졌다.
그것은 이 땅의 역사를 당당하게 말하지 못하는 이 땅의 주인인 우리와 닮은꼴이었다. 누가 우리 역사에 황칠을 했으면 그것을 벗겨내고, 알갱이 뜻을, 그 있는 그대로의 진실을 놓치지 않아야 하는데도 그러지 못하는 이 땅의 주눅이 든 정신과도 같았다.
그래서 나는 쌍천의 '위대하고 비범한 삶을' 아주 '평범한 삶'으로 바꿔 쓰기로 작정했다. 또 이 땅에서 이름을 남기지도 못하고 평범하게 살다 간 쌍천과 같은 '평범한 삶'을 '위대하고 비범한 삶'으로 바꿔 쓰기로 작정했다. 호랑이가 호랑이를 낳는다는 법칙에 따라 쌍천의 부친 이종현의 삶을 주의깊게 조명했다. 거기에서 이름 없이 승화한 지사들의 숨겨진 삶의 편린도 엿볼 수 있었다.

그러므로 이 글은 비범한 사람의 평범한 삶을, 평범한 사람의 비범한 삶을 쓴 글이다.

나는 쌍천과 자주 만났고, 이종현과도 이시구와도 만났다.

그 시대를 함께 산 다른 사람들도 만났다.

그 시대를 열심히 산 그들과 만나, 누구나 '그가 만난 그 현재'를 열심히 사는 것이 최선이라는 것을 다시 확인했다.

그의 부친과 그의 삶을, 전기 작가들이 그러하듯, 문학적 초상화를 그리는 방식을 통해 복원하고자 했다. 이 글은 여러 자료를 인용했다. 특히 유족들의 본디 의도만큼은 크게 인용하지 못했지만, 홍성원 씨 전기의 많은 부분을 수용했다.

이 책의 성과가 읽는 사람들의 마음에서 언젠가 발견할 수 있기를 기대한다. 이 글을 읽는 청소년들이 어른이 되어 성숙해진 행동에도 드러난다면 더 바랄 나위가 없을 것이다.

롱펠로우의 시에 나오는 '화살' 처럼, '노래' 처럼!

2007년 4월
해심공방에서
강창민

■ 글쓴이

시인 · 문학박사.
1976년 《현대문학》 등단함.
연세대학교와 연세대학교 대학원을 졸업함.
《뿌리깊은 나무》, 《현상과인식》에 근무함.
국제대학, 서경대학 교수와 연변대학 객원교수 지냄.
〈한마음수련원〉 원장 지냄.
연세대학교 문리대 강사임.
시집 『비가 내리는 마을』(문학동네), 『물음표를 위하여』(문학과지성사) 등.
저서 「육사시연구」, 「깨닫는 밥그릇」(「길을 가면 길이 보인다」) 등.

이 땅 농촌에 의술의 불을 밝힌

쌍천 이 영 춘
　　　빛 가운데로 걸어가다

2007년 5월 15일 초판 인쇄
2007년 5월 25일 초판 발행

지은이 강 창 민
펴낸이 한 봉 숙
펴낸곳 푸른사상사

등록 제2-2876호
주소 서울시 중구 을지로3가 296-10 장양B/D 701호
대표전화 02) 2268-8706(7) **팩시밀리** 02) 2268-8708
메일 prun21c@yahoo.co.kr / prun21c@hanmail.net
홈페이지 //www.prun21c.com
ⓒ 2007, 강창민
ISBN 978-89-5640-564-3-03810

값 12,000원

☞ 21세기 출판문화를 창조하는 푸른사상에서 좋은 책 만들기에 노력하고 있습니다.
　저자와의 합의에 의해 인지 생략함.